Les effrois de la glace et des ténèbres

La sagesse nous viendrait à moins de 30 degrés.

Le roman raconte deux histoires à la fois parallèles et imbriquées, encastrées l'une dans l'autre et constamment reliées par le biais d'un narrateur omniprésent.

Deux aventures séparées par plus de cent ans. D'une part, le voyage en 1981 de Joseph Mazzini, personnage fictif, vers le cercle polaire arctique et, d'autre part, l'épopée de l'expédition Payer-Weyprecht, qui, bloquée dans la mer de glace pendant deux hivers, découvrit en août 1873, à plus de 79 degrés de latitude nord, une terre inconnue, un archipel presque entièrement recouvert de glace et auquel on donna, en souvenir d'un lointain souverain, le nom de François-Joseph.

Le lecteur vibre avec les membres de l'expédition, il a froid, il a faim, il a peur. Il va revivre les effrois de la glace et des ténèbres en s'enfonçant physiquement dans une parabole de la réalité qui dépasse largement la zone glaciale.

Christoph Ransmayr est né en 1954 à Wels en Haute-Autriche. Après des études de philosophie à Vienne, il est pendant plusieurs années chroniqueur culturel. Depuis 1982, il se consacre entièrement à la littérature : Les Effrois de la glace et des ténèbres (1984), Le Dernier des mondes (1988).

Du même auteur

Le Dernier des mondes
Flammarion, 1989

Christoph Ransmayr

Les effrois de la glace et des ténèbres

roman

TRADUIT DE L'ALLEMAND PAR
FRANÇOIS MATHIEU

Maren Sell

Dédié à Pizzo

TEXTE INTÉGRAL

EN COUVERTURE : *Voyage de Sir John Ross*
Service historique de la Marine-Vincennes
Archives Dagli Orti

Titre original :
Die Schrecken des Eises und der Finsternis

ISBN 2-02-012867-5
(ISBN 2-87604-036-0, 1re publication)

Avant tout

Que reste-t-il des aventures qui nous ont conduits à passer des cols verglacés, à franchir des dunes et si souvent à longer des highways ? On nous a vus parcourir des mangroves, des paysages de prairies, des steppes battues par les vents, et traverser des glaciers, des océans, puis des bancs de nuages, et nous diriger vers des objectifs toujours plus éloignés, en nous et en dehors de nous. Mais nous ne nous sommes pas contentés de vivre simplement nos aventures, nous en avons fait état dans nos lettres et nos cartes postales, et avant tout, nous les avons présentées au public dans des reportages et des récits confusément illustrés, entretenant ainsi secrètement l'illusion que l'on pouvait accéder aux lieux les plus lointains, les plus reculés, comme l'on accède à un parc d'attractions, à un luna-park scintillant de lumières ; l'illusion que, grâce au développement accéléré des moyens de communication, le monde a rapetissé, et que voyager en longeant l'équateur ou jusqu'aux pôles n'est à présent qu'une question de financement et de coordination des heures de vol. Or, c'est une erreur ! En dernière instance, les lignes aériennes n'ont fait que réduire dans une proportion tout bonnement absurde la durée des voyages, mais non pas l'éloignement qui demeure, aujourd'hui comme hier, inouï. N'oublions pas qu'une ligne aérienne n'est qu'une ligne et non un chemin : physiologiquement parlant, nous sommes des marcheurs, des piétons.

1
Disparition

Josef Mazzini voyageait souvent seul et beaucoup à pied. Ce faisant, le monde ne devint pas pour lui plus petit, mais au contraire plus grand, si grand qu'il finit par y disparaître.

Mazzini, voyageur de trente-deux ans, s'évanouit au cours de l'hiver arctique 1981 dans les glaciers du Spitzberg. Le deuil fut assurément une affaire privée. Un disparu, un de plus, rien là d'extraordinaire. Cependant, lorsque quelqu'un disparaît sans laisser de restes tangibles, quelque chose que l'on puisse brûler, immerger ou enfouir, il faut bien commencer par le liquider peu à peu et définitivement en se mettant à raconter après sa disparition des histoires sur lui. Dans ce type de récit, personne encore n'a *survécu*.

J'ai souvent été mal à l'aise en constatant que le début comme la fin de toute histoire que l'on suit suffisamment longtemps s'évanouit à un moment donné dans la vastitude du temps ; mais puisque jamais tout ce qui peut être dit n'est dit et qu'un siècle doit suffire pour expliquer un destin, je commence au bord de la mer et déclare : C'était un jour clair et venteux de mars 1872 sur la côte adriatique. Peut-être que ce jour-là les mouettes se tenaient dans le vent comme des cerfs-volants de papier filigrané au-dessus des quais et qu'à travers le bleu du ciel glissaient les lambeaux blancs d'un front de nuages déchiqueté dans les turbulences de la saison – je l'ignore. En revanche, on nous a transmis que ce jour-là Carl Weyprecht, lieutenant de vaisseau de ligne de la marine impériale et royale austro-hongroise, fit un discours devant le bureau maritime de la ville que les Italiens appellent Fiume et ses habitants croates Rijeka. Il évoqua devant des marins et un public portuaire mêlé les menaces de l'Extrême-Nord.

Je me suis longtemps accroché à l'idée que pendant le long discours de Weyprecht, une pluie de printemps s'était soudain mise à tomber, une pluie dont le bruit apaisant avait permis à quelques marins de s'en aller sans que l'on soupçonnât qu'ils partaient parce qu'ils avaient peur des images que le lieutenant de vaisseau évoquait. Weyprecht décrivit un monde lointain, dans lequel un froid soleil d'été tournait pendant des mois autour du navigateur sans jamais se coucher ; toutefois en automne, il commençait à faire plus sombre, et pour finir, les ténèbres de la nuit polaire s'abattaient à nouveau pour des mois sur ces régions, et un froid indicible. Weyprecht évoqua la grande solitude d'un navire qui, pris dans le pack, dérivait sur une mer inexplorée – livré à l'arbitraire des courants et aux *pressions* qui faisaient éclater des couches de glace de plusieurs tonnes et empilaient bloc de glace sur bloc de glace à des hauteurs de maison ! Une puissance qui avait même maintes fois écrasé le ventre blindé d'acier de goélettes et de frégates comme des maquettes en feuilles de bois. Il était possible que le gémissement et le grincement de la houle des mers arctiques figées dans la glace fissent parfois remonter chez le voyageur qui pénétrait dans ces régions les peurs les plus refoulées ; et pourtant ce dernier était souvent obligé de rester des années dans ce monde, enfermé entre des murailles de pack et sans autre réconfort que sa propre force.

Mais à cet instant le discours de Weyprecht prit un tour surprenant qui fit apparaître tous les effrois sous un autre éclairage et dut pour le moins fasciner quelques matelots au point qu'ensuite, ils vinrent au bureau maritime trouver monsieur le lieutenant de vaisseau :

La monotonie désespérante d'un voyage arctique, l'ennui mortel de l'interminable nuit, le froid atroce, voilà précisément les formules utilisées partout et avec lesquelles la civilisation a coutume de plaindre le pauvre voyageur polaire. Alors que seul est à plaindre celui qui est incapable de se défendre contre le souvenir des plaisirs qu'il a quittés et qui, se lamentant sur soi-même et son dur destin, compte les jours qui doivent encore s'écouler avant que ne sonne l'heure du retour. Il vaut mieux que ce genre d'individu reste tranquillement chez lui et recherche à la chaleur de son poêle l'agréable frisson que procurent des souffrances étrangères et qu'exagère peut-être son imagination. Pour celui qu'intéresse la capacité créatrice de la nature, le froid n'est pas si rigoureux qu'il soit insupportable, ni la longue nuit si longue qu'elle ne touche un jour à sa fin. Néanmoins seul ressent l'ennui celui qui le porte en lui et n'est pas en état de trouver l'occupation qui empêche l'esprit de se créer sa propre misère dans la rumination.

Sur les chantiers navals Tecklenborg et Beurmann de Bremerhaven, conclut Weyprecht, un bateau était en construction sous sa direction, l'*Admiral Tegetthoff*, un schooner-barque à trois mâts jaugeant 220 tonneaux, équipé d'une machine à vapeur auxiliaire et de toutes les protections contre la glace. L'*Admiral Tegetthoff* prendrait la mer en juin, ferait route vers le cap Nord, et de là poursuivrait sa route toujours plus loin vers le nord, dans la mer inexplorée au nord-est de l'archipel russe de Novaïa Zemlia. En conséquence, que quiconque parmi les marins présents était en bonne santé, n'avait pas peur de l'océan Glacial et était prêt à laisser derrière lui pendant deux ans et demi tout ce qui lui était familier, vienne au bureau maritime se présenter à lui pour participer à l'*Expédition arctique impériale et royale austro-hongroise*. Lui, Weyprecht, prendrait le commandement de l'*Admiral Tegetthoff* ; toutefois à terre, ce serait son compagnon, le lieutenant Julius Payer, qui commanderait.

Tandis que les choses suivaient péniblement leur cours sur les bords de l'Adriatique, que l'on se mettait d'accord sur la paye des marins et préparait les adieux, à Vienne, un *Comité polaire* aristocratique et surtout le comte Hans Wilczek, amoureux de l'aventure, pourvoyaient au financement de cette expédition, et l'enseigne de vaisseau Julius Payer écrivait des lettres qu'il envoyait au Sud-Tyrol.

Mon cher Haller,

Je suis heureux de t'avoir enfin trouvé et d'avoir reçu aussi rapidement une réponse.

J'ai l'intention d'effectuer un voyage d'une durée de deux ans et demi dans des contrées très froides où les ours polaires remplacent les hommes, et où le soleil brille sans interruption pendant des mois, puis disparaît tout aussi longtemps.

En effet, je pars en expédition au pôle Nord.

1. Je te payerai, sans effectuer aucune retenue, le voyage de Sankt Leonhard à Bremerhaven, où nous prendrons le bateau.

2. Ton service commencerait fin mai ; il faudrait que tu arrives à Vienne à ce moment-là.

3. Tu serais obligé de rester deux ans et demi auprès de moi.

4. Tu seras totalement habillé par moi, armé et nourri, et tu toucheras, en dehors des primes pour services exceptionnels, au moins 1 000 florins-papier, dont tu pourras déjà te faire payer une partie au départ.

Je te prie, Haller, de chercher autour de toi un second montagnard – il faut que ce soit un homme honnête, quelqu'un d'accommodant, de travailleur ; quelqu'un qui ne devra jamais perdre son enthousiasme ni sa ténacité, même si les privations sont immenses ; ce doit être aussi un bon chasseur, et il touchera la même somme que toi. Lors du retour, on te fera cadeau en outre d'un bon fusil Lefaucheux (chargement par la culasse, arme de chasse).

Ecris-moi donc rapidement et, en tout cas, mets-toi en quête d'un second homme dont tu pourras me garantir les capacités.

Nous aurons froid et ce sera dangereux – est-ce que cela t'effraie ? J'ai déjà effectué avec bonheur deux voyages de ce genre, et ce que je fais, tu es aussi capable de le faire.

Ton ami Payer.

2
Le disparu
Fiche d'identité

Josef Mazzini, fils de Kaspar Mazzini, tapissier originaire de Vienne, et de son épouse Lucia, miniaturiste triestine, vint au monde à Trieste en 1948. Dans la maison du tapissier, une querelle qui avait duré plusieurs semaines atteignit son paroxysme au lendemain de la naissance : la mère, Italienne à l'enthousiasme facile, s'était opposée, mais en vain, à ce qu'on donnât à l'enfant le prénom allemand de *Josef*. Le tapissier qui à l'époque souffrait déjà des yeux et qui, au fur et à mesure que sa vue décroissait, devenait de moins en moins conciliant, était encore une fois resté sourd à toutes les objections et les prières. Dans un logement qui n'était séparé des ateliers du père que par une porte en bois coulissante, Josef Mazzini fut éduqué si radicalement dans la langue maternelle de chacun de ses parents que l'héritier, que l'on destinait à un *meilleur avenir*, commença très vite à vivre non seulement à l'encontre des aspirations paternelles, mais aussi de tout règlement. Il devint un enfant *difficile*.

Dans les premiers récits de la mère, née Scarpa, le monde était un album que l'on feuilletait. Lucia Mazzini essayait constamment de calmer son fils. Elle racontait beaucoup d'histoires. L'après-midi, le présent n'était souvent qu'un bruit de travail qui pénétrait à intervalles irréguliers par la porte coulissante ; mais à la table de la cuisine, le passé était surpuissant et pittoresque. Ces récits disaient qu'il y avait eu chez les Scarpa de nombreux marins, des timoniers, des capitaines ! Lorenzo par exemple, qui avait fait dix-sept fois le tour du monde avant d'être tué à Port-Saïd, ou encore Antonio, l'arrière-grand-oncle, Antonio Scarpa ! Lui avait fait partie d'une expédition autrichienne qui, composée en vérité presque uniquement de matelots italiens, avait navigué jusqu'au pôle Nord et y avait découvert une montagne de glace et de pierres noires, un pays rayonnant sous un soleil qui jamais ne se couchait. Toutefois, le bateau entièrement recouvert de cristaux avait été pris dans les glaces, et Antonio avait fini par revenir de cette nature sauvage en traversant à pied une mer solidifiée. Cette aventure lui avait coûté bien des souffrances. Quand la mère racontait la douloureuse traversée des glaces d'Antonio Scarpa, elle levait souvent les bras au ciel et son regard devenait étrange. L'Italie était grande. L'Italie était partout ! Et Lucia, qui n'éprouvait plus aucun plaisir à vivre avec son tapissier viennois, se consolait et consolait son fils en lui racontant ces histoires.

L'écolier Mazzini vécut en familiarité avec des *héros*. Et donc avec le beau général Umberto Nobile de l'Avellino, au destin duquel la miniaturiste avait sûrement consacré de nombreux rêves. En mai 1926, Nobile, qu'accompagnaient le conquérant du pôle Sud Roald Amundsen, le millionnaire Lincoln Ellsworth et douze autres aviateurs partant du Spitzberg, avait survolé le pôle Nord en ballon dirigeable et, revêtu d'un uniforme de parade lamé d'or, avait atterri sans dommage en Alaska. Deux ans plus tard, Lucia, fillette habillée de blanc qui agitait un petit drapeau, avait assisté à Milan aux adieux adressés à Nobile avant son second vol pour le Pôle ! Quelle fête ! Le duce aussi était là. Mais ce jour d'avril s'était traîné en longueur et s'était achevé sans que le dirigeable de Nobile, l'*Italia*, se fût élevé dans le ciel milanais. L'aérostat était resté amarré jusque tard dans la nuit, et la foule s'était déjà peu à peu dispersée, quand le puissant cigare de l'*Italia*, énorme, jetant ses lueurs mates, s'était enfin glissé doucement hors de ses amarres pour s'élever dans l'obscurité. Ce jour-là, Lucia avait persévéré jusqu'à cet instant unique et merveilleux ; dressée sur la pointe des pieds, elle avait tendu dans la nuit son petit drapeau de papier et, l'enthousiasme aidant, s'était mordu les poings à l'endroit de la blanche jointure. Cependant le héros de Lucia était revenu de cette aventure tellement transformé – c'était un naufragé – que, par la suite, la miniaturiste avait eu bien du mal, face à l'opinion publique, à lui conserver son ancienne splendeur. Ce fut *le* malheur dont Josef Mazzini entendit parler dans la maison du tapissier. Et quoique bien des années se fussent écoulées depuis la chute de l'*Italia*, que les morts fussent morts depuis longtemps, et les héros survivants presque oubliés ; bien qu'entre-temps la Seconde Guerre mondiale eût effacé toutes les aventures de l'Arctique et d'ailleurs comme autant de jeux de hasard ridicules, ce malheur fut pourtant le premier qui toucha Mazzini dans sa vie et lui fit faire de mauvais rêves. Car Mazzini se mit à comprendre pour la première fois en écoutant raconter l'échec de l'expédition de l'*Italia*, qu'il existait effectivement un état qui s'appelait la mort. Et cela l'effraya. Quelle était cette mer sur laquelle des héros se transformaient en personnages vêtus de guenilles, des capitaines en anthropophages et des ballons dirigeables en lambeaux couverts de glace ?

Je présume que c'est dans ces années-là que Mazzini a commencé (avait-il douze ans ? était-il plus jeune ?) à rassembler ses premières et vagues idées sur l'Arctique pour se le représenter comme un monde froid et brillant peuplé de monstruosités ; un monde dans le vide angoissant duquel tout était possible et dont, dans la maison du tapissier, on n'osait rêver qu'en secret et d'une façon un peu désuète. Ce n'était pas une belle image. Mais elle était si puissante que l'enfant une fois adulte la conserva en lui.

Le tapissier n'aimait pas écouter les histoires que sa femme racontait à leur héritier. Il traitait les héros de Lucia d'*imbéciles* et à l'occasion Nobile de *fasciste*, mais toléra cependant qu'une photographie de la taille d'une carte postale, qui montrait le général devant le mât d'amarrage de son dirigeable à Ny Ålesund au Spitzberg, demeurât des années accrochée à la porte coulissante qui donnait accès aux ateliers. Lorsque enfin on la retira, un rectangle plus clair demeura sur la porte, semblable à une fenêtre ouverte sur un autre monde ; Josef Mazzini était depuis longtemps à Vienne. Il avait mis fin, en quittant Trieste, à l'interminable querelle familiale à propos de son avenir ; puis, à l'occasion de visites de plus en plus rares, il refusa de reprendre la place que l'on assigne à un *héritier*. On peut même penser que si Mazzini était allé à Vienne, c'était en partie à cause de son père et de ses rêves obstinés de fuite. Celui-ci, dans ses mauvais jours, avait maudit Trieste et constamment répété qu'il retournerait dans sa ville natale ; on peut également penser à l'influence d'un parent éloigné et poussiéreux qui tenait à Vienne un commerce de fruits locaux et exotiques, dans la Thaliastrasse, et qui, dans les premiers temps, avait aidé sans enthousiasme le neveu italien. Qu'importe ! Mazzini était à Vienne et n'était pas près, abstraction faite de voyages épuisants, de revenir à Trieste ou d'aller ailleurs. Il s'était, pour reprendre l'expression de son père, *établi ici.*

Mazzini s'installa dans la maison de la veuve d'un maître tailleur de pierre, travailla occasionnellement comme chauffeur dans une entreprise de transport où un ami de la famille était comptable, se procura un peu plus tard par-ci par-là des antiquités d'Extrême-Orient en porcelaine, jade et ivoire qu'il revendait au noir, et lut beaucoup. La veuve du tailleur de pierre passait ses journées devant une lourde machine à tricoter, offrait les plus étranges tricots de laine à son sous-locataire et contemplait de sa fenêtre, souvent pendant des heures, les pierres tombales invendues de son mari qui étaient encore entreposées dans l'arrière-cours de la maison. De la mousse poussait sur les dalles.

J'ai fait la connaissance de Josef Mazzini dans l'appartement de la libraire Anna Koreth, femme qui, après un travail d'ethnologie sur une tribu samoyède de la côte sibérienne de l'océan Arctique, avait fréquenté le milieu universitaire, avant de se spécialiser dans la vente de littérature ethno-historique et de voyage. Dans son appartement viennois sombre et spacieux, Rauhensteingasse, la libraire invitait de temps en temps à dîner ses meilleurs clients. Au cours de ces soirées, on parlait beaucoup de manuscrits et d'éditions rares et on buvait du vin bon marché importé d'Italie. Rauhensteingasse, on apprenait les plus incroyables détails sur la réalisation de différentes œuvres, sur des années de parution, des maquettes de livres et des reliures, mais presque rien sur les gens qui lisaient ce genre d'ouvrages. Mazzini – Anna Koreth l'avait introduit un jour dans le cercle de ses invités en le présentant comme *son Josef* – était une exception. Il parlait beaucoup de soi. Il le faisait dans un allemand distingué qui révélait son origine étrangère. C'est ainsi que Mazzini, encore tout nouveau dans la Rauhensteingasse, employait des mots comme *cinématographe*, disait *eu égard à, magnanime, de manière que* ou *téléphoniquement.*

Je m'étais mépris sur son vocabulaire prononcé sans accent, pensant qu'il voulait donner un tour piquant à la conversation – d'autant que les choses dont il parlait semblaient étranges et bizarres dans le cercle d'Anna Koreth. Mazzini disait que d'une certaine façon il esquissait une nouvelle ébauche du passé. Il imaginait des histoires, inventait des intrigues et des événements, les consignait par écrit et examinait pour finir si dans le passé lointain ou tout proche il y avait eu un jour de *réels* précurseurs ou des personnages semblables à ceux qu'il avait imaginés. Ce n'était au fond, disait Mazzini, rien d'autre que la méthode des auteurs de romans d'anticipation, mais à rebours. Il avait ainsi l'avantage de pouvoir vérifier la vérité de ses inventions en faisant des recherches historiques. C'était un jeu avec la réalité. Mais il partait du principe que tout ce qu'il imaginait devait s'être déjà produit. « Ah ! ah ! » disait-on dans la Rauhensteingasse à l'Italien qui, vêtu d'un pull-over tricoté trop grand pour lui, prenait ses aises à table et *tirait sur* la bouteille de rouge, « ah ! ah ! c'est charmant, j'ai l'impression d'avoir déjà entendu ça quelque part » ; cependant, une histoire imaginée qui avait réellement eu lieu ne pouvait plus se distinguer d'un simple *récit a posteriori* ; personne ne saurait apprécier un tel récit imaginaire et tout un chacun croirait qu'on lui présente là un pur et simple rapport des faits. C'est sans importance, avait alors répliqué Mazzini ; la preuve personnelle et secrète d'avoir inventé la réalité lui suffisait.

Je suppose que ce fut Anna Koreth (elle dépassait son Josef quasiment d'une tête, *la sienne*) qui finit par amener l'inventeur à abandonner l'usage personnel et secret de ses jeux intellectuels et à proposer ses histoires au public. (Quoi qu'il en soit, elles parurent occasionnellement dans les quelques revues que proposait la librairie Koreth et qui témoignaient du présent parmi d'épaisses séries d'ouvrages historiques.) Mazzini continua comme intérimaire à effectuer pour son entreprise de transport des voyages lointains et à approvisionner la bourgeoisie avide d'antiquités en statuettes, mais il écrivit aussi des histoires situées dans des endroits la plupart du temps vaguement indiqués sur les cartes. Il fit sombrer des chalutiers dans des eaux lointaines, éclater des incendies dans des steppes asiatiques reculées ou décrivit en *témoin oculaire* des caravanes de réfugiés et des combats qui se déroulaient quelque part. Dans ce contexte, la limite entre le fait et l'invention demeurait toujours invisible.

« Celui qui cherche à se distraire s'en moque », devait écrire Mazzini plus tard dans l'un de ses journaux de l'océan Arctique, que l'océanographe Kjetil Fyrand transmit par la suite à Anna Koreth depuis Longyearbyen, la ville minière du Spitzberg. « C'est sans doute toujours cette prédisposition confuse à l'évasion qui, la journée de travail terminée, nous fait rêver d'expéditions dans la jungle, de caravanes et de champs de glaces flottantes éblouissants. Nous envoyons nos représentants – des reporters qui ensuite nous racontent comme c'était – là où nous n'allons pas nous-mêmes. Mais la plupart du temps, ce n'était pas *comme ça*. Et que l'on nous parle de la ruine de Pompéi ou d'une guerre actuelle dans les rizières, l'aventure reste l'aventure. Plus rien ne nous émeut vraiment. On ne nous apprend rien non plus, on ne nous émeut pas, on nous distrait... »

A l'époque, l'idée de retrouver effectivement ses chimères dans la réalité lui semblant de plus en plus fantastique, Mazzini transporta de plus en plus souvent les coulisses de ses récits dans des paysages inhabités et désertiques, dans des lieux perdus du Grand Nord. Car un drame inventé se déroulant dans un monde vide était en fin de compte beaucoup plus vraisemblable et *imaginable* qu'une quelconque aventure tropicale, pour laquelle il fallait tenir compte des influences d'une nature variée ou des rites d'une civilisation étrangère. Mazzini entraîna ainsi ses personnages imaginaires toujours plus loin vers le nord ; là où finalement plus aucun Esquimau ne vivait – sur la banquise de l'océan Arctique. L'inventeur semblait avoir ainsi renoué avec les images de la glace qui l'avaient fasciné dans son enfance ; bien plus tard, il apparut que c'était aussi l'annonce du dénouement. Car le prélude de la disparition de Mazzini débuta après qu'il eut découvert, dans le stock de livres anciens de la librairie Koreth, la description plus que centenaire d'un voyage polaire aussi dramatique, aussi bizarre et aussi invraisemblable que les voyages que l'on ne fait d'habitude qu'en imagination : c'était le récit de l'*Expédition impériale et royale austro-hongroise au pôle Nord*, écrit par le chevalier Julius von Payer et paru à Vienne en 1876 chez Alfred Hölder, libraire de la Cour et de l'Université.

Josef Mazzini fut fasciné. Cette expédition avait passé plus de deux années sur la banquise et, par une splendide journée d'août 1873, avait découvert dans l'océan Arctique, au-delà du 79e parallèle de latitude nord, un archipel jusqu'alors inconnu : une soixantaine d'îles de roche ancienne presque entièrement recouverte d'une énorme calotte de glace, des montagnes de basalte, dix-neuf mille kilomètres carrés sans vie. Quatre mois durant, le soleil ne se levait pas au-dessus de ce royaume insulaire et, de décembre à janvier, il y régnait de complètes ténèbres où la température de l'air descendait à 70 degrés au-dessous de zéro de l'échelle Celsius. Julius Payer et Carl Weyprecht, les commandants de l'expédition, avaient baptisé cet effroyable lieu *Terre de l'empereur François-Joseph*, en l'honneur de leur lointain souverain, effaçant ainsi de la carte de l'Ancien Monde l'une des dernières taches blanches.

La fascination que déclencha en lui le récit de cette expédition, tient à mon avis – je peux difficilement imaginer une autre raison – à ce qu'il crut détenir, les notes de Payer en main, la *preuve* qui confirmait une aventure qu'il avait inventée. Une seule chose est sûre : Mazzini se mit aussitôt à reconstruire, avec le zèle d'un fanatique, le déroulement confus de ce voyage de découverte. Il alla d'archives en archives. (Le département de la Marine des archives de guerre autrichiennes conservait le journal de bord abîmé de l'*Admiral Tegetthoff*, des lettres inédites et les journaux de Weyprecht et de Payer ; et dans la collection de cartes de la Bibliothèque nationale, il y avait le journal du mécanicien de l'expédition Otto Krisch et les croquis monotones et *non légendés* du chasseur Johann Haller du Passeiertal...) Ce fut comme si l'aspiration qui avait emporté quelque temps auparavant les personnages imaginaires de Mazzini dans l'Extrême-Nord s'était dès lors emparée de lui et l'avait entraîné avec elle. Mazzini courait derrière une réalité qui n'avait plus cours. Pour cette quête, les archives étaient toutes trop réduites, trop restreintes. Mazzini partit en voyage dans l'océan Arctique. Mazzini célébra la chronique de l'*Expédition Payer-Weyprecht* devant les coulisses de la réalité ; les cieux violets au-dessus des champs de glaces flottantes durent être les mêmes que ceux sous lesquels, plus d'un siècle plus tôt, l'équipage de l'*Admiral Tegetthoff* avait désespéré. Mazzini randonna à travers les glaciers. Mazzini disparut.

Non, je n'ai pas fait partie de ses amis. J'ai même parfois ressenti pour cet homme de petite taille, presque délicat, capable de poursuivre un mirage avec la force d'un fanatique, cette hostilité particulière que l'on ne manifeste peut-être qu'à l'endroit de quelqu'un qui vous est trop proche, trop semblable. Je suis entré dans sa vie sans le vouloir, une connaissance fugitive. Mazzini n'a réellement attiré mon attention qu'après avoir disparu dans les glaces. Car l'aspect énigmatique et oppressant de sa disparition se mit à pénétrer rétroactivement son existence et dans des proportions telles que peu à peu tout ce que cet homme avait fait, tout ce qui avait constitué son activité, devint énigmatique et oppressant. Malgré cela, ce ne fut pour moi au début rien d'autre qu'un jeu intellectuel que d'essayer de regrouper les circonstances de cette disparition en vue d'une explication, d'une quelconque explication. Cependant tout renseignement entraînait une nouvelle question ; je continuais ainsi involontairement à progresser pas à pas, mettais en rapport des détails biographiques, des renseignements et des noms, comme dans une grille de mots croisés ; et Mazzini devint pour moi un *cas*. Je finis même par poursuivre les recherches historico-polaires qu'il avait menées si imperturbablement, me plongeai toujours plus dans son travail et, ce faisant, négligeai le mien. Les notes et les journaux écrits par Mazzini au Spitzberg, que m'avait cédés Anna Koreth, me furent bientôt si familiers qu'il me fut possible d'en citer sans peine de mémoire les passages les plus embrouillés. Je ne pouvais m'ôter de la tête des phrases et des images, ou des fragments insignifiants. Quand bien même je l'aurais voulu, je n'oubliais plus rien désormais. Des cumulus qui se reflétaient dans les vitrines devenaient des éboulis glaciaires, des restes de neige dans les parcs municipaux des champs de glaces flottantes. L'océan Arctique s'étendait devant ma fenêtre. Mazzini avait dû vivre la même chose. Le souvenir de ce jour de mars continue à m'être désagréable et gênant, où, sur le chemin d'une bibliothèque de géographie, j'eus soudain conscience que j'étais passé depuis longtemps dans le monde de quelqu'un d'autre ; je fis la découverte humiliante et ridicule que d'une certaine façon, j'avais pris la place de Mazzini : je faisais bel et bien *son* travail et me déplaçais dans *ses* rêveries aussi inéluctablement qu'une pièce sur un échiquier.

Ce jour-là, il plut régulièrement et sans interruption jusque tard dans la nuit. De longues flaques d'eau se refermaient en formant de l'écume derrière les voitures chaque fois qu'elles passaient au rythme des feux tricolores. La pluie transformait la vieille neige noircie en une boue vitreuse. Il faisait froid. Mazzini était mort. Il *fallait* qu'il fût mort.

3
Registre de présence pour un drame au bout du monde (Ci-joint : des extraits des dossiers personnels des commandants)

Lieutenant de vaisseau Carl Weyprecht de Michelstadt en Hesse	Commandant de l'expédition sur mer et sur glace, capitaine de l'*Admiral Tegetthoff*
Enseigne de vaisseau de première classe Julius Payer de Teplitz en Bohême	Commandant de l'expédition sur terre, cartographe de l'empereur
Lieutenant de vaisseau Gustav Brosch de Komotau en Bohême	Premier officier (service intérieur), fourrier
Aspirant Eduard Orel de Neutitschein en Moravie	Second officier (pilotage)
Docteur Julius Kepes de Bari en Hongrie	Médecin de l'expédition
Capitaine de vaisseau de ligne Pietro Lusina de Fiume	Second maître
Capitaine Elling Carlsen de Tromsö en Norvège	Maître baleinier et harponneur
Otto Krisch de Kremsier en Moravie	Mécanicien
Josef Pospischill de Prerau en Moravie	Chauffeur
Antonio Vecerina de Draga près de Fiume	Charpentier
Johann Orasch de Graz	Cuisinier

Johann Haller du Passeiertal dans le Tyrol	Premier chasseur, soigneur de chiens et conducteur de traîneau
Alexander Klotz du Passeiertal dans le Tyrol	Second chasseur, soigneur de chiens et conducteur de traîneau
Antonio Scarpa de Trieste Antonio Zaninovich de Lesina Antonio Catarinich de Lussin Antonio Lukinovich de Brazza Giuseppe Latkovich de Fianona près d'Albona Pietro Fallesich de Fiume Giorgio Stiglich de Buccari Vincento Palmich de Volosca près de Fiume Lorenzo Marola de Fiume Francesco Lettis de Volosca Giacomo Sussich de Volosca	Matelots
Jubinal, chien conducteur, d'Asie du Nord, acheté à Vienne Gillis, origine inconnue, acheté à Vienne Matotschkin, origine inconnue, acheté à Vienne Bop, origine inconnue, acheté à Vienne Novaïa, origine inconnue, achetée à Vienne Zemlia, origine inconnue, achetée à Vienne Sumbu de Laponie, acheté dans la steppe Pekel de Laponie, acheté à Tromsö Torossy de l'océan Arctique, fils de Zemlia, né sur l'*Admiral Tegetthoff*	Chiens de traîneau

Deux chats de Tromsö, anonymes

Josef Mazzini de Trieste | Continuateur

Documents annexes :

WEYPRECHT, Carl, lieutenant de vaisseau de ligne, explorateur polaire. Né le 8 septembre 1838 à Michelstadt dans l'Odenwald, grand-duché de Hesse-Darmstadt ; fils de bourgeois aisés ; lycée et école technique de Darmstadt. Entre à dix-huit ans comme *cadet provisoire* (élève officier) dans la marine de guerre autrichienne. De 1856 à 1859, instruction à bord de la frégate *Schwarzenberg*, de la corvette *Erzherzog Friedrich*, de la frégate *Donau* et du vapeur *Curtatone* ; voyages outre-mer. En 1860-1861, officier en qualité de *cadet de marine effectif* à bord de la frégate *Radetzky* sous le commandement du (futur) amiral Wilhelm von Tegetthoff. En 1861, nomination par Tegetthoff au grade d'*aspirant de marine de vaisseau de ligne*. De 1863 à 1865, formation d'officier sur le brick *Husar*. Se distingue en 1866 lors de la bataille navale de Lissa à bord de la frégate cuirassée *Drache* par son intelligence et sa témérité ; en est récompensé par l'ordre de la *Couronne de fer de troisième classe*, et en 1868, est nommé, après un voyage dans le golfe de Mexico, *lieutenant de vaisseau de ligne*. Jusqu'en 1871, plusieurs voyages en direction des continents asiatique et américain ; croisières au large des côtes syriennes et égyptiennes et participation à l'occupation totale des côtes dalmates. Excellentes connaissances linguistiques : italien, hongrois, serbo-croate, français, anglais et norvégien. Entreprend en 1871 sur la frégate *Isbjörn*, avec Julius Payer et le comte Hans Wilczek, une expédition de reconnaissance au Spitzberg et à Novaïa Zemlia pour étudier les conditions climatiques dans la partie nord de la mer de Barents ; se voit confier en 1872, à l'âge de trente-trois ans, le commandement maritime de l'Expédition austro-hongroise du pôle Nord.

Nombreuses publications dans les domaines de la navigation, de la météorologie, du magnétisme terrestre et de l'océanographie, entre autres : *Les Métamorphoses de la glace ; Introduction pratique à l'observation des lumières polaires ; Les Expéditions de l'avenir au pôle Nord et leurs résultats assurés...*

Croix de chevalier de l'ordre de Léopold, de l'ordre de la Couronne de fer de troisième classe, de l'ordre de l'Aigle rouge royal prussien de troisième classe ; croix d'officier de l'ordre royal italien de Saint-Maurice et de Saint-Lazare, de la Couronne de laurier en argent de la ville de Francfort ; grande médaille d'or du Congrès géographique international de Paris ; médaille d'or de la fondation de la Société géographique londonienne, etc., voir décorations de Payer, citoyen d'honneur des villes de Fiume (Rijeka) et de Trieste.

Von PAYER, Julius, chevalier, enseigne de vaisseau de première classe, cartographe, explorateur des régions alpestres et polaires, peintre, écrivain. Fils de capitaine des uhlans, né à Schönau près de Teplitz en Bohême le 2 septembre 1841. Diplômé de l'Institut des cadets de Lobzowa près de Krakau (Cracovie) et de l'Académie militaire Marie-Thérèse de Vienne-Neustadt ; participe en 1859, en tant que *sous-lieutenant* du 36e régiment d'infanterie, à la bataille de Solférino ; est décoré de la *croix du Mérite avec décoration de guerre*, puis nommé *enseigne de vaisseau de première classe*. Stationne à Mayence, Francfort, Vérone, Venise, Chioggia et Jägerndorf ; enseigne l'histoire à l'Institut des cadets d'Eisenstadt, puis travaille sous la direction du feld-maréchal von Fligely pour l'Institut géographique militaire. Expéditions spectaculaires en haute montagne en vue de l'exploitation des Alpes du Sud-Tyrol et des Hautes-Tauern ; cartographie des régions des Monti Lessini, des massifs de Pasubio, du Glockner et des monts vénitiens ; plus de trente premières dans les massifs de Brenta, Adamello et Presanella. De 1865 à 1868, recherche systématique et mesures trigonométriques de toutes les parties du massif très ramifié de l'Ortler ; soixante ascensions de sommet. En 1869 et 1870, participation à la deuxième expédition allemande polaire au Groenland, en qualité de géographe, orographe et glaciologue ; découverte du *fjord Tyrolien* et du *fjord François-Joseph* lors d'une marche à pied de six cents kilomètres le long de la côte est du Groenland. En 1871, exploration de la mer de Barents jusqu'au 78° 48' de latitude nord en compagnie de Carl Weyprecht et du comte Hans Wilczeck ; relevés cartographiques complémentaires du Spitzberg. En 1872, à 30 ans, prend le *commandement sur terre* de l'Expédition austro-hongroise du pôle Nord.

Nombreuses publications dans les domaines de la cartographie, de la géographie et de l'aventure arctique, entre autres : *Les Alpes d'Adamello-Presanella ; La Bocca di Brenta ; Les Alpes de l'Ortler ; L'Expédition préparatoire à l'étude de la mer de Novaïa Zemlia ; A propos du froid ; Le Groenland intérieur ; L'Expédition austro-hongroise du pôle Nord de 1872 à 1874, etc.*

Croix de l'ordre de la Couronne de fer de troisième classe ; médailles d'or des sociétés géographiques de Londres et de Paris ; membre d'honneur des sociétés géographiques de Vienne, Berlin, Rome, Budapest, Dresde, Hambourg, Brême, Hanovre, Munich, Francfort-sur-le-Main et Genève ; membre d'honneur de la Société météorologique d'Alger, de l'Union maritime de Hambourg et de la Société de géographie de Presbourg ; membre d'honneur des sociétés alpestres française, anglaise et italienne ; chevalier de la Légion d'honneur française, de l'ordre de l'Aigle rouge royal prussien de troisième classe, de l'ordre royal suédois de l'Étoile du nord, de l'ordre royal italien de Saint-Maurice et de Saint-Lazare, de l'ordre de la Couronne italienne, de l'ordre royal portugais de la Tour et de l'Épée et de l'ordre du Faucon blanc du grand-duché de Saxe ; docteur honoris causa de l'université de Prague ; citoyen d'honneur des villes de Brünn, Fiume et Teplitz ; est considéré comme le meilleur conducteur de chiens de traîneau de son temps né en dehors du cercle polaire.

4
Chronique des adieux
ou la réalité peut être partagée

En 1868, pendant que je prenais des mesures dans les Alpes de l'Ortler, un journal qui donnait des nouvelles des préparatifs de l'expédition allemande de Koldewey parvint jusqu'à ma tente alors installée dans la montagne. Le soir autour d'un feu de camp, je fis aux bergers et aux chasseurs qui m'accompagnaient un exposé sur le pôle Nord, dans lequel j'exprimais mon étonnement qu'il pût y avoir des hommes qui fussent beaucoup plus capables que d'autres de supporter les effrois des basses températures et des ténèbres. Je n'imaginais pas encore à cette époque qu'un an plus tard je participerais moi-même à une expédition au pôle Nord ; de même que Haller, l'un de mes chasseurs, ne pouvait prévoir qu'il m'accompagnerait lors de mon troisième voyage. *Julius Payer.*

Où commencèrent les adieux ? Et quand ? Il y eut tellement de lieux : le quai de la gare de l'Ouest de Vienne, l'écluse de Geestemünde, le port de la ville de Tromsö au nord de la Norvège ; puis un siècle plus tard l'*airport* et à nouveau un embarcadère.

Cinq marins de l'*Admiral Tegetthoff* laissaient une famille derrière eux ; ont-ils lors de leurs adieux répété les promesses qu'on leur avait faites ? *Nous allons découvrir des terres.* Ont-ils évoqué la grande vie qui suivrait le retour et la paye qui était meilleure que sur d'autres bateaux ? *Mille deux cents gulden-argent, avec équipement, nourri pendant deux ans et demi, peut-être trois, peut-être – mais non, il ne peut rien arriver – ad vitam eternam.* Ceux qui restaient savaient seulement que là où leurs fils, leurs frères, leur père allaient se rendre, les choses étaient complètement différentes, qu'il faisait froid, que personne encore n'y était allé et que ça durerait longtemps ; plus longtemps que d'habitude. Ils ne pouvaient pas en savoir beaucoup plus.

Le jour de la Fête-Dieu de l'an 1872, un jeudi, le 31 mai, l'Expédition austro-hongroise du pôle Nord, y compris les chiens de traîneau, se mit en route pour la première fois au complet. On monta dans le train en direction de Bremerhaven, train qui, dans un nuage de fumée non transmis à la postérité, quitta la gare de l'Ouest de Vienne à 18 h 30. Ce furent des adieux sans grandes cérémonies. Deux jours durant, le paysage défila derrière les fenêtres des compartiments, on retournait vers les lieux dont on était originaire. Trübau en Moravie, Budweis, Prague, Dresde, Magdebourg, Brunswick, Hanovre, Brême ; dans les gares que l'on traversait, il arrivait parfois que des délégations vinssent présenter leurs meilleurs souhaits de réussite, que des mains se levassent, mais aucune allégresse.

Chacun sent, sans l'exprimer, qu'il aborde une période grave ; chacun est encore libre aujourd'hui d'espérer ce qu'il désire ; car personne n'entrevoit l'avenir. Mais un sentiment anime chacun : la conscience qu'en luttant pour un objectif scientifique, nous servons l'honneur de notre patrie et qu'au pays l'on suit nos pas avec le plus vif intérêt. Julius Payer.

Les matelots vêtus de neuf, debout près des fenêtres des compartiments ou carrés dans les sièges, une bouteille d'eau-de-vie entre les genoux ; les chasseurs Haller et Klotz, tous deux encore en costume régional du Passeiertal – veste de loden brodée, chapeau à large bord et culottes en peau de cerf qui leur arrivent aux genoux (Payer voulait voir, lors du départ, ses chasseurs dans leur costume traditionnel) –, quelle importance la science et l'honneur de la patrie pouvaient-ils avoir pour ces hommes au regard de mille deux cents gulden-argent ? Mille deux cents gulden-argent, plus les primes et une nouvelle terre ! Pour le moment, ils sont assis dans le train et font connaissance dans les idiomes de quatre langues différentes ; l'italien sera la langue du bateau. Or ils s'acheminent vers le jour où l'opiniâtre Tyrolien Alexander Klotz disparaîtra dans les neiges de la *Terre François-Joseph* ; les fourrures en lambeaux, miné par la maladie, les pieds gelés, il poussera un long sanglot, inaccessible désormais à tout secours et à toute consolation. Un autre jour, on traversera la banquise pour porter Otto Krisch, le machiniste de vingt-neuf ans, dans un cercueil fabriqué par Antonio Vecerina, au milieu des écueils de cette nouvelle terre et le recouvrir de pierres entre les colonnes de basalte. *Une solitude indescriptible s'étend par-dessus ces montagnes enneigées...*, écrira Payer dans son journal. *Quand nous ne percevons pas le gémissement et le tintement de la glace soulevée par le flux et le reflux au bord de la mer, ni le soupir du vent qui se glisse dans l'assemblage des rochers, la mort recouvre le paysage blême et sépulcral de son mutisme. Nous entendons le silence solennel de la forêt, d'un désert, et même d'une ville qu'enveloppe la nuit. Mais quel silence que celui qui s'étend sur cette terre et ces froides montagnes de glaciers, qui se perdent dans des lointains brumeux et inexplorables et dont le destin semble rester à jamais un secret... C'est ainsi que l'on meurt au pôle Nord : solitaire, on s'éteint comme un feu follet, un simple marin pour pleureuse, et dehors une tombe de glace et de pierre attend le trépassé...*

Mais dans les conversations qu'ils ont dans le train, c'est une masse lointaine, blanche et austère, qui vient à leur rencontre, et si d'aventure leur voyage à travers les mers glacées les amenait à découvrir une île, ce serait sûrement une belle terre, douce et calme.

Nous imaginions alors ses vallées parées de prairies, où vivraient des rennes paissant paisiblement en toute jouissance de leur liberté, loin de tout ennemi. *Julius Payer.*

Le monde qui passe devant les fenêtres des compartiments est de moins en moins familier. Mais il reste vert. Des champs de houblon, des allées de peupliers, des prairies, des maisons de brique couvertes de chaume. En ces lieux, un été commence.

Le 2 juin, l'équipage de l'expédition arriva à Bremerhaven et le soir même traversa les quais de Geestemünde. Puis les voilà devant l'*Admiral Tegetthoff*, les uns presque remplis d'une crainte respectueuse, les autres oppressés. Quel bateau ! Et comme tout était neuf ! Pas une algue, pas un coquillage sur les bordages, pas de croûtes de sel ; ça sentait le vernis, le goudron et le bois neuf. Garni de plaques de fer sous la ligne de flottaison, équipé d'une machine à vapeur auxiliaire de la fabrique Stabilimento Tecnico Triestino développant une force de cent chevaux, ce schooner-barque traverserait les glaces flottantes par vent calme ; les provisions, fournies par la firme hambourgeoise de denrées alimentaires Richers et par le fabricant lubeckois de conserves de viande Carstens, suffiraient pour mille jours, et cent trente tonnes de charbon pour mille deux cents heures de voyage à la vapeur : soient mille deux cents heures d'autonomie. Mais quelle distance allait-on parcourir à travers les mers polaires et combien mesurait un iceberg ? L'*Admiral Tegetthoff* faisait 32 mètres de long et 7,3 de large. Qu'étaient-ce que trois mâts et cent chevaux-vapeur face à des blocs de glace d'une taille telle qu'on aurait pu y construire des palais. On était à l'étroit sur ce bateau ; les chambres des officiers étaient petites ; les alvéoles des marins dans la salle d'équipage oppressantes. Une sentence arabe gravée ornait le mess des officiers : *In Niz Beguzared – Cela aussi passera.*

Les derniers préparatifs prennent dix jours. A l'inscription maritime, on dépose une déclaration de renoncement : en cas de naufrage, l'Expédition impériale et royale refuse qu'on se mette en peine d'envoyer des expéditions à sa recherche pour la sauver. On s'en sortirait par ses propres moyens ou l'on ne reviendrait jamais plus. Le document porte la signature des officiers ; en tête celle de Carl Weyprecht qui penche à droite avec ses hachures élégantes de l'écriture allemande cursive, et le paraphe de Julius Payer qui, devant tant de sérieux, semble presque juvénile. Je ne puis me rappeler si les marins y ont apposé leur griffe. Il aurait dû alors y avoir aussi des croix. Tous n'étaient pas capables de lire et d'écrire.

A l'aurore du 13 juin 1872 – il fait une chaleur estivale – l'*Admiral Tegetthoff* passe, tiré par un vapeur municipal, les écluses de Geestemünde, puis descend la Weser. Encore une fois des arbres et des prairies. Puis Weyprecht fait hisser les voiles. Devant eux s'ouvre la mer. Les chasseurs tyroliens la voient pour la première fois.

Sans nous laisser troubler, nous regardâmes tous les charmes de la création diminuer et s'effacer ; peu à peu la terre s'enfonça derrière nous ; le soir, la côte allemande avait disparu de notre vue... La bonne humeur anime l'équipage ; le soir, une petite brise emporte les chants joyeux des Italiens, à moins que le rythme régulier du ludro des Dalmatiens n'éveille en eux le souvenir de la terre natale ensoleillée qu'ils devront bientôt remplacer par un contraire qui, même pour leur imagination, est encore un secret. *Julius Payer.*

A l'approche d'Héligoland, plus personne ne chante. L'*Admiral Tegetthoff* n'échappe que de justesse aux hauts-fonds côtiers. Le gros temps se prépare. Des paquets de mer, la pluie, le froid ; non, ce n'est pas encore le froid. *Le Tyrolien Haller a un énorme mal de mer*, écrit le mécanicien Krisch dans son journal. Les choses continuent ainsi pendant deux semaines. Puis voici qu'émergent au-dessus des vagues les rochers de la Norvège, gris-bleu comme la houle. Le vent faiblit.

Après un voyage passablement agité, nous jetâmes l'ancre le 2 juillet 1872 à Tromsö, où le harponneur Elling Carlsen embarqua ; c'était un homme d'une soixantaine d'années qui possédait une singulière pratique des mers glaciales et qui s'était fait une réputation pour avoir contourné le Spitzberg. *Gustav Brosch.*

Le gros temps nous avait retenus quelque temps près des îles Lofodden, si bien que nous ne débarquâmes que le 3 juillet à Tromsö. *Julius Payer.*

Arrivés le 4 juillet à 11 heures du soir à Tromsö. Éteint la chaudière et relâche dans le sund de Tromsö. *Otto Krisch.*

Les 2, 3, 4 juillet : on reconstitue sans difficultés particulières les raisons des contradictions dans la date d'arrivée ; on peut supposer les effets du soleil de minuit qui estompe la différence entre le jour et la nuit ; il ne fait non plus aucun doute qu'en haute mer un ou deux jours aient pu échapper à la chronologie individuelle ou que l'un ait évoqué l'heure d'arrivée dans le détroit et l'autre l'instant où il foula le débarcadère. Il existe en outre des indices infaillibles d'une date d'arrivée objective, mais je n'en fais pas état. Car une journée ne peut pas être plus vraie que dans la conscience d'un homme qui l'a vécue. Je dis donc que l'expédition atteignit Tromsö le 2, l'atteignit le 3, l'atteignit le 4 juillet 1872.

La réalité est partielle. (De même, dans la petite société qui vécut à bord du *Tegetthoff*, les journaux des sujets furent tellement différents de ceux des commandants qu'il semble parfois que, dans les cabines et les chambres, on n'écrivît pas la chronique d'une seule mais de plusieurs expéditions, étrangères l'une à l'autre. Chacun, dans son récit, parlait d'une autre glace.)

Tromsö. Il y fait frais, et l'été méridional n'est plus qu'un souvenir. Parfois le brouillard tombe. A nouveau on prépare des adieux, les plus sérieux de tous ; on complète l'équipement et les provisions ; on achète des plaques de fer, de l'acier et du stockfisch dans une ville toute en bois. Weyprecht demande à des plongeurs norvégiens de colmater une voie d'eau ; lors des tempêtes des dernières semaines, le *Tegetthoff* a trop fait eau. Le commandant du bateau attend en vain le retour des chasseurs de morses de leurs lieux de chasse dans le Nord ; il devra appareiller sans nouvelles sur l'avancée de la banquise cette année-là. Les derniers jours dans le monde habité sont aussi pour les marins du *Tegetthoff* un moment où ils s'exercent modestement à la vie qui les attend dans les salons au cas où ils réussiraient à revenir du monde sauvage : une vie avec des honneurs, des invitations, des conversations inhabituelles et un profond respect ; Andreas Aagaard, le consul autrichien de Tromsö, les prie à dîner ; d'autres personnes l'imitent. Jamais encore dans la vie des matelots, un voyage en mer n'a suscité autant d'admiration que la simple intention de naviguer *en direction du pôle Nord*. Le pôle Nord est sûrement un lieu plus convoité, plus important, que les côtes de l'Amérique et de l'Inde que certains d'entre eux ont déjà vues. Ce n'est que quelques mois plus tard, alors qu'ils sont enfoncés dans les glaces et l'obscurité de la nuit polaire, que Julius Payer éclairera les derniers naïfs :

C'est par 20 à 30 degrés au-dessous de zéro (Réaumur) que la graine de la sagesse fut semée dans les fils de la nature. Cependant, ce climat n'était pas fait pour qu'elle prospère. La déception fut douloureuse quand on prit conscience de ce qu'était le « pôle Nord » et du fait qu'il n'allait rien rapporter ; que ce n'était ni une terre ni un royaume à conquérir, mais seu-

lement le point de rencontre de lignes convergentes, un lieu où il n'y avait en réalité rien à voir !

J'ai essayé de m'imaginer ce qu'un naïf se traînant sur un navire pris dans les glaces, entouré de tous les effrois de la glace et des ténèbres, doit éprouver quand il se rend compte tout à coup que son but est de toute façon invisible, que c'est un point sans valeur, que ce n'est rien. Je ne suis pas allé plus loin que la tentative ; je n'arrivais pas à faire mienne une si cruelle déception. Toujours est-il qu'ils sont encore à Tromsö et se préparent pour se rendre à la réception chez le consul.

Le 6 juillet, invités à dîner chez monsieur Aagaart ; y sommes restés jusqu'à minuit, le soleil ne se couche plus et nous revînmes à bord à la clarté du soleil.

Le 7, invités à dîner chez monsieur Stiftsmann de Tromsö, dans une belle villa située dans la forêt au-dessus de Tromsö ; rentrés à bord à deux heures du matin.

Le 8 juillet, visite chez les Lapons dans leurs cabanes, ceux-ci habitent au pied du mont Kilpis-Jaure avec de nombreux troupeaux de rennes ; chaque famille habite une cabane et possède 300 à 500 rennes. Dans la cabane, recouverte à l'extérieur de terre et tapissée à l'intérieur de peaux de renne, à une chaîne est suspendue une marmite dans laquelle on fait cuire les aliments. Les gens sont habillés de peaux de rennes ; ils n'ont aucune connaissance scolaire, aussi sont-ils la plupart du temps païens et croient au Jubinal, ou Aïka ; en plus des hommes il y a également dans les cabanes un grand nombre de chiens de rennes, une espèce particulière de chiens ; nous en achetâmes un pour 2 1/2 species-thalers et l'emmenâmes à bord ; celui-ci fut appelé Pekel, « Diable » en lapon, avant d'être rebaptisé Pekelino plus tard par les marins. *Otto Krisch.*

Weyprecht n'aime pas particulièrement les chiens. Payer est extrêmement heureux ; avec six terre-neuve et deux chiens lapons, il croit avoir réuni à nouveau un attelage de traîneau avec lequel il traversera les glaces, comme deux ans plus tôt lorsqu'il a longé la côte est du Groenland. Mais les chiens resteront sauvages même sous les coups des chasseurs tyroliens : *Il y avait des endroits sous le pont où seuls leurs amis étaient sûrs de ne pas être déchiquetés (Payer).*

En compagnie de ses chasseurs, le *commandant sur terre* escalade les roches abruptes qui entourent Tromsö et examine en altitude l'exactitude des baromètres qu'ils ont emportés. Le 10 juillet, ils sont sur un sommet que Dilkoa, le Lapon qui les conduit, appelle *Sallas Uoivi*. A leurs pieds s'étendent des fjords, une terre rocheuse déchiquetée et la mer.

Du sommet de la montagne, nous vîmes s'élever verticalement une énorme colonne de fumée noire de quelque 1 500 pieds de haut – le quartier nord de Tromsö était en flammes. *Julius Payer.*

A bord du *Tegetthoff* à l'ancre, on voit les choses autrement : *Le 10 juillet, le feu éclata dans le quartier nord-est de la ville, réduisant en cendres plusieurs bâtiments d'habitation et des boutiques ; une barque où avaient pris place la majeure partie de l'équipage et le matériel de lutte contre les incendies fut envoyée à terre. Après 2 1/2 heures d'un travail acharné, le feu fut éteint, ce sur quoi le commissaire des pompiers exprima ses remerciements au commandant Weyprecht pour son aide...*

Le 11 juillet, je visïtai la ville, laquelle n'a rien de particulier : l'ensemble des maisons, même les deux églises, sont construites en bois, ainsi que la salle de concert où se produisait un artiste qui jouait de la harpe. Le 12 juillet, arrivée du vapeur ; je reçus 3 lettres par la poste, à savoir d'Anton, de mon père et de Theodor ; je ne pus recevoir celles qui allaient arriver plus tard, parce que nous ne pouvions pas attendre le prochain bateau ; à 5 heures de l'après-midi, je vais aux bains de vapeur, puis à un souper prévu à l'avance à l'hôtel Nielsen.

Le 13, à 9 heures du matin, une messe fut dite à notre intention dans l'église catholique ; pris juste après üne petite collation chez monsieur le curé ; puis je me suis encore acheté avec tout l'argent que je possédais 1/2 seau de vin et 40 bouteilles de bière et suis rentré à bord sans un schilling vaillant, car demain nous devons quitter Tromsö, et dans les mers polaires, nous n'aurons pas besoin d'argent mais bien de temps en temps d'un bon verre de vin ; à 10 heures du soir, allumé la chaudière. *Otto Krisch.*

A minuit, l'*Admiral Tegetthoff* est prêt à appareiller. C'est l'instant où le maître baleinier et harponneur Elling Carlsen grimpe enfin à l'échelle de coupée ; c'est le seul homme à bord qui ne doive pas obéissance à l'empereur d'Autriche. Une puissante lance à morse à la main, un manteau en fourrure d'ours polaire jeté sur les épaules, il pénètre dans la chambre de l'équipage. Comme il est vieux ! Les matelots, même les commandants, pourraient être ses fils. Dans le petit bagage de Carlsen, les objets les plus précieux sont une perruque bouclée blanche pour les prochains jours de fête et l'ordre d'Olaf qui lui a été décerné pour avoir contourné le Spitzberg sur un bateau à voile. Combien de morses a-t-il déjà tués avec sa lance ? Il ne le sait plus. Puis voici que le jour se lève : le 14 juillet 1872, un dimanche.

Dimanche matin, nous quittâmes la paisible petite capitale du nord de l'Europe. Les passagers du vapeur-poste de Hambourg, qui entrait justement dans le port, nous acclamèrent longuement pour nous saluer ; puis recourant à la vapeur, nous prîmes la direction de la haute mer en empruntant les chenaux étroits du sund de Qual et Gröt près des écueils de Sandö et Rysö. Le capitaine Carlsen nous servit de pilote. Lorsque nous fûmes sortis des récifs, le brouillard se forma et enveloppa la puissante tour rocheuse de Fuglö. C'est là que l'on éteignit la chaudière et que l'on hissa les voiles. Le 15 juillet, nous mîmes le cap vers le nord sans quitter des yeux les nombreux glaciers de la côte norvégienne ; le 16 juillet, nous aperçûmes le cap Nord de l'Europe dans un lointain bleuâtre...

L'objectif idéal *de notre voyage était de découvrir le passage du nord-est ; mais la mission en était à proprement parler d'explorer les bassins ou les terres au nord-est de Novaïa Zemlia.* *Julius Payer.*

J'imagine l'eau noire d'un sund qui, dans le sillage de l'*Admiral Tegetthoff*, redevient lisse. Le panache de fumée que le mécanicien Krisch a dessiné dans le ciel de Tromsö flotte encore au-dessus du port lorsque les passagers du vapeur-poste de Hambourg mettent pied à terre. Il n'y a pas un souffle de vent ce matin-là. A l'hôtel Nielsen, on prépare le petit déjeuner ; le *Tegetthoff* est l'objet de la conversation du jour. Où disiez-vous qu'ils vont ? Au Japon ? Par le Pôle ? Dans le sac postal, il y a des lettres pour l'équipage ; deux d'un coup pour le mécanicien Otto Krisch. On les lui conservera.

Puis j'aperçois dans la maison de la veuve du tailleur de pierre Josef Mazzini qui, pendant des jours, déambule au milieu de son équipement comme dans un musée, et doute parfois que tous ces objets dispersés à terre – les vêtements en duvet, les bottes de toile, le sac de couchage et tous les accessoires de déguisement – le protègent de la glace. Dehors, on est en juillet et il fait très chaud. Mais il se prépare à être progressivement catapulté de l'été dans le froid – Copenhague, Oslo, Tromsö, Longyearbyen – par avion ; et partant de Longyearbyen à continuer en bateau sur l'océan Glacial en direction du nord-est, toujours plus loin, jusqu'à la côte de la *Terre François-Joseph*, et mieux encore, au-delà si possible, jusqu'au détroit de Behring, puis vers Yokohama.

« Tu es fou », dit Anna Koreth. Mais elle sait qu'il ne plaisante pas. J'aperçois le mal que se donne Mazzini chez Anna pour faire comprendre ce qu'est un voyage au Spitzberg ; les invités aussi ont envie d'entendre ses explications, mais sans prendre l'affaire au sérieux, comme ça, en passant. (L'Italien ne parle pas simplement d'aller *au Spitzberg* ; on accepterait encore sans poser d'autres questions qu'il évoquât des *randonnées sur les glaciers :* un spleen, mais faire un voyage qui emprunte les routes suivies par on ne sait quel voilier des mers glaciales disparu depuis longtemps ? Quel est l'homme qui va dans l'Arctique uniquement pour *avoir une idée* de ce qui fut, de ce qui pourrait avoir été ?)

Les invités sont à table ; ils ne cessent d'être à table, mais Mazzini est déjà seul avec Anna ; ce qu'il dit, c'est à elle qu'il le dit. Pourtant ils n'arrivent plus à s'écouter ; or ils parlent pendant toute une soirée, chacun d'une autre glace.

5
Première digression
Le passage du nord-est ou la route blanche des Indes – Reconstitution d'un rêve.

Tout autour de la calotte solitaire du pôle Nord se dressent sous la forme de pyramides de pierre les repères des lieux que l'infatigable esprit d'entreprise humain a réussi à atteindre. L'insignifiante mouette plane à son zénith ; sur ses radeaux de glace, le Pôle accorde à l'espèce des morses poursuivie par le harpon un asile sûr ; nonobstant, il n'y a qu'à la découverte qu'il s'est révélé jusqu'à présent inaccessible.

La faible aurore de la cosmogénie est semblable à toute évolution qui ne mûrit que progressivement pour réaliser de grands objectifs : elle ne s'est répandue que lentement, partant du disque terrestre homérique pour passer par la terre des Hyperboréens ; il a fallu des millénaires pour que la soif de savoir vainque les effrois du pôle Nord dont les Arabes déjà pensaient que la Sibérie était remplie. Autour des terres ensoleillées du levant, le monde resta des milliers d'années enfoui sous des idées erronées et des fables que seule l'insurrection éthique des anciens philosophes et poètes arracha à la naïve trivialité de l'immaturité.

Aucun souffle de vérité ne s'éveilla dans ce monde dominé par l'esprit de caste pour chasser les images trompeuses de la chaleur qui brûle, du gel qui tue, des mers qui tombent dans l'abîme et dont les marins ne reviennent jamais, des dieux du vent et de la mer qui menacent de malheur, et des fourmis gardiennes de l'or. La boule de cristal du ciel ne reposait-elle pas sur ses colonnes montagneuses – la terre étant elle-même isolée dans l'espace infini, mais déséquilibrée, parce que accablée sous le poids de la profusion végétale des tropiques, face à l'indigence septentrionale ? Après que les dogmes religieux les eurent envahies, ce sont ces hypothèses qui construisirent autour du cercle étroit des connaissances une triple muraille qui pendant des millénaires resta infranchissable...

C'est seulement quand on eut compris que la terre avait la forme d'une boule qu'apparut la première explication théorique des climats, la première notion encore très vague de zones à laquelle Pythéas le Massaliote, quatre siècles avant Jésus-Christ, apportera par la théorie des cercles polaires le premier renfort scientifique. Presque en même temps, l'expédition d'Alexandre aux Indes, le pays des merveilles, fit surgir un paradis commercial et maritime. Mille huit cents ans plus tard, on n'hésiterait pas pour l'atteindre à prendre le chemin de raccourci le plus insensé : celui qui traverse les glaces. *Julius Payer.*

Pendant que, dans mon esprit, l'*Admiral Tegetthoff* passe à la vapeur les premiers champs de glaces flottantes et qu'à bord d'un avion de ligne de la Scandinavian Airlines, Josef Mazzini voit surgir sous lui les colonnes blanches et éblouissantes des nuages, je m'enfonce doucement dans l'obscurité du temps et remonte à travers les siècles jusqu'aux prémices d'un intense désir. Car lorsque les marins italiens du *Tegetthoff* hissent les voiles, la navigation occidentale n'a toujours pas réalisé l'un de ses grands rêves ; quelque part le long de la côte sibérienne, toujours au nord-est, il devait bien y avoir, pour aller au Japon, en Chine et aux Indes, une voie maritime courte, bordée de banquise, un passage de l'Atlantique à l'océan Pacifique – le passage du nord-est.

Quoi qu'il en soit, jusqu'en 1872, des flottes entières avaient disparu dans le pack, sans avoir trouvé ledit passage. Les chroniqueurs avaient écrit des pages et des pages à partir de leurs notes sur des catastrophes survenues dans la glace, évoquant dans leurs récits des bateaux qui, partis avec des marchandises, des cadeaux, de lourds canons et des lettres de recommandation aux empereurs de Chine et du Japon, n'étaient arrivés nulle part pour ne jamais revenir. Ces hommes avaient même fini par ne plus savoir combien de marins avaient péri dans la recherche de la route du nord-est. Mille morts ? Mille quatre cents ou plus ? Les statistiques des naufrages restèrent toujours contradictoires et incomplètes ; la tentative était vaine de mettre en chiffres l'horreur et la monstruosité de ce chemin mythique et ensorcelé. (Dans les bureaux des compagnies, on éprouvait des difficultés de classement : une flottille de chasseurs de morses qui, prise dans le pack, avait continué à dériver vers le nord-est, dépassant le cap sibérien de Tchéliouskine, avait été écrasée entre des murs de glace compacte et avait disparu ; les morts et les naufragés de ce genre de catastrophe devaient-ils être considérés comme des victimes du passage du nord-est ou tout simplement comme des victimes des mers polaires ?) Les navires sombraient. Les chroniqueurs écrivaient. Le monde arctique restait indifférent.

Celui qui partira à la recherche de la préhistoire du rêve nord-oriental devra penser non pas des siècles mais des millénaires en arrière et trouvera encore en deçà de l'an zéro de l'ère chrétienne des images venues d'une mer froide ; il devra essayer de s'imaginer les voyages septentrionaux de Pythéas le Massaliote ou d'Himilko le Carthaginois, les drakkars en chêne des Normands et leurs pilotes ; Bjarni Herjolfsson et Leif Eriksson par exemple qui, à la charnière du premier millénaire, avaient atteint, en partie à la voile, en partie à la rame, les côtes de l'Amérique du Nord ; il se souviendra d'Erik le Rouge, le seigneur du Groenland et de l'Islande ; d'Ohthere qui, contournant le cap Nord et traversant la mer Blanche, avait gagné à la voile la terre des Bjarmer, en Sibérie, ou d'Erik Blodöks, la Hache sanglante, et d'autres qui, longtemps avant les découvreurs des temps modernes, avaient foulé le Spitzberg ou les terres de l'Extrême-Nord... Mais j'interromps ce jeu intellectuel qui consiste à remonter le temps pour m'arrêter à l'époque où les premiers voyages sur les mers glaciales étaient tout autant tombés dans l'oubli que les connaissances cosmographiques des Anciens, et je tourne mon regard vers un château de Castille. Il s'agit du château de Tordesillas. On est en 1494. Au mois de juin.

L'été de cette année-là, un traité entre l'Espagne et le Portugal est signé à Tordesillas, que scelle le propre père de Lucrèce et César Borgia, Pontifex maximus Alexandre VI, ami des putains et des arts, dans une bulle papale, et ce pour *des temps éternels :* le Nouveau Monde et toutes ses terres, déjà découvertes ou encore inconnues, devront être partagés entre les peuples de la péninsule ibérique ; le méridien qui, à 1 200 milles marins à l'ouest des îles du Cap-Vert, fait d'un Pôle à l'autre le tour du globe terrestre, constitue la frontière : les terres à l'est de cette ligne seront attribuées au Portugal, et les terres situées à l'ouest à l'Espagne. Mais le marchandage de Tordesillas, qui procède avec la terre comme avec un troupeau de bétail, ne livre pas seulement de nouvelles terres au monopole hispano-portugais, il lui ouvre aussi les routes maritimes qui, à l'occident, par-delà l'Atlantique, doivent conduire en ces lieux où tout est précieux, et l'air lourd du parfum des épices. En fin de compte, la sentence du pape Alexandre Borgia n'est pas en reste, qui contraint les Anglais et les Hollandais, lésés à Tordesillas, à chercher, pour satisfaire leur avidité, des voies détournées, des routes septentrionales : les chemins de la glace. Ce qui se passa les années et les décennies qui suivirent, le verdict papal ne vaut guère que l'on s'y intéresse.

Car ce n'est pas dans les cabinets des cosmographes que l'on consigna la vérité non équivoque de cette période de découvertes, mais dans des récits comme ce texte aztèque de Náhuatl qui nous transmet l'image de l'arrivée des Européens : « Le ravissement se lisait sur les visages de craie. Semblables à des singes, ils soupesaient l'or dans leurs mains ou s'asseyaient par terre avec l'expression du plaisir, et leur âme y puisait de nouvelles forces et s'illuminait. Sous l'effet du métal, leurs corps se dilataient ; ils en avaient la fringale. Comme des porcs affamés, ils étaient avides d'or... » Dans le Vieux Monde, quelles que fussent les nouvelles que les marins rapportaient, on restait hystériquement accroché aux mythes des paradis dorés et inépuisables ; aucun désert qui ne fût suffisamment aride, aucune réalité suffisamment vierge pour calmer cette folie : il fallait que même les galets jaunes que les expéditions polaires du XVIe siècle devaient trouver sur les icebergs recouverts de débris des pays arctiques fussent de l'or ! et le signe qu'au-delà des murailles du pack, il y avait encore des îles à découvrir, plus riches que les nouvelles terres de l'Espagne. (C'est ainsi que l'on jettera pardessus bord tout ce qui semblera superflu, et que l'on chargera les bateaux de morceaux de soufre et de pierres, qui n'avaient aucune valeur.)

Au début de ces temps *grandioses*, il y eut – comme toujours dans les grandes époques – des figures héroïques ; leurs continuateurs, voyageurs des mers glaciales, en firent des idoles qui restèrent toujours, même à nos yeux, plus familières que les civilisations que leurs aventures finirent par détruire. Le Génois Christoforo Colombo, alias Cristóbal Colón, entreprend de 1492 à 1504 en direction de l'ouest quatre traversées de l'océan Atlantique. Il prend cette direction en croyant que la carte du monde du cosmographe florentin Paolo dal Pozzo Toscanelli, avec ses taches blanches et ses distorsions, est exacte, et ce à la solde d'Isabelle de Castille, protectrice de la sainte Inquisition et mère de Jeanne la Folle. (Faut-il y voir un hasard ou un signe, si, plus tard au château de Tordesillas, Jeanne la Folle sombre complètement dans l'idiotie et y meurt ?) Au cours de ses voyages, Colón pose le pied sur les îles des Caraïbes et croit se trouver sur les îles japonaises ; il foule les côtes de l'Amérique centrale et de l'Amérique du Sud et se croit aux Indes ; il découvre l'embouchure de l'Orénoque et pense être en présence du delta du Gange ; il meurt enfin en 1506 à Valladolid sans avoir reconnu ses erreurs.

Vasco de Gama, comte de Vidigueira, commandité par le roi du Portugal Manuel, cherche en 1498 la voie maritime qui conduit aux pays des épices ; il contourne le cap sud-africain de Bonne-Espérance, aborde aux *vraies* Indes et ouvre ainsi des lieux paradisiaques à la puissance coloniale.

En 1520, alors qu'il fait voile vers le sud-ouest, Fernão de Magalhães découvre, entre le continent sud-américain et la Terre de Feu, un autre passage de l'océan Atlantique vers l'océan Pacifique. L'année suivante, il est tué aux Philippines. La *route de Magellan* demeure.

Alors que Magalhães continue à explorer les côtes du Nouveau Monde à la recherche d'un passage vers le Pacifique, Hernán Cortés commence à détruire l'empire aztèque. A peine plus d'une décennie plus tard, l'éleveur de cochons navigateur Francisco Pizarro traite également la civilisation inca selon les vues de l'Église et de l'Espagne : il fait baptiser et exécuter, écrase ce qui résiste et dédie ses massacres au Seigneur Jésus-Christ et à la couronne espagnole.

Néanmoins, sur ordre des rois d'Angleterre et des tsars de Russie et en empruntant des voies septentrionales plus courtes, on allait bien finir par atteindre ce que les héros de la péninsule ibérique avaient trouvé sur leurs routes vers l'ouest, le sud-ouest ou le sud-est : de nouvelles voies commerciales, de l'or, des épices et des terres. Déjà en 1497, le Génois Giovanni Caboto, alias John Cabot, commandité par Henry VII, avait pris en partant de Bristol la direction du nord-ouest pour traverser l'Atlantique. Cabot atteignit le continent américain treize mois avant Cristóbal Colón, foula le sol du Nouveau Monde au nord, à Terre-Neuve, et, comme Colón, crut être ailleurs – à *Cathay*. En Chine. Une procession d'aventuriers suivit aussi les routes qu'avait indiquées Cabot : les frères Gaspar et Miquel de Corte Real, par exemple, qui atteignirent encore une fois Terre-Neuve avant de disparaître tous deux en mer ; puis le Florentin Giovanni da Verrazzano, qui travailla au service de la France, l'Espagnol Esteban Gomez et même des capitaines allemands comme Pining et Pothurst... S'ils glanèrent des informations sur les écueils et les icebergs des mers glaciales, aucun d'eux ne rapporta de l'or ou les coordonnées d'un raccourci conduisant aux richesses des Indes orientales.

Chaque voyage rendait seulement plus évidente l'existence d'une puissante barrière de terre, l'*America*, qui fermait les accès jusqu'au nord et bloquait toutes les routes maritimes occidentales sur le pourtour du globe. Mais quelque part, fût-ce là où il y avait les glaces flottantes les plus denses, ce continent devait bien s'achever et il devait être possible d'en contourner en bateau le cap le plus septentrional ; il y avait sûrement une déchirure béante entre l'extrémité du Nouveau Monde et celle de l'Ancien, un sund froid, une route maritime qui donnât sur le Pacifique. Les cosmographes de l'époque baptisèrent cet espoir *Fretum Anianum* ou *route Anian*, sans jamais l'avoir vue. Ce n'est que des siècles plus tard que ce sund fut réellement découvert, et que, doté du nom de celui qui le passa le premier, le navigateur danois Vitus Béring, il apparut sur les épaules des Atlantes. Mais comment atteindre la *route de Béring* à partir des côtes de l'Europe ? Cette question resta, longtemps après les voyages du Danois parti des ports sibériens, une énigme et un jeu avec trois possibilités :

– par le nord-ouest en traversant l'Atlantique, puis en longeant les côtes du Nouveau Monde, toujours en direction du nord-ouest ;

– par le nord-est en longeant les écueils du Vieux Monde et de la Sibérie, toujours vers le nord-est ;

– par le nord en se dirigeant immédiatement vers le nord, toujours vers le nord, par le Pôle, puis au-delà, après l'avoir franchi, directement vers les mers du sud...

Passages du nord-est, passages du nord-ouest, murs du pack de glaces, sunds sans glaces, la fin du monde, le Pacifique ! roches et caps, îles, glaces flottantes et bons vents – qui n'était pas prêt à aller au-delà de tous les chaos, de toutes les énigmes, EN TRAVERSANT LA MER DE GLACE, pour parvenir au paradis et en revenir chargé de tous les bijoux de l'orient, afin de se présenter devant les princes et les maîtres du négoce et de dire : « Je fus le premier ! » ?

Tandis que les bateaux partis en pionniers à la recherche d'un *passage du nord-ouest* disparaissent et que la mer engloutit froidement les découvreurs qui ont échoué, le projet de *passage du nord-est* continue de faire couler beaucoup d'encre : au printemps 1525, un envoyé de Vassili III Ivanovitch, grand prince de Moscovie, arrive à la cour papale de Rome. Il se nomme Dimitri Guerassimov. Sur l'ordre du pape Clément VII, l'historien Paolo Giovio se charge de l'émissaire. De la rencontre entre le savant et l'envoyé va naître une relation qui livre une vague théorie à l'imagination de la navigation chrétienne. Car Guerassimov inspire à Giovio un mémoire en latin que ce dernier va présenter la même année devant un petit comité : emportant avec lui une infinité d'affluents, le fleuve Svernaïa Dvina coule impétueusement vers le nord, raconte l'historien romain en reprenant les dires de Guerassimov ; là-bas, la mer est tellement étendue qu'en naviguant avec la côte à sa droite, on pourrait selon toute vraisemblance parvenir en Chine, à moins qu'en chemin une terre nouvelle ne se présentât... Le mémoire est traduit en italien et fait sensation, d'autant que cette année-là on raconte à Augsbourg que des voyageurs moscovites ont discuté avec des savants allemands de l'existence possible d'une voie maritime au nord-est en direction des *terres des épices*. Deux années après le premier colportage des informations en provenance de Moscovie, le cosmographe et marchand Robert Thorne, originaire de Bristol et installé à Séville, s'adresse dans un *memorandum* à Henry VIII. En plus d'autres routes non moins aventureuses, Thorne recommande à la couronne anglaise celle qui longe la côte sibérienne ; l'Angleterre atteindrait ainsi les pays des épices plus rapidement que les Portugais et les Espagnols. Mais le roi Henry attache davantage d'importance aux billots qu'aux icebergs. C'est ainsi que s'écoulent encore deux décennies avant que la croyance inébranlable au *passage du nord-est* mette en mouvement non seulement des plumes mais aussi des bateaux.

Le baron Sigismond zu Herberstain, Neyperg et Guettenhag permet enfin en 1549 que triomphe le rêve du nord-est. Cette année-là paraît à Vienne son traité *Rerum Moscoviticarum Commentarii.* Le baron, ancien émissaire de l'empereur Maximilien Ier à la cour moscovite, esquisse dans la relation de ses expériences à l'est l'image d'un empire à peine connu, et transmet également à la postérité des manuscrits sur ses voyages en Russie et des récits géographiques qui complètent, en ce qui concerne le passage du nord-est, les données de Paolo Giovio et Dimitri Guerassimov. Ses compléments et descriptions sont tellement convaincants qu'on les traduit en plusieurs langues et versions. Quatre ans après la publication des indications de Herberstain, un premier navigateur poursuit le rêve du nord-est jusque dans le froid et la mort. Il s'appelle sir Hugh Willoughby.

Des négociants anglais fondent en 1553 la *Société des voyageurs de l'aventure* et la même année leur mentor, Sebastian Cabot, fils de John Cabot et grand pilote d'Angleterre, confie à sir Hugh Willoughby la mission de rechercher le passage du nord-est. Celui-ci reçoit le commandement de trois bateaux – le *Bona Esperanza*, l'*Edward Bonaventure* et le *Bona Confidentia* – et il est tellement déterminé à remplir sa mission qu'au bord de la Tamise, il fait couvrir ses navires de plaques de plomb pour lutter contre les tarets des eaux indiennes. On part en été. Mais en septembre déjà, en vue de la presqu'île de Kola, la glace est si épaisse que deux des trois bateaux sont pris dans les glaces. Willoughby décide d'installer un camp au bord de la côte. Le premier hivernage arctique d'une expédition européenne commence. Alors que Willoughby et soixante-quatre hommes d'équipage restent dans ce camp de fortune, l'équipage de l'*Edward Bonaventure*, que commandent Richard Chancellor et Stephen Burrough, poursuivant la traversée des glaces flottantes de la mer Blanche, parvient à l'embouchure de la Svernaïa Dvina (Dvina du Nord). Puis la glace referme également les derniers chenaux ouverts. Les Anglais mettent pied à terre ; des habitants de la côte, des Pomores, les accompagnent jusqu'à Moscou. Le tsar Ivan IV le Terrible y reçoit les navigateurs dans la salle dorée du Kremlin. L'été suivant, l'*Edward Bonaventure* retourne en Angleterre avec des marchandises et une forte calaison. Mais avant qu'aient lieu à Londres les festivités en l'honneur de ceux qui rentrent au pays, des chasseurs de morses russes découvrent le camp de Willoughby – un cimetière. Les équipages des deux navires sont morts de froid, de faim ou du scorbut dans la nuit polaire. Les chasseurs de morses racontent avoir trouvé sir Hugh Willoughby à l'état de cadavre, penché sur le livre de bord du *Bona Confidentia*. L'expédition de Willoughby au nord-est est le début d'une danse macabre qui durera jusqu'à l'époque de Payer et de Weyprecht, et au-delà.

6
Routes aériennes vers le vide intérieur et extérieur

Se rendre dans le monde polaire intérieur, c'est suivre un chemin plein de difficultés. Le randonneur qui en foule le sol doit déployer toutes ses forces morales et physiques pour arracher au secret dans lequel il veut pénétrer un maigre savoir. Il doit s'armer d'une indicible patience contre l'illusion et l'adversité et continuer à poursuivre son objectif même s'il est devenu le jouet du hasard. Il ne doit pas avoir pour but de satisfaire son ambition, mais d'élargir nos connaissances. Il passe des années dans l'exil le plus horrible, loin de ses amis, de tous les plaisirs de la vie, au milieu des dangers et sous le poids de la solitude. C'est la raison pour laquelle seul l'idéal de son objectif peut l'entraîner ; sinon, l'esprit déchiré par un conflit qui le domine, il erre à travers le vide intérieur et extérieur. *Julius Payer.*

En rassemblant et entassant ses bagages, qui ces derniers jours envahissent de plus en plus le sol, Josef Mazzini renverse un verre de la soirée précédente encore à moitié plein. Je le vois le matin du départ – le 26 juillet 1981 – agenouillé sur le tapis de sa chambre et répandant du sel sur la mare de vin rouge qui s'infiltre dans la laine blanche. Il se promet de ne brosser le sel qu'après son retour. La tache sera sèche et rouge pâle. Plus vieux de deux ou trois mois, il s'agenouillera à nouveau sur le tapis comme si, entre le moment où il a versé le sel et celui où il l'éliminera, il ne se sera écoulé que le court laps de temps nécessaire à ce genre d'opération ; et il se souviendra de tout ce qui l'attend comme d'un instant. Josef Mazzini ébauche ce matin-là quelques gestes et ne les achève pas : il ouvre une boîte de thé et ne la referme pas, il tire un tiroir à moitié et ne le repousse pas ; il crée quelques petits désordres, comme ça, en passant, qu'il réparera après son retour. Les gestes qu'il esquisse, puis interrompt, lui serviront de relais pour retrouver la réalité qu'il est en train de quitter. Je me sens aussi éloigné de Josef Mazzini, le jour de son départ, que de l'équipage de l'*Admiral Tegetthoff*. Le fait de l'avoir connu autrement que le machiniste Krisch ou le second maître Lusina ne me permet guère plus que de refabriquer des situations vraisemblables – des situations qui ne sont pas contenues dans les notes de Mazzini. Je classe donc les renseignements dont je dispose ; je remplis les vides de suppositions et, au terme d'une série d'indices, il me semble arbitraire de dire : c'était comme ça. Le départ de Mazzini m'apparaît dès lors comme un passage de la réalité dans le vraisemblable.

Je me souviens encore d'un après-midi, longtemps après la disparition de Mazzini, où j'entrai pour la première fois en compagnie d'Anna Koreth dans sa chambre. La libraire portait un tablier de travail et un fichu sur la tête comme pour se protéger de l'abondante poussière. Les particules qui s'étaient déposées pendant des mois suffisaient à rendre visible l'empreinte d'une main sur un plateau de table, une étagère. Anna Koreth ouvrit la fenêtre. Lisse et constant, le courant d'air froid passait sur le rebord de la fenêtre comme au-dessus d'un barrage, et une porte se referma avec un tel bruit que la veuve du tailleur de pierre, toujours occupée à la même tâche, au bout du couloir, s'arrêta un instant – le ronflement de sa machine à tricoter s'était lui aussi interrompu. Anna Koreth prit un couvert nickelé dans un tiroir de table qu'elle referma ensuite, enveloppa de la vaisselle ainsi que la boîte à thé dans du papier journal, et fourra tout cela dans un carton. Le soir la pièce était vidée. Au moment où nous enroulâmes le tapis, du sel s'échappa de la laine. La tache rouge pâle disparut comme disparaît l'empreinte de la terre sur une boule de neige que l'on roule dans une prairie l'hiver. J'étais à ce moment-là déjà tellement familiarisé avec les journaux de Mazzini que par l'intermédiaire de cette tache de vin je me retrouvai sur un bloc de glace : Mazzini avait décrit des ours polaires que l'on chassait à coups de balles anesthésiantes tirées d'un hélicoptère.

Le mouvement des animaux qui se dressent, lèvent le museau et flairent les intempéries, est inimitable, presque gracieux. L'hélicoptère s'approche, et voilà qu'arrive ce qui n'arrive presque jamais dans l'Arctique : les ours se tournent pour s'enfuir, trottent, courent de plus en plus rapidement ; le trot se transforme en course élastique, énergique. Ils sautent par-dessus les larges crevasses des blocs de glace, traversent à la nage des canaux et changent soudain inopinément de direction. Mais voici que l'hélicoptère est au-dessus d'eux ; on les tire à coups de chevrotines, et leur course se transforme en fragile titubation. Les voici étendus sur la glace, loin l'un de l'autre. Ils sont trois. On leur arrache une dent de la gueule. Une mare de sang suinte sur la glace à côté de leur crâne. A l'aide d'une pince, on leur accroche une marque métallique dans l'oreille ; un mince ruisselet rouge leur court sur la peau où l'on imprime finalement un grand signe en couleur. C'est comme cela que l'on obtient des renseignements sur les routes que suivent les ours pendant des centaines de kilomètres à travers les glaces. La tache de sang, sur laquelle se forment rapidement des cristaux, pâlit.

(Un souvenir se rattache aussi à cette tache : au cours de son aventure, l'équipage de l'*Admiral Tegetthoff* abattit soixante-sept ours blancs à coups de fusil Lefaucheux et de carabine Werndl. Les cadavres furent dépecés avec des haches et des scies à glace en fonction d'une règle immuable : la cervelle était destinée aux officiers ; la langue au médecin de l'expédition, Kepes ; le cœur au cuisinier styrien, Orasch ; le sang aux malades du scorbut ; la poitrine et les cuisses à la table commune ; le crâne, la colonne vertébrale et les côtes aux chiens de traîneau ; la fourrure était mise dans un tonneau et le foie jeté aux ordures.) Les cristaux de sel demeurés sur le parquet brillant n'évoquaient plus rien. Lorsque nous quittâmes la maison, la veuve du tailleur de pierre était toujours assise à sa machine à tricoter ; machinalement, elle prit les billets qu'Anna Koreth lui tendit. Il était tard. Dans la nuit, il commençait à neiger.

Au cours de l'été qui précéda le départ de Mazzini et qui fut son dernier été, une correspondance qui avait duré plusieurs mois avait opposé peu à peu à l'idée qu'il se faisait des coulisses de l'expédition de Weyprecht et Payer dans les mers glaciales les images indistinctes de l'actuel Arctique. L'échange de lettres avec le gouverneur du Spitzberg, avec les représentants de l'Institut polaire norvégien et les agences de la Store Norske Spitsbergen Kulkompani, qui avait commencé sans implication particulière, presque comme un jeu, avait fini par déboucher sur des accords fermes et transformer les rêves de voyage de Mazzini en projets précis. Je ne crois pas qu'il ait, dès le début, envisagé ce voyage de façon aussi précise, aussi *réelle*. Il semblerait que les choses eussent effectivement suivi *leur* cours et que Mazzini n'eût essayé qu'a posteriori de faire croire que les événements avaient été la conséquence de *sa* décision. Bien qu'à la fin de sa correspondance préparatoire il fût assuré de disposer non seulement d'une chambre d'hôte à Longyearbyen, mais également d'une cabine à bord du *Cradle* – trawler d'une puissance de trois mille deux cents chevaux et de résistance moyenne à la glace –, il lui sembla pourtant que l'Arctique, en même temps qu'il se rapprochait et lui était accessible, devenait plus inhospitalier, dédaigneux et parfois menaçant. Dans les déserts glacés de son imaginaire et de ses associations d'idées, Josef Mazzini n'avait pas eu besoin de vêtements en duvet, ni de protection contre la lumière éblouissante ni de fusil. Mais à présent... Le monde insulaire arctique, qui n'avait toujours servi jusqu'alors que de scène et d'arrière-plan à son imagination, prit des formes dures et bizarres qui effrayèrent et attirèrent à la fois celui qui s'en approchait. C'est ainsi qu'il se dirigea vers ces lieux.

« Cher monsieur, lui avait écrit de Longyearbyen le gouverneur Ivar Thorsen dans sa première réponse, votre intérêt pour l'histoire polaire est fort honorable, mais je doute cependant que vous soyez suffisamment informé des conditions de l'Arctique norvégien. Il vaudrait mieux que vous abandonniez aussi vite que possible l'idée d'aller en chalutier du Spitzberg à la mer de Barents. Ce genre de projet serait en toute saison un jeu de hasard. Par ailleurs, il n'existe chez nous ni pêcheurs ni bateaux de pêche. En ce qui concerne votre demande de participer à un voyage de recherche de l'Institut polaire norvégien, je vous renvoie aux institutions compétentes à Oslo. Mais ne nourrissez pas de trop grands espoirs. Comme vous le savez, Novaïa Zemlia et les Terres François-Joseph sont territoire soviétique : en conséquence, quel que soit ce que vous avez l'intention de faire là-bas, c'est aux autorités soviétiques qu'il faut vous adresser et non à moi. Vous trouverez ci-joint quelques informations importantes destinées aux touristes. Avec mes meilleures salutations, Ivar Thorsen. »

Renseignements à l'usage des touristes

Svalbard est le nom du groupe d'îles qui se situe dans l'océan Glacial entre le 10e et le 35e degré de longitude est et entre le 74e et le 81e degré de latitude nord, et comprend les îles du Spitzberg, Kvitøya, Kong Karls Land et Bjørnøya (l'île des Ours). *Svalbard*, nom provenant du vieux norrois, inscrit pour la première fois dans les *Annales islandaises* du XIIe siècle, évoque le caractère de ce pays de basalte, de sédiments métamorphiques et de granit rouge et gris ; il signifie *côtes froides*. Cependant, lorsque le navigateur hollandais Willem Barents atteignit en 1596 le Spitzberg, ces annales et ce pays étaient à nouveau tombés dans l'oubli. Barents est donc considéré comme son découvreur. Svalbard fait partie depuis 1925 du royaume de Norvège. Le plus haut représentant de l'État sur le groupe d'îles est le *sysselmann*, le gouverneur. Il réside officiellement à Longyearbyen ; adresse : 9170 Longyearbyen. On doit impérativement se conformer à ses ordres.

Conditions d'entrée

Le passeport ou le visa ne sont pas exigés ; en revanche, il faut fournir la preuve que l'on est capable de survivre en plein air et dans les conditions de l'Arctique. A Svalbard, il n'y a ni hôtels ni gîtes directement accessibles. Ni possibilités d'approvisionnement. Tous les voyageurs dont les conditions d'hébergement n'ont pas été réglées à l'avance doivent en conséquence montrer qu'ils disposent d'un équipement permettant de séjourner dans la nature sauvage : tente, sac de couchage, provisions, vêtements adaptés à l'Arctique, cartes des îles et cartes marines, boussole, lampes de signalisation, armes, etc. A l'arrivée, l'équipement de tout voyageur est contrôlé par les autorités locales. Toute personne dont l'équipement et l'approvisionnement individuels sont insuffisants est refoulée et doit quitter l'archipel sur-le-champ avec l'avion ou le bateau par lequel elle est arrivée.

Aspect extérieur

Les îles de Svalbard sont des montagnes ravinées, déchiquetées de fjords et quasiment dénuées de végétation. Il y a des mousses et des lichens, des fleurs aussi, mais aucun arbre. De vastes zones sont complètement désertiques. La côte est bordée d'éboulements de glaciers, de murailles rocheuses et d'écueils abrupts. Deux tiers environ des 62 049 kilomètres carrés de l'archipel sont recouverts de glaciers. Hors les localités – Longyearbyen, Ny Ålesund, Barentsburg et Pyramiden –, il n'y a ni chemins ni routes.

Climat et lumière

Svalbard est l'une des rares zones du Haut-Arctique qui, au cours d'assez longues périodes de l'année, soit accessible, par la mer ; une zone périphérique du Gulf Stream empêche en été la formation de glace sur la côte occidentale du Spitzberg. De même durant les mois d'été, la température de l'atmosphère s'élève rarement au-dessus de 10 degrés de l'échelle Celsius, et tombe en hiver à 35, rarement à 40 au-dessous de zéro. Les étés sont brumeux, les conditions météorologiques en général extrêmement instables. A Longyearbyen, le *soleil de minuit* brille du 21 avril au 21 août. L'*obscurité* règne du 28 octobre au 14 février. Chaque degré de latitude nord franchi, le soleil de minuit, comme la nuit polaire, dure six jours de plus.

Population et liaisons aériennes

Les localités de Svalbard constamment habitées ont été fondées par des compagnies minières : la Store Norske Spitsbergen Kulkompani norvégienne et la Trust Arktikugol soviétique. Environ 1200 Norvégiens et 2100 Soviétiques y résident en permanence. La SAS dessert la ligne aérienne

Tromsö-Longyearbyen, l'Aeroflot Murmansk-Longyearbyen ; en été des bateaux de transport de passagers font régulièrement escale à Svalbard. La fréquence des vols aériens varie en fonction des saisons.

Avertissement concernant les ours polaires

Pendant les mois d'été, les ours polaires rôdent essentiellement dans les régions orientales et septentrionales ; on en rencontre également près de la côte occidentale. Ils sont le plus souvent très affamés et en conséquence très dangereux. Les touristes doivent respecter les consignes suivantes :

Tenez-vous toujours à bonne distance. N'essayez en aucun cas d'attirer les animaux avec de la nourriture – ni du bateau ni de la fenêtre d'un abri. Les ours blancs attaquent sans prévenir.

Stockez toujours vos ordures à cent mètres minimum en ligne droite de l'ouverture de votre tente ou de votre abri, afin de vous rendre compte à temps de l'approche d'un ours.

Les ours polaires sont protégés sans exception. Si, malgré tout, en cas de légitime défense, vous étiez dans l'obligation de tirer, ne visez pas la tête, mais l'épaule et la poitrine. Le risque de rater votre coup est moindre, et si le premier coup n'a pas été mortel, vous aurez gagné du temps pour tirer une seconde fois. Vous devez déclarer aux autorités l'abattage d'un ours, et transmettre au gouverneur la fourrure et le crâne. Etc.

Les espèces d'oiseaux de Svalbard sont recensées. Les noms des lichens et mousses sont répertoriés, leur cycle de régénération connu. Il existe des prescriptions disant ce qu'il faut faire dans les cas critiques ; les profondeurs marines ont été mesurées ; les récifs et écueils sont équipés de phares, et les éminences les plus escarpées cartographiées. La terre où se rend Mazzini est certes éloignée, mais il y a longtemps que ce n'est plus une terre mythique et ensorcelée. Le Spitzberg est, dans les mers polaires, une terre parfaitement cadastrée et administrée ; c'est un radeau où il fait froid, la dernière halte pierreuse sur le chemin d'un autre temps.

Mazzini quitte Vienne ce 26 juillet – il est midi – avec une sensation d'hébétude que l'on n'éprouve d'habitude que lorsque l'on se réveille, que l'on tâtonne autour de soi et que l'on se rend compte peu à peu que c'est *cette chambre*, cette cloison, ce lit sur lequel on est couché, qui constituaient les choses dont on vient tout juste de rêver : au lieu de se dissiper, les objets et les accessoires du rêve deviennent, au moment où l'on se réveille, plus nets, plus tangibles.

L'impulsion de l'avion de ligne d'Oslo qui s'élève pour atteindre son altitude de vol le presse légèrement contre son siège. L'horizon traverse obliquement l'image qui pivote dans l'encadrement du hublot. Un instant, ce n'est plus la machine qui monte, mais le monde qui s'enfonce dans l'abîme d'où s'élève en scintillant un fond marin vert. Puis l'eau se couvre de friselis. La couche de nuages se referme, toute blanche. Le sol, la terre ont disparu.

Josef Mazzini n'a pas encore quitté l'avion qu'il essaye – c'est comme ça que vole un piéton – de rester *en bas*. Il pare les reliefs aplatis des contrées qui apparaissent dans les rares ouvertures de la couche nuageuse de détails et de souvenirs de précédents voyages et entreprend une vague conversation sur les paysages embrumés avec un représentant de commerce qui, assis à côté de lui, part au-devant d'un accord commercial et de son prochain avenir. Le représentant de commerce évoque les frontières et les villes qu'ils survolent. Il ignore quelles sont ces digues et ces allées de peupliers. A Copenhague, les deux hommes se souhaitent bonne chance. Le représentant de commerce prend congé. L'escale passée, Josef Mazzini n'a plus aucun souvenir du pays qui s'étend sous lui. Le paysage qui apparaît à présent entre les nuages lui est déjà étranger. Il fixe les yeux sur le dossier du siège devant lui et aperçoit le Tyrolien Alexander Klotz dans son habit du Passeiertal à la fenêtre d'un compartiment de chemin de fer. Traversant le bleu du ciel limpide, le panache de fumée d'une expédition ferroviaire l'emporte vers Bremerhaven ; la fumée sort de la cheminée du *Tegetthoff*. Dans la soute à fret du DC 9, des chiens de traîneau jappent. Le bruissement lointain des réacteurs est le bouillonnement d'un sillage de bateau ridé de vagues, sillage qui se perd dans l'infini et sur lequel flottent des blocs de glace et une écume salée.

En fin d'après-midi, Mazzini est à Oslo. Il est encore sur le chemin de l'hôtel qu'une lourde et chaude pluie d'été commence à tomber. Mise à part la lumière du jour qui dure longtemps et l'empêchera plus tard de dormir, rien ici ne ressemble à l'idée qu'il se fait des régions polaires. Malgré la pluie, le temps reste lourd. Des grues se reflètent dans la façade de verre de l'hôtel. Au-dessus des grues, un ballon captif traverse le rideau de la pluie. Tard dans la nuit, Mazzini commence une lettre à Anna, mais les phrases tournent aux simples notes de journal intime qui ne s'adressent à personne et ne retiennent que les premiers fragments d'un souvenir de voyage. Mazzini barre *Chère Anna* et range la feuille parmi ses notes. Il pleut jusqu'au matin.

« D'habitude, nous rejetons ce type de demande. » Ole Fagerlien répétait ce matin-là le contenu d'une lettre que Mazzini avait reçue alors qu'il était encore à Vienne. « Nous en recevons trop ; le *Cradle* n'est pas un bateau de tourisme. Que l'on ait fait dans votre cas une exception, vous le devez à Fyrand. Mais vous le savez parfaitement. »

Encore fatigué de sa nuit d'hôtel, Mazzini était assis dans une pièce lambrissée de l'Institut d'études polaires face à Ole Fagerlien – une visite de courtoisie – et pensait aux reproches qu'Anna lui avait faits quand il s'était adressé, après sa première lettre embarrassée au gouverneur du Spitzberg, à Kjetil Fyrand, qui était justement l'un des amis de la jeune femme, le priant de l'aider à préparer un voyage qu'Anna considérait comme insensé. Lors d'un séminaire, Fyrand avait fait à Vienne une conférence sur les produits toxiques industriels dont on avait prouvé la présence dans l'océan Glacial arctique ; puis il avait participé à l'une des soirées données par Anna, y buvant du schnaps dans des verres à eau ; il y avait maintenant longtemps qu'il était revenu à Longyearbyen et qu'il réfléchissait à l'océan Glacial.

Après l'intervention de Fyrand qui, chargé de mission par l'Institut de recherche polaire, se livrait à des études océanographiques, Fagerlien avait en tout cas autorisé Mazzini à participer à l'un des voyages de recherche annuels du *Cradle*, faisant ainsi une exception qu'il semblait regretter ce matin-là, si l'on en jugeait par le son de sa voix – après tout, le *Cradle* était une sorte de vaisseau amiral de la recherche polaire norvégienne, mais aucunement un bateau de tourisme. L'Institut avait acheté ce trawler pour une somme énorme à un armateur qui connaissait des difficultés de trésorerie et en avait transformé l'équipement conformément aux exigences de la science, chaque place à bord était précieuse... Mazzini eut l'impression que Fagerlien attendait qu'il s'excusât de la persévérance qu'il avait déployée pour parvenir à sa cabine ; il hochait la tête à chaque phrase de son hôte avec la mine d'un écolier et écoutait la leçon. (Que lui importait en fin de compte le dédain passager que Fagerlien exprimait à son endroit alors que le *Cradle* devait quitter le 10 août le port de Longyearbyen et mettre le cap sur la *Terre François-Joseph* et que lui, Josef Mazzini, appuyé au bastingage, allait éprouver cent dix ans après la dérive du *Tegetthoff* l'instant d'une découverte !)

« Un livre donc..., dit alors Fagerlien, qui se détourna de son invité pour regarder dehors la pluie tomber, encore un livre ; entre-temps, pour chaque aventure, on compte un bateau complet de livres, toute une bibliothèque...

– Et chaque bibliothèque engendre à son tour un aventurier », dit Mazzini pour tenter modestement de sortir de son silence et des hochements de tête qu'il faisait en signe d'acquiescement.

Mais Fagerlien resta ferme dans son attitude et eut le dernier mot : « Ou un touriste. » Et là, il sourit.

Kjetil Fyrand avait conseillé à Mazzini de donner dans sa demande écrite adressée à l'Institut polaire (Fagerlien *était* l'Institut polaire) un motif non équivoque (de préférence une intention scientifique, au besoin un travail historique, surtout pas un reportage !) expliquant pourquoi il voulait parcourir l'océan Arctique en dehors des lignes maritimes estivales. Cette correspondance avait contraint Mazzini à présenter ses intérêts comme des *recherches* – et à les minimiser. Néanmoins, quelle justification eût pu, après tout, paraître plus plausible que l'évocation de la préparation d'un livre sur l'histoire du Pôle ? Une préparation qui rendît nécessaire l'expérience du monde polaire sans être dérangé par les bavardages et le temps limité d'un voyage sur un bateau de ligne ? Non, un livre sur l'*Expédition Payer-Weyprecht* ne pouvait pas être écrit sur un vapeur de tourisme. (C'était en tout cas le genre d'explications que Mazzini s'était efforcé de donner dans ses lettres.)

Toutefois, le matin où le protégé de Fyrand le soiffard était assis devant lui si poli, presque soumis, Ole Fagerlien resta insensible au projet de Mazzini. (Pourquoi Fyrand s'était-il engagé en faveur de cet Italien ?) Fagerlien connaissait trop les chroniques de l'Arctique pour croire à présent, de concert avec son visiteur, que la présente expédition constituât, parmi des centaines d'autres, une aventure unique. Il avait par ailleurs ses propres héros. Son vaste bureau était plein de reliques d'un passé nettement plus lointain. Dans des vitrines, il y avait des fossiles : des escargots, des feuilles de fougères, des coquillages, des écorces d'arbres, preuves que les paysages de l'Arctique avaient été un jour verts et paradisiaques ; le Spitzberg avait été un jardin tropical. Aux murs, les cadres dorés et le vernis des peintures à l'huile, qui immortalisaient des scènes vieillies de l'océan Glacial, avaient un éclat mat ; il y avait des chasses à l'ours sous un ciel dont les couleurs étaient déjà craquelées, des bateaux aux voiles gonflées dans les glaces flottantes, une fontaine haute comme une tour qui s'élevait blanche et bleue au-dessus de l'éboulement d'un glacier se précipitant dans la mer. Et, devant une carte murale du cercle polaire arctique de la taille d'une tapisserie des Gobelins, accrochée entre les tableaux, un buste en bronze de Roald Amundsen, un autel. Amundsen ! – Fagerlien évoqua son nom plusieurs fois ce matin-là. Quelle importance avait tout ce que racontait le visiteur italien à propos des marins dalmates et des fatigues de ses saints polaires au regard de la grandeur de cet homme, l'*Unique* ? *Celui-ci* – le vainqueur du passage du nord-ouest, le premier homme au pôle Sud, le mentor du vol commun au pôle Nord avec Nobile, le héros de la Norvège – n'avait-il pas fait, lui aussi, de fâcheuses expériences avec l'Italie ? Les archives de Fagerlien – « Vous voyez ici, et ici... » – contenaient également des extraits de journaux qui illustraient les horribles attaques de Nobile contre l'*Unique*. Le général italien avait essayé après leur vol commun au Pôle de *lui* disputer la gloire, s'était immiscé entre Amundsen et l'enthousiasme du monde et avait écrit des pamphlets ! Même si Nobile avait construit le dirigeable, le *Norge*, et que Mussolini avait soutenu l'expédition, à quoi auraient servi tous ces moyens sans un génial organisateur, sans Amundsen ?

« Je connais cette histoire », dit Mazzini.

Et puis, quand, deux ans plus tard, lors de son *propre* vol au Pôle, le général tomba si durement sur la glace avec l'*Italia* et que l'aventure trouva une fin lamentable, qui, en dehors d'Amundsen, aurait eu la grandeur de s'envoler pour sauver un ennemi ? Amundsen et cinq compagnons avaient disparu depuis le jour de leur départ, le 18 juin 1928 ; ils avaient péri à cause d'un fanatique aux multiples décorations, un fou. Après un dernier message radio au-dessus de l'île des Ours (Fagerlien en connaissait la teneur), le silence s'était établi pour toujours. Un patin du Latham était le seul objet que l'on eût retrouvé plus tard sur la côte du Spitzberg.

« Je ne suis pas Nobile », dit Mazzini à mi-voix et en italien (depuis combien de temps n'avait-il plus parlé cette langue ?) tout en se levant pour prendre congé de son hôte. Ses vêtements trempés de pluie n'avaient pas séché, même pendant sa visite de courtoisie. C'était la fin de la matinée.

« Sorry ? »

Fagerlien n'avait pas compris.

« Mon nom est Josef Mazzini », dit l'invité.

Pour la première fois – depuis longtemps – Fagerlien parut manifester quelque incertitude. A cet instant, il ressentit une sorte de sympathie pour ce petit Italien perdu qui s'entêtait à vouloir aller dans l'océan Arctique – mais peut-être n'était-ce qu'une trace de la générosité avec laquelle autrefois Amundsen avait fait honte à Nobile, une trace qui traversait l'image du monde de Fagerlien comme une barre de fraction et qui semblait à l'occasion se transformer en une ligne de conduite morale ?

« Dites le bonjour à Fyrand », dit Fagerlien, mettant fin à cet instant de sympathie et d'incertitude ; il inclina la tête en direction du visiteur et se retrouva enfin seul à nouveau ;

c'était un homme rondouillard et chauve en complet bleu pâle.

Les rues dégagent de la vapeur. La pluie a cessé. Empruntant un détour qui doit lui faire découvrir Oslo, Mazzini rentre lentement à l'hôtel, comme un touriste qui, un plan de la ville voletant à la main, tente de se repérer. Il s'arrête au coin des rues et chaque fois essaye de *s'imaginer* le prochain bout de chemin avant de continuer et d'être contredit par la réalité de la ville ; c'est un jeu. Il faut attendre la fin de la longue promenade pour que les images inventées commencent à ressembler à celles de la rue. Comme la vie qui se déroule ici est amortie et retenue : elle ne produit pas plus de bruit qu'une ville de province un jour férié ! Le *Fram*, le bateau polaire d'Amundsen et Nansen, le *Fram* au musée de la navigation à Bygdøy, avait dit Fagerlien... Mazzini est déjà sur le chemin du bac de Bygdøy lorsqu'il modifie sa décision. Non, il n'ira pas au musée, il ne fera plus d'autre visite ; il ne s'introduira plus dans les aventures d'autrui parce que celles-ci feraient irruption dans la sienne et la dérangeraient. Oslo doit être le no man's land entre le présent et l'intemporalité des coulisses arctiques. Une escale.

L'après-midi se passe en achats pour compléter son équipement. Il y a dans chaque librairie des cartes marines à toutes les échelles – les lunettes de glacier, il les a oubliées dans la maison de la veuve du tailleur de pierre. Le soir, Mazzini se regarde dans le miroir de sa chambre d'hôtel : une fois les lentilles noires devant les yeux (comme il se sent sûr de lui quand son champ de vision se réduit à une fente !), l'élastique des lunettes noue ses cheveux noirs et épais en une queue ; son visage rasé, étroit, aux pommettes saillantes et au nez fin, brille sous la couche de pommade qui protège du froid, enduite à titre d'essai. Durant plusieurs minutes, il reste immobile – le *Ferlach à double canon* en position de tir, l'œil visant le miroir à travers la fente des lunettes. Pauvre bouffon de carnaval.

Demain il sera à Tromsö.

7
Mélancolie

Une pluie froide alourdit les voiles. La neige tombe parfois à gros flocons à moitié fondus. Sous les nuages bas, il n'y a pas de différence entre le jour et la nuit ; l'horizon s'estompe dans des lambeaux de brouillard et une luminosité grise infinie. Le *Tegetthoff* tangue sur la mer de plus en plus rude et impétueuse. Jamais encore les paquets de mer n'ont eu cette violence. Les grosses lames qui roulent sur le schooner font de chaque quart une torture. Les chasseurs tyroliens ont tour à tour le mal de mer et peuvent encore à peine se tenir sur leurs jambes ; ils se soignent mutuellement et s'encouragent. Le lieutenant Payer l'a promis : *les eaux, quand nous serons en vue des côtes de l'île de Novaïa Zemlia, seront plus calmes ; nous verrons de belles montagnes.* Lorsque les sommets des vagues s'aplanissent enfin et que le vent n'arrache plus les crêtes et les arêtes, le froid s'installe, qui raidit le gréement, les vergues et les mâts, l'entrelacs des haubans – échafaudage de voiles à la nacre étincelante, chef-d'œuvre de glace duquel se détachent, quand la houle soudain se calme et que soufflent des rafales de vent, des cônes de verre qui éclatent sur les bordages du pont. Le choc rend les chiens fous. Deux semaines à peine se sont écoulées depuis que l'on a quitté Tromsö, mais plus personne ne parle de cette ville, des bougies et des chandeliers en argent posés sur la table du consul Aagaard et des festivités passées. La mer chasse des journaux intimes tout souvenir de la terre ferme. Des oiseaux marins – eiders, alcidés et mouettes polaires – tombent du ciel sous le feu des carabines de chasse. Haller et Klotz, assis devant des seaux remplis d'eau bouillante, arrachent les plumes. Le temps commence à passer plus lentement. Weyprecht fait installer le *nid de pie* au sommet du mât principal. Le faible arc de lumière qui, depuis quelques jours, réapparaît sans cesse au nord-nord-est..., serait-ce déjà la glace qui *blinque*, signe que l'eau vive sera bientôt traversée de glaçons et de barrières de glace ? Si tôt ? L'année précédente, lors de l'expédition préparatoire de l'*Isbjörn*, la limite des glaces flottantes était passée en cette saison considérablement plus haut au nord. L'officier de quart, dans le nid de pie, apercevra la glace avant tous les autres, avertira le pilote et donnera des instructions. Un soir – le temps est calme –, le commandant joue de la cithare pour ses matelots dans la chambre de l'équipage. Celui qui est dans le nid de pie – Orel ou Brosch – n'entend rien de tout cela. Il est seul, tout à son attention.

Le 25 juillet à 8 1/2 heures du matin, la chienne Novaïa crève des douleurs de l'accouchement. A 10 heures, nous la jetons dans la tombe froide ; ce même jour, à 7 1/2 heures de l'après-midi, nous apercevons les premiers glaçons et les saluons en souhaitant que ce soient les derniers. *Otto Krisch.*

Surpris par la position méridionale de la glace, nous nous empressâmes d'envisager l'hypothèse rassurante que nous n'avions pas encore affaire au blocus de la glace, mais à un ensemble de glaçons venus peut-être de la mer de Kara par la route Matotschkin. Nonobstant nous ne tardâmes pas à nous persuader qu'en fait nous nous trouvions déjà en pleine mer de glace compacte et que les conditions de navigation de 1872 contredisaient dans le sens le plus défavorable celles de l'année précédente. *Julius Payer.*

Les voiles déployées, on traverse les champs de glaces qui flottent encore par bandes isolées et l'on emprunte les larges canaux navigables ; puis la glace s'épaissit ; la force d'un vent favorable ne suffit plus. Otto Krisch et le chauffeur Pospischill sont chargés de rallumer la chaudière. Dans ces conditions, on avance péniblement. Mais les champs finissent par se refermer peu à peu pour former une plaine blanche qui s'étend jusqu'à l'horizon. Il n'y a plus de chenaux. Le 30 juillet, le *Tegetthoff* est pour la première fois *investi* par les glaces et s'immobilise. Le lendemain seulement, la plaine éclate sous l'effet de la houle et de l'air qui s'est réchauffé. Krisch est fier lorsque le bateau repart sous un nuage de fumée qui jette une ombre plus grosse qu'un manège d'équitation. Le 3 août, on atteint la côte occidentale de l'archipel russe de Novaïa Zemlia. A force de vapeur et de voile, le schooner se traîne tout doucement le long de la côte rocheuse. Les dimanches, l'équipage se rassemble sur le pont. Weyprecht lit des extraits de la Bible en italien.

Veillez à ne pas fatiguer vos cœurs d'ivresse et de soucis terrestres et que le jour du jugement dernier ne vienne vous prendre à l'improviste comme un collet, car il tombera sur tous ceux qui habitent le visage de la terre. Soyez donc vigilants et priez à tout instant afin d'être en état d'échapper à tout ce qui surviendra et de pouvoir comparaître devant le Fils de l'homme...

Et quand les temps viendront où la parole de Dieu ne sera plus assez puissante pour rassurer un incroyant, les encouragements de Weyprecht sauront imperturbablement et dans un sens favorable interpréter tous les signes de la mer et du ciel. Nous sommes préparés, dira-t-il. Rien ne pourra nous surprendre.

Depuis quelques jours, nous étions entrés dans un monde qui nous était, à la plupart d'entre nous à bord, complètement étranger ; fréquemment nous étions enveloppés d'épais brouillards ; les ruines des créneaux d'un pays encore lointain, revêtues des haillons de leur habit de neige, fixaient sur nous leurs regards inhospitaliers. Tout ce qui nous entourait prêchait l'éphémère, car l'érosion marine et l'ardente activité de la fonte régissent sans cesse les paysages du monde glaciaire. La nuit, par ciel couvert, il n'y a pas de spectacle plus mélancolique que celui de la glace qui meurt dans un chuchotement ; lentement, avec la fierté d'une procession, l'éternel cortège des cercueils blancs se dirige vers la tombe, sous le soleil du midi. Pendant quelques secondes, le bruissement répétitif de la houle se lève, qui déferle et sape les glaçons ; l'eau qui suinte des arêtes saillantes des gros glaçons tombe dans un chuchotement monotone, à moins qu'une petite plaque de neige, perdant son appui, glisse dans la mer pour s'y éteindre comme une flamme qui grésille. Pétillements et craquements dominent sans cesse, produits par l'éclatement des particules de glace. De magnifiques cascades d'eau de fonte bourdonnent et, formant des voiles à l'éclat étouffé, jaillissent des icebergs qui, sous l'ardeur du soleil, se divisent et se détruisent d'eux-mêmes dans un bruit de tonnerre... Puis le jour règne à nouveau et en présence de sa vive lumière l'incandescence des couleurs et l'immatérialité s'évanouissent. *Julius Payer.*

Pour obtenir une image utilisable de la route suivie par un bateau polaire, il est utile de s'imaginer le parcours d'une mouche domestique projeté sur un mur blanc ; car contourner les icebergs, faire demi-tour devant des fronts de pack fermés, monter sur des glaçons, se frayer un passage dans des grincements et pour finir avancer dans un labyrinthe de chenaux ressemble plutôt à l'entortillement et au tiraillement dans tous les sens d'une pelote de fil qu'au paisible tracé d'une ligne. Les choses ne se passent pas différemment lors de la traversée des eaux de la côte de Novaïa Zemlia. L'occupant du nid de pie en haut du mât de hune crie à en perdre la voix. *Eaux vives ! Quatre coups à babord, cinq coups !* Sous les mains du pilote Lusina la roue du gouvernail tourne à toute vitesse ; la barre voltige dans toutes les positions comme l'aile d'un oiseau pris de panique. Le *Tegetthoff* hésite à travers un monde d'éclats qui étincelle et éblouit.

Le 12 août – ils se croyaient déjà tout seuls –, un navire étranger surgit soudain du voile de brume. L'image, qui déchaîne l'enthousiasme, est encore si petite et si trouble que l'on pourrait croire à une vision – mais le bateau n'avance pas la quille en l'air comme dans un mirage ; il est vertical comme seule peut l'être la réalité. Les huniers hissés, il avance dans leur direction ; et lorsqu'on ferme les yeux et qu'on les rouvre, il est toujours là. Puis voilà de minuscules étoiles, la lueur rouge et or de coups de canon tirés en guise de salutations ! Une frégate. Mais ce qu'il y a de plus grandiose dans cette apparition, ce sont les pavillons que l'on vient de hisser : le norvégien... et l'autrichien ! Le pavillon autrichien dans cette immensité abandonnée qu'envahissent à l'instant les hourras des matelots. L'*Isbjörn* les a suivis depuis le Spitzberg ! Le comte Wilczek, le protecteur et l'ami, tient, en dépit des mauvaises conditions de la glace, à respecter la promesse faite à Vienne et à installer au cap Nassau un dépôt de ravitaillement pour l'équipage de l'expédition ; ce serait un premier refuge au cas où l'*Admiral Tegetthoff* devrait lui aussi subir ce qui vient d'arriver ces jours-ci à quelque milles marins de là : deux yachts, l'*Island* et le *Valborg*, ont été broyés par la glace et ont sombré – tel est le récit du comte qui, avec ses compagnons, le baron Sterneck, le photographe de la cour impériale et royale Wilhelm Burger et le professeur de géologie Hans Höfer, quitte son canot et grimpe à bord du *Tegetthoff*. Combien de morts ? Le comte l'ignore. Il a apporté du champagne.

L'*Isbjörn* navigue pendant quelques jours encore dans le sillage du *Tegetthoff* vers le nord, jusqu'aux îles de Barents que les marins norvégiens appellent les *Trois Cercueils*. En cas de nécessité, le dépôt de provisions y sera plus facile à atteindre qu'au cap Nassau. A chaque mille marin, le danger augmente d'être enfermé par la glace et obligé d'hiverner dans les déserts de pierre inhabités de Novaïa Zemlia. L'*Isbjörn* n'a ni machine à vapeur ni équipement lourd, et un hivernage signifierait la mort. Mais le comte ne veut pas faire demi-tour ; pas encore. En vue des îles de Barents, la glace se referme. Les deux bateaux sont immobilisés. Burger, le photographe de la Cour, reste sans bouger entre des glaçons empilés les uns sur les autres et fixe à travers son objectif la fin du monde : des écueils noirs et nus, le ciel et la glace.

Le ravitaillement de secours – deux mille livres de pain de seigle en fûts et mille livres de soupe aux pois en boîtes étamées et soudées – est porté à l'aide des attelages de chiens sur les *Trois Cercueils* et déposé sur la roche ancienne pour l'éternité. Jamais aucun d'entre eux ne reviendra ici. Le professeur Höfer, le géologue, ramasse des fossiles.

Le monde animal enfoui dans les roches calcaires des îles de Barents est le témoignage indiscutable qu'autrefois à ces hautes latitudes s'étendait une mer chaude qui rendait impossible que de grands glaciers se baignassent, comme aujourd'hui, dans ses flots. A cette époque, cette partie de la terre enfouie sous les glaces et de nos jours complètement morte connut donc une période de vie luxuriante. Dans la mer grouillait un monde constitué de myriades d'animaux et souvent construit avec délicatesse, tandis que la terre, comme nous le prouvent les découvertes faites sur l'île des Ours et au Spitzberg et qui correspondent à la même époque, était couronnée de feuilles de fougères géantes en forme de palmes. Nous appelons cette période de l'histoire terrestre le carbonifère ; ce fut le temps de la jeunesse bénie du Grand Nord, qui accéléra sa vie, courut plus rapidement vers la mort que les zones plus méridionales qui vivent encore aujourd'hui en pleine force et dans le jeu du changement quotidien... Si une brève observation des fossiles enfouis ici a éveillé en nous l'image d'une vie autrefois luxuriante, d'une création organique aux formes multiples – une image en quelque sorte sortie d'un rêve –, un regard sur le présent des îles de Barents ne peut que nous attrister. *Hans Höfer.*

Alors qu'ils sont immobilisés au large des îles, Weyprecht fait disposer de lourdes poutres qui pendent librement le long de la coque : elles constitueront un rempart pendulaire contre la force des prochaines compressions de la glace, la poussée des glaçons affluents doit se répartir sur elles. Payer, Klotz et Haller n'arrêtent pas d'atteler les chiens aux traîneaux, les font courir sur la glace et tentent de calmer la rage des animaux. Les chiens tirent mal. Puis on tue le premier ours polaire. Une fête. On n'arrive plus à retenir les chiens.

Le 18 août, pour fêter l'anniversaire de Sa Majesté l'Empereur François-Joseph Ier, un grand dîner fut organisé à bord auquel tous les messieurs de l'« Ours blanc *» (l'*Isbjörn*) furent invités ; le comte Wilczek fournit le champagne nécessaire à cela. A table, le commandant Weyprecht se leva et porta un toast à la santé de l'empereur ; c'est sûrement la première fois que cela se faisait dans les glaces et à proximité immédiate de l'île de Novaïa Zemlia ; nous eûmes également de la part de l'Ours polaire une cuisse de renne fraîche, qui était succulente. L'ensemble du repas se composa de soupe de tortue, de grives accompagnées de mixed-pickles, de rôti de renne avec de la purée de pommes de terre, du ragoût de poulet avec de la salade de haricots verts, des beignets avec des prunes dans leur jus et de la confiture de framboise ; pour finir du fromage, du pain et du beurre, puis du café noir et d'excellents cigares conservés pour les grandes fêtes ; puis nous bavardâmes en évoquant le pays et en pensant à nos chères familles.* *Otto Krisch.*

Le repas des matelots est plus simple ; le menu ne nous a pas été transmis. On mange à des tables séparées. Même le second maître Lusina, le maître baleinier Carlsen et le mécanicien Krisch ne sont invités à la table des officiers qu'à des occasions particulières. Mais un jour viendra où il n'y aura plus ni tables ni bateau ; ils s'accroupiront tous ensemble dans la glace, les mains noires et le visage déchiré par le froid, et mâcheront du lard de phoque cru. Ils porteront des gourdes remplies de neige sous leurs chemises et, après des heures atroces passées à tirer les traîneaux, boiront quelques gorgées d'eau fade.

*A dix heures du soir, nous nous levâmes de table, et les messieurs de l'*Ours polaire *rentrèrent à bord ; je me mis également au lit après avoir écrit ces lignes.* *Otto Krisch.*

*Le 20 août, quelques changements de la glace semblèrent permettre la reprise de la navigation ; en conséquence, le lendemain, nous nous rendîmes à bord de l'*Isbjörn *pour prendre congé du comte Wilczek, du commodore baron Sterneck, du professeur Höfer et de monsieur Burger. Ce furent des adieux inhabituels. Si des hommes coupés du reste du monde éprouvent en se quittant une plus intense agitation de l'âme qu'à l'accoutumée, la séparation eut lieu dans les conditions de la plus grande émotion intérieure... A force de vapeur, par temps couvert et vent frais de nord-est, nous doublâmes l'*Isbjörn *en direction du nord ; bientôt ce dernier, enveloppé de brume, disparut de notre vue... L'après-midi, nous entrâmes dans une wacke (plan d'eau bordé de glace, un étang dans la mer, note) ; mais dès la nuit suivante, des barrières de glace fermées empêchèrent ici aussi notre progression.* *Julius Payer.*

Le 22 août, nous sommes pris dans la glace compacte ; à 4 1/2 heures du matin nous éteignons la chaudière et attendons la dispersion de la glace ; une violente chute de neige survient... Aujourd'hui, l'un des deux chats qui se trouvaient à bord est mort d'un enroulement de l'intestin. *Otto Krisch.*

L'attente. Des jours. Des semaines. L'attente. Des mois. Des années. L'attente jusqu'au désespoir. Le piège de glace ne se rouvrira plus. Plus jamais. Le quarantième jour après le départ du port de Tromsö, la mer compacte s'avance de tous côtés en direction du *Tegetthoff*. Nulle part il n'y a d'eau vive. Le *Tegetthoff* n'est plus un bateau, c'est une cabane coincée entre des glaçons, un refuge, une prison. Les voiles, d'absurdes chiffons. La machine à vapeur, un accessoire inutile. La roue du gouvernail, un objet ridicule. Une note écrite de la main du maître baleinier Carlsen dans le journal de bord donne les coordonnées du blocus : cela s'est passé à 76° 22' de latitude nord et 62° 3' de longitude est. La neige qui tombait était granuleuse et dure.

Dorénavant, ils vont dériver ainsi sur leur glaçon, une île de glace, qui rapetisse puis grandit à nouveau, et dont le cœur de bois est leur bateau ; ils dérivent en direction d'un vide aveuglant, puis de l'obscurité de la nuit polaire, des ténèbres, vers le nord, le nord-est, le nord-ouest et à nouveau le nord – tout à la merci de courants marins inconnus et de la torture de la glace. Ils se dirigent vers le néant. Tout se rapproche, vient à leur rencontre : deux années au cours desquelles le soleil ne se lève pas pendant plus de huit mois ; l'abandon et la peur ; un froid par lequel les couvertures de laine prévues pour réchauffer gèlent aux cloisons des cabines que recouvre une couche de glace épaisse comme le bras ; la dyspnée des maladies pulmonaires ; les gelures de tous les membres dont le médecin du navire Kepes ne peut conjurer les conséquences mortelles qu'en provoquant la souffrance d'une amputation ; les tumeurs scorbutiques des gencives qu'ils se coupent mutuellement avec des ciseaux et les plaies permanentes qu'ils brûlent à l'acide chlorhydrique ; les mirages pour finir et le désespoir.

Mais ce qui va être le plus effroyable pour eux, ce seront les *hurlements de rage des blocs de glace* qui, au cours du premier hivernage, se coincent sans cesse les uns dans les autres en grinçant, s'empilent en se poussant et menacent de broyer le *Tegetthoff*. Durant ces *poussées de la glace*, l'équipage sera accroupi sous le pont parmi les sacs de sauvetage et attendra l'avertissement de la vigie – *Partez ! partez ! C'est votre salut !* Et une fois de plus, les voici qui passent par-dessus bord, s'en vont dans l'obscurité sur la glace dont les crevasses béantes laissent échapper une eau noire grondante et bouillonnante. Puis le calme revient. L'eau a disparu. C'était un fantôme.

Mais qu'importent en fin de compte tous les tourments et

toutes les privations au regard de l'immortalité d'un découvreur ou – dans le sens où l'entend l'équipage – au regard des primes qui augmentent constamment et de la paye ? Et qu'importent les ténèbres de la nuit polaire au regard des miracles de la lumière du ciel arctique ? Au regard du soleil de minuit qui, par réfraction, apparaît multiplié par cinq, par six, dans les voiles de brume ? Au regard des doux mirages, de la grandeur monstrueuse et brillante du halo de la lune et de l'éclat ondulant de l'aurore boréale, à la première apparition de laquelle le marin Lorenzo Marola tombe à genoux et se met à prier à haute voix ?

En dépit de toutes les confirmations que le discours de Weyprecht devant le bureau maritime de Fiume – l'invocation adriatique des effrois de la glace et des ténèbres – reçoit à présent au cours de la dérive des glaces, la force des marins des pays méridionaux semble montrer qu'ils sont à toute épreuve. Weyprecht est satisfait d'avoir eu raison face aux reproches et aux doutes qui se sont exprimés dans les rangs de la marine royale et impériale. Surtout pas de Méridionaux dans une expédition arctique ! lui avait-on dit. Il fallait qu'il engage des Norvégiens, des Danois ou des Russes. Pourtant ce seront des Italiens et des Dalmates qui, dans l'obscurité de la nuit hivernale, quand le temps sera calme et qu'il n'y aura pas de vent, descendront sur la glace et joueront au *bocce* à la lueur des torches. Il avait, écrira Weyprecht plus tard à une amie, emmené ses Méridionaux qu'il estimait par-dessus tout, parce qu'ils disposaient de la *chose la plus précieuse* dont peuvent disposer des hommes au milieu des menaces de l'Extrême-Nord : la gaieté. Weyprecht conclura sa lettre en disant que transmettre ce message au monde avait toujours été pour lui plus important que l'annonce de la découverte de la *Terre François-Joseph*.

Ils dérivent. On a veillé à tout, on a compté avec le blocus, assurent les commandants de l'équipage, le *Tegetthoff* est un navire sûr et a été construit pour cette mer comme jamais aucun autre ne l'avait été ; le printemps prochain, l'étau de glace se relâchera ; on recommencera à naviguer, toujours plus loin dans des eaux inconnues ; peut-être jusqu'à la route de Béring et au-delà. Comme les commandants sont sûrs d'eux ! Weyprecht est inébranlable. Et Payer s'appuie sur lui. Et si tout contredit qu'ils reviendront un jour de l'endroit vers lequel ils dérivent à présent, Weyprecht continue de dire : *Nous reviendrons. Je le sais*. Personne ne veut encore en douter. Quelqu'un cependant, le maître baleinier Carlsen, devrait savoir qu'il existe une vérité. Mais il se tait.

Tant d'hommes avant nous ont échoué. Nous dérivons vers le nord, irrésistiblement vers le nord. Puis nous atteignons des latitudes où tout se fige, et pour toujours ; des latitudes que le printemps n'atteint jamais. Jamais la glace ne fond. Jamais l'eau n'est navigable. Jamais personne n'en est revenu. La route de Béring est vaste, et nous dérivons, comme tous les autres, vers notre fin.

Qui aurait la force d'exprimer de telles prophéties ? Non, la mort n'est qu'une construction de l'esprit. Julius Payer esquisse une image. Tout aussi invraisemblable que débonnaire : soudain un nuage de brume se formerait autour d'un être nu, exposé sans défense au froid de l'hiver arctique, semblable au halo de la lune. En cas d'incidence favorable de la lumière, les bords de ce nuage, qui proviendrait uniquement de l'humidité des corps s'évaporant rapidement, produiraient les couleurs de l'arc-en-ciel : bleu-violet, bleu, vert, jaune, orange et rouge-jaune. L'extinction progressive de ce phénomène, couleur après couleur, correspondrait aux étapes de la mort dans la glace ; une mort au-delà des limites de la douleur, manifeste au moment de la disparition du dernier arceau, rouge-jaune.

L'agonie perçue comme un jeu de couleurs.

Nom (commandant de l'expédition)	Années passées dans les glaces	Buts non atteints	REMARQUES
Hugh Willoughby	1553-1554	Passage du nord-est	Voir : Première digression, la fin de Willoughby.
Martin Frobisher	1576-1577-1578	Passage du nord-ouest	Navigue jusqu'à la pointe sud du Groenland ; rentre avec un chargement de pyrite, de la *roche d'or,* et des Esquimaux groenlandais emmenés de force. Au cours d'un second voyage, cinq matelots sont tués par des Esquimaux ; Frobisher raconte que de nombreux Groenlandais se seraient volontairement noyés pour échapper à la capture ; disparaît finalement dans la mer polaire.
Willem Barents	1594-1595-1596-1597	Passage du nord-est, passage du nord-ouest, route directe de l'océan Pacifique par le pôle Nord	Contourne pour la première fois Novaïa Zemlia et redécouvre, après les Pomores et les Islandais, le Spitzberg ; rentre chaque fois avec de la pyrite. Lors de son dernier voyage, son bateau est broyé par la glace près des *Trois cercueils* au nord-est de Novaïa Zemlia et sombre; Barents et quatre marins meurent pendant l'hivernage sur la côte. Les restes de son camp seront retrouvés des siècles plus tard par le maître baleinier Elling Carlsen.
John Knight	1606	Passage du nord-ouest	Est tué au Groenland par des Esquimaux.
James Hall	1605-1606-1607-1608	Passage du nord-ouest	Est tué au Groenland par des Esquimaux.
Henry Hudson	1607-1608-1609-1610-1611	Passage du nord-ouest, route directe de l'océan Pacifique par le pôle Nord	Navigue en direction du Groenland, du Spitzberg, puis, par la *route de la baie d'Hudson,* en direction du continent nord-américain ; découvre lors d'un de ses retours l'île Jan Mayen ; après deux mutineries réprimées, est abandonné, avec sept marins et son fils, par son équipage sur une chaloupe et disparaît ; les mutins rentrent en Angleterre et sont pendus.

8
Deuxième digression
Les chercheurs de passages
– Extrait de la chronique de l'échec

(Quelques célébrités et précurseurs
de l'expédition Payer-Weyprecht
qui ont donné leur nom aux paysages,
caps et mers arctiques)

A l'attention du lecteur : celui qui, d'un bateau de pêche, tombe dans la glace sans qu'on puisse le sauver et coule, meurt de faim ou de froid, ne peut prétendre à une notice historique. C'est ainsi que plus personne ne parle des baleiniers et des chasseurs de phoques disparus – des marins qui naviguaient chaque année sur l'océan Glacial arctique sans donner à leur entreprise le nom emphatique d'*expédition*. Les chasseurs de phoques firent aussi des découvertes et hivernèrent sur des îles que les cosmographes ignorèrent longtemps encore ; ils connaissaient la glace et les routes navigables mieux que les représentants des académies – mais qui, à part le secrétaire d'un comptoir commercial, allait noter leurs noms ? Qu'est-ce que dix frégates de chasseurs de phoques disparues face à un seul bateau qui part en expédition sur ordre du roi et fait naufrage ? L'homme qui exécute son travail sur un bateau de pêche ne peut prétendre à la gloire. En revanche, on dresse un monument aux *expéditions*, même quand elles n'ont pas réussi.

Vitus Béring	1725 à 1741	Passage du nord-ouest, passage du nord-est, route directe de l'océan Pacifique par le pôle Nord	Héros de la *Grande Expédition arctique* du tsar, projetée et réalisée par Ivan Kirillovitch Kirilov (au total sept détachements et six cents participants). Franchit parmi les premiers la *route de Béring* ; à la suite d'un naufrage au large de l'île de Béring, y meurt du scorbut.
Vassili Iacovlevitch Tchitchagov	1765-1766	Route directe de l'océan Pacifique par le pôle Nord	Après son premier échec dans la recherche d'un passage, est obligé de repartir pour une seconde expédition, au cours de laquelle la plus grande partie des participants meurent. (Les expéditions forcées font partie de la pratique de la recherche polaire tsariste – en conséquence, les navigateurs inventent à l'occasion des terres nouvelles et des routes d'eau libre pour échapper à une seconde mission.)
John Franklin	1818-1819,1820-1821,1825-1826-1827,1845-1846-1847	Passage du nord-ouest, route directe de l'océan Pacifique par le pôle Nord	Après trois voyages polaires, exécutés à grand-peine, John Franklin disparaît dans les glaces lors de sa quatrième expédition avec ses 129 hommes d'équipage et ses deux navires, l'*Erebus* et le *Terror* ; des recherches de plusieurs années restent vaines. Ce n'est qu'en 1859 que le capitaine McClintock trouve les restes des camps et des cadavres mutilés.
Elisha Kent Kane	1850-1851, 1853-1854-1855	*Route américaine* (par le Smith Sund le long des côtes occidentales du Groenland vers le pôle Nord et la route de Béring)	Kane quitte le port de New York pour une première tentative en direction de l'océan Pacifique par une *route américaine* ; le premier voyage est un échec, seule une partie de l'équipage survit au second, et Kane meurt juste après son retour des suites des privations.
Charles Francis Hall & Emil Israel Bessels	1860-1861-1862, 1864 à 1869, 1871-1872-1873	Route américaine	Hall emmène avec lui dans ses voyages des familles esquimaudes qui lui servent de guides et de conseillers; meurt en 1871 de l'extrême fatigue d'un voyage en traîneau dans la glace; l'équipage, conduit par Emil Israel Bessels, entreprend de nouvelles tentatives vers le pôle Nord; une partie de l'équipage est séparée du navire en dérive et emportée sept mois durant sur un bloc de glace jusque dans la mer du Labrador; au moment du départ de l'*Amiral Tegetthoff*, toute l'expédition Hall est encore considérée comme disparue.

Note complémentaire : les vainqueurs

En 1878, quatre ans après le retour de l'Expédition Payer-Weyprecht, Adolf Erik baron de Nordenskjöld se laisse consciemment investir par la glace, avec son bateau le *Vega* ; il va dériver parmi les glaçons à travers la nuit polaire, sera libéré l'été arctique suivant, hissera les voiles, traversera le détroit de Béring et finalement atteindra Yokohama le 2 septembre 1879, où il sera accueilli avec enthousiasme : il est le Premier ! Le vainqueur du *passage du nord-est* ! (Un passage sans importance pour la navigation et sans valeur pour le commerce, puisqu'il ne peut être emprunté qu'au prix d'une incarcération dans les glaces qui risque de durer des années... Mais là aussi les choses vont changer : avec les brise-glace d'une époque encore éloignée, les navires soviétiques géants du type Lénine, par exemple, avec leurs soixante-quinze mille chevaux, ou les tankers de l'Exxon Oil Company et autres navires de mission à la technique surpuissante.)

De 1903 à 1906, Roald Amundsen va survivre à deux nuits polaires à bord du *Gjöa*, dériver avec la glace et atteindre le détroit de Béring par le *passage du nord-ouest* ; un passage sans importance ni valeur pour la navigation, puisque effectué au prix d'une incarcération dans les glaces qui peut durer des années, etc, etc.

Néanmoins, qui oserait affirmer que tous les calvaires et tortures des chercheurs de passages ont été inutiles ? Des voyages en enfer pour des routes qui ne rapportent rien ? Après tout, s'ils n'ont pas contribué à l'enrichissement et au commerce, ils ont bien servi la science en détruisant les mythes de la mer polaire libre, les mythes de paradis dans les glaces. Et on ne détruit pas un mythe sans faire de victimes.

9
Images pendulaires d'un paysage

Le mois de juillet s'achève demain. C'est le troisième jour que Josef Mazzini passe à Tromsö. La mer polaire se transforme en vapeur ; la forte humidité de l'air pose son voile sur le lointain ; la température la plus élevée n'excède pas 10 degrés Celsius. Le ciel est blanc. Au ras du paysage pétrifié, le vent a tout juste la force de rider la surface d'eaux mortes, d'un étang, parfois de produire de jolies petites vagues et de provoquer, à la maigre cime de bouleaux rabougris, ce frémissement qui rassure – les spécialistes de la météorologie y voient la manifestation caractéristique d'une brise légère. Un deltaplane trace de longues et minutieuses boucles devant les falaises du *Fragern* qui, hautes comme le ciel, dominent Tromsö. Semblable à une proie, le pilote suspendu sous la toile rouge vif de son planeur qui l'emporte vers la montagne donne un instant l'impression de s'arrêter, change de direction, sort du champ de vision de Mazzini, pour réapparaître quelques secondes plus tard un peu plus bas. Les rochers semblent attirer le deltaplane, puis le repousser et le forcer peu à peu à redescendre. Après que la voile rouge a disparu avec sa proie de son champ de vision, Josef Mazzini est seul avec la montagne qui se dresse comme cent ans, mille ans auparavant : les crevasses, les roches escarpées, la limite des arbres qui ne s'égare qu'à deux ou trois cents mètres au-dessus du niveau de la mer, les bosquets d'arbres bas et clairsemés, les bouleaux, le souvenir d'une forêt, les buissons de genévriers, puis au-delà, les lichens, la pierre nue et la mousse, rien n'a changé. Payer a dû y monter, le manomètre et tous les autres appareils sur un brancard, Haller et les chiens derrière lui, et Dilkoa, le Lapon, en tête de tout le monde. Une fois là-haut, ils aperçoivent la colonne de fumée qui s'élève toute noire au-dessus de Tromsö ; la ville brûle, et Weyprecht sort du port, va aider les pompiers ; les cloches sonnent. Puis le deltaplane achève une boucle, glisse à nouveau dans le champ de vision, entraînant le présent dans son sillage. Mazzini le suit avec attention jusqu'à l'endroit où, à l'aplomb des abrupts rocheux du *Fragern*, brillent les cabines d'un téléphérique ; point n'est besoin désormais d'y monter à pied, mais si d'aventure quelqu'un le faisait, ce serait par jeu, pour fournir un effort inutile. L'arche d'un pont en béton s'élance au-dessus de l'entrée du port ; deux – gros – bateaux de pêche sont à quai, la coque toute rouillée ; comme ils auraient été étonnés, les marins du *Tegetthoff* – leur schooner-barque pris entre ces deux colosses –, de voir un meilleur bateau-pilote surmonté d'un embrouillamini d'antennes et du manège d'une installation radar. Le pont du port, fait de rails, attire le regard vers l'église ; non, Mazzini ne peut s'imaginer à cet endroit les matelots de Weyprecht, à qui on lit la messe avant l'appareillage ; un exemple d'architecture ambitieuse, a dit hier, à la table du petit déjeuner de l'hôtel Royal, un vacancier de Hambourg à propos de cette église : un bâtiment réussi, dont la construction s'inspire des séchoirs auxquels on suspend ici les poissons, et que l'on protège de la convoitise des oiseaux en les recouvrant de filets. Non, ils ne sont pas agenouillés ici. A présent, l'architecte de Hambourg est accoudé au bastingage d'un quelconque chalutier dans le fjord et attrape des poissons qu'il ne mangera pas : c'était prévu au programme d'un voyage au forfait ; le Hambourgeois a dit à Mazzini qu'il pourrait sans problème se joindre à eux : un de plus ou un de moins, ça n'a pas d'importance ; et ici, de toute façon, *tout est paletti*. Dans le centre-ville où règne le même silence que dans un village, les maisons de bois sont couleur cuivre, vert mousse et rose ; elles sont assez loin les unes des autres, par mesure de sécurité contre les flammèches – ici, on craint toujours le feu. Au fur et à mesure que l'on s'écarte du cœur de la ville, la densité des bâtiments neufs augmente : les constructions sont en brique, verre et béton ; cris des mouettes. Au-dessus d'une pelouse s'élève un Amundsen de trois ou quatre mètres en métal, démesuré par rapport à la vie réelle ; il tourne son regard vide vers la mer, qui est grise.

Un sac de couchage et un bagage léger sur l'épaule, je le vois s'en aller sur un chemin sablonneux, puis prendre un sentier au milieu des rochers – les pentes sont violettes. Il fait nuit claire, et Josef Mazzini se trouve à une quarantaine de kilomètres de Tromsö : il s'essaye à la solitude. Sur la rive d'un lac bordé de bouleaux flottent et s'agitent de hautes colonnes, des essaims de moustiques, des millions d'insectes – une allée qui vibre. Il ne peut pas s'étendre à cet endroit pour dormir. Des nappes de brouillard passent au-dessus de l'eau noire et s'emploient à coudre ensemble la terre et le lac. Descente vers Sleivag, une cité abandonnée au bord du fjord d'Ulls, des ruines, une cabane écroulée recouverte d'herbe, des fenêtres béantes. Douze heures se sont écoulées depuis qu'il est parti. Il fait encore nuit quand il se remet en route et grimpe à travers les rochers ; il n'y a plus de chemin ; tout en dessous de lui, le sund de Gröt se jette dans le fjord d'Ulls ; c'est par là qu'est sorti le *Tegetthoff* avant de prendre la direction de la haute mer en utilisant la force de ses machines ; à présent, il n'y a rien sur l'eau, absolument rien, puis voici que tombe un épais brouillard. Il ne sait pas encore bien se servir de la boussole. Le matin, il arrive sur la route sablonneuse près de Snarby, des maisons de bois dans le brouillard, on voit à peine à dix mètres devant soi. Il longe le sund de Gröt puis rebrousse chemin. Aux abords de Vågnes, un chauffeur de camion s'arrête et lui fait signe de monter ; c'est seulement maintenant qu'il commence à sentir la fatigue. Le chauffeur ne comprend pas ce que l'étranger veut lui dire quand il lui montre que, lui aussi, il a conduit des véhicules de ce genre et des plus gros encore ; il n'arrête pas de secouer la tête. C'est le genre de route où l'on ne parle pas beaucoup. La campagne humide passe dans un bourdonnement. Une voix forte sort de la radio ; bruit de parasites. Le chauffeur désigne le ciel, puis une veste en duvet posée à côté de lui. Bulletin météo. Il va faire plus frais. Le soir, Mazzini est à nouveau dans la ville. L'architecte de Hambourg vient tout juste de rentrer de Vardö en Twin Otter et se plaint de l'obligation de porter une cravate dans un restaurant de Vardö ; il est aussi allé au cap Nord, un plateau à trois cents mètres d'altitude, à pic au-dessus de la mer, l'extrémité de l'Europe, mais il y avait du brouillard et il pleuvait, une déception malheureusement. Et puis la cravate ! Une cravate à la limite du désert, dans ce trou, c'est idiot. Mazzini pense au dîner dans la maison du consul Aagaard.

Le maître baleinier Carlsen était-il déjà parmi les invités ? Portait-il sa perruque blanche et l'ordre d'Olaf, et Payer son uniforme de cérémonie ? Le docteur Kepes, le Hongrois, le plus coquet de tous, sera sûrement apparu dans son élégante tenue de sortie. Est-ce que vous m'écoutez, dit le Hambourgeois, c'est le dernier soir aujourd'hui, n'est-ce pas ? Demain, direction le Spitzberg ? Eh bien, à votre santé ! Ça aussi, ça se fête ! Notre jeune Viennois ne va tout de même pas dire non cette fois-ci. Mazzini ne dit pas oui non plus. Il suit le Hambourgeois. A présent qu'il revient d'une brève solitude, la ville de Tromsö lui semble encore plus neuve, plus actuelle. Est-ce qu'il a vu le petit destroyer allemand détruit par les bombes, l'épave entre les écueils ? Non, c'était un autre bateau que Mazzini cherchait du regard. Une sale affaire, le vieux Tromsö a brûlé, lors de la Guerre mondiale numéro deux, sous le feu des canons allemands.

Des souvenirs de la ville disparue, du Tromsö de Payer peut-être, des vues romantiques, des lithographies, sous verre et encadrées, sont accrochées au lambris du restaurant de spécialités Fiskerogen & Peppermöllen, qui ressemble à l'intérieur d'un voilier : des lampes-tempête, du bois et beaucoup de cuivre. Un chouette bistrot, dit Mazzini en ricanant avant que le Hambourgeois puisse le dire. Le propriétaire, un gastronome émigré d'Autriche il y a des années, est fier de transformer en délicatesses les variétés de poissons que les habitants de la côte norvégienne rejettent à la mer parce qu'ils les jugent immangeables. Mazzini lui demande s'il saurait aussi transformer la pyrite de fer en or.

« Comment ?

– La pyrite de fer en or.

– Vous en avez des idées... ! »

Le propriétaire se tourne déjà vers la table suivante. Il faudrait essayer ! ha ! ha ! et leur souhaite pour finir une agréable soirée. *Diable de mer à la norvégienne* pour cent dix-huit couronnes. De la pyrite de fer en or, alchimie, le secret de la richesse, la vraie aventure.

« Vous buvez trop vite », dit le Hambourgeois.

Mazzini fait le calcul : il a besoin, pour vivre ici une semaine, de plus d'argent que pour un mois à Vienne. Mais demain il sera en mer ; là, tout sera diffférent. Demain. Vol de nuit.

« Alors, à votre santé », dit le Hambourgeois.

Le jeune Viennois ne semble pas tellement tenir le coup. L'Aquavit lui a ôté tous ses esprits et l'a rendu tellement maladroit que, plus tard, avec sa carte personnelle, il n'arrive pas à ouvrir la porte de sa chambre d'hôtel. Il est un touriste ivre. Le réceptionniste l'aide.

Pour le dernier jour passé sur la terre ferme européenne, il a mal à la tête et envie de vomir. Le soir encore – son bagage est prêt –, Mazzini rend de la bile. Le vent froid de l'aéroport lui fait du bien. Dans un rayon de lumière éblouissante, l'avion de ligne vient le surprendre. C'est encore un DC 9. Il s'attendait à un Twin Otter ou à un autre petit avion à hélice, et tout au plus à une poignée de passagers. Minuit à peine passé, il est au-dessus des nuages. C'est un vol intérieur tout à fait normal. Des mineurs et des ingénieurs se rendent à leur travail dans les mines de charbon de Longyearbyen, tandis que quelques touristes vêtus d'anoraks aux couleurs vives partent pour des vacances qui se passeront, a promis le prospectus, dans la nature la plus sauvage. A un peu plus d'une heure de Tromsö, alors qu'on a à peine parcouru un tiers du trajet, le ciel commence à rougeoyer ; le soleil se lève, rouge foncé. Au-dessus de Longyearbyen, on verra encore le soleil de minuit pendant deux semaines. A l'apparition de cette lumière inhabituelle, les touristes s'agitent, fébriles, se montrant tour à tour les bancs de nuages en feu. La plupart des mineurs dorment. Le voisin de Mazzini se met lui aussi à parler, c'est un Bulgare, un de ces musiciens qui fait partie des nombreux *combos* bulgares qui, pendant l'été, répandent de vieilles rengaines sur les pistes de danse du Finmark. *Rock around the clock. Roses blanches d'Athènes. Love me tender.* Sur le mode stéréotypé de celui qui, après un morceau particulièrement populaire, désigne au public les différents membres de son groupe, le Bulgare se présente : « Slatiu Boïatchev à la contrebasse. – Antonio Scarpa, marin », dit Mazzini. Les mots sont à peine prononcés qu'il les regrette déjà. Il a menti à un homme de bonne foi, un homme sincère. Il est maintenant obligé de poser des questions intéressées et d'écouter attentivement, pour dédommager le Bulgare qui serait prêt à croire d'autres mensonges avec la même gentillesse. Slatiu Boïatchev ne se rend compte de rien. Il vient de jouer à Hammerfest et à Alta, et va passer, comme chaque année, une semaine sous la tente au Spitzberg – même si ses *boys* lui disent que c'est jeter son argent par les fenêtres ; les boys ne comprennent pas cela, ce qui lui est égal. Pourquoi faut-il que ce soient précisément des Bulgares qui viennent satisfaire le besoin de distraction du Finmark ? Le contrebassiste ne le sait pas bien. Ça s'est fait comme ça. Peut-être que le Nord est trop ennuyeux et désert pour les musiciens occidentaux. Un jour, il demandera asile à la Norvège et ira travailler pendant une année ou plus dans les mines de Longyearbyen. Un salaire exempté d'impôts, dix mille couronnes par mois, plus les avantages ; et peut-être plus tard son propre restaurant.

Sur la piste d'atterrissage de Longyearbyen, un vent coupant les assaille. L'avion de l'Aeroflot pour Mourmansk roule à côté d'eux et les dépasse. Une troupe de mineurs soviétiques silencieux se tient devant un baraquement ; ils attendent l'hélicoptère qui les emportera à Barentsburg, aux mines du trust Arktikugol. Le contrebassiste leur crie quelque chose. Les touristes, vêtus de couleurs vives – Mazzini est, lui aussi, tout en bleu ciel –, jettent quelques regards gênés, presque craintifs, sur les Russes aux manteaux démodés et aux valises fermées par des ficelles. Les voilà déjà bien enfoncés dans l'aventure.

10
Le vol lourd du temps

Ils se défendent. Ils donnent des coups tout autour. Avec des haches et des pics, ils piochent dans la glace, essayent avec de longues scies d'ouvrir des chenaux, percent des trous qu'ils remplissent de poudre noire ; dans cette maudite mer gelée, ils ne cessent d'allumer des charges explosives ; le mécanicien Krisch forge une ancre à glace pour en faire un énorme burin que les marins hissent en haut d'un échafaudage de poutres et qu'ils précipitent sans cesse contre l'étau de glace ; ils feront sortir le *Tegetthoff* ; ils se dégageront ; il *faut* qu'ils se dégagent afin de pouvoir au moins trouver sur la côte de Novaïa Zemlia une crique sûre pour l'hivernage, mais l'archipel s'éloigne progressivement. Pendant des jours, on laisse les huniers et les focs en place pour ne pas perdre une seconde au moment où leur île de glace se morcellera et les libérera enfin ; des traînées sombres apparaissent à l'horizon : les *reflets d'une eau vive dans le ciel* ! C'est là-bas qu'il faut aller ; c'est là-bas qu'il doit y avoir un chenal navigable. Mais ils sont ici. Ici ! Ils sont immobilisés. Ce ciel d'eau vive n'est pas pour eux. Dans le froid, les scies perdent leur flexibilité et se cassent ; les entailles se referment en quelques minutes ; les dynamitages projettent en l'air de furieux bouquets de glace qui retombent en grêle sur eux ; le *Tegetthoff* ne bouge pas ; la barre, qu'ils avaient libérée hier à la scie, est à nouveau gelée aujourd'hui ; la tempête du nord-est referme le cratère que le burin avait creusé ; la neige devient vitreuse et dure, une nouvelle glace ; et les voiles claquent au vent pour rien. Parfois le ciel passe à toute vitesse au-dessus de leurs têtes ; dans la tempête qui agite la glace, des écueils et des débris se détachent de leur glaçon ; l'île rapetisse et se fissure ; c'est peut-être pour bientôt maintenant ; tout le monde à son poste ! mais voici que des amas de glace plus énormes encore s'approchent et s'unissent à leur glaçon pour se figer en un seul paysage.

L'espoir d'accomplir notre tâche avait donc été le rêve d'un instant ; nous constatâmes avec douleur que nous avions conti-

nuellement joué de malchance et ne réussîmes qu'imparfaitement à rester d'humeur égale... Les jours raccourcirent de plus en plus ; le soleil. entouré de masses de brume rouges, se coucha en prenant des couleurs de plus en plus incandescentes derrière des barrières de glace bleu noir ; une obscurité de plus en plus profonde suivait sa disparition... Seules quelques mouettes apparurent encore, qui venaient se poser sur les flaques d'eau autour du bateau. Elles planaient à un court battement d'ailes au-dessus des mâts, nous regardaient fixement, puis poussaient un cri aigu avant de partir vers le sud. Il y avait quelque chose de mélancolique dans le départ de ces oiseaux ; toutes les créatures semblaient vouloir fuir le royaume infini des ombres qui nous attendait... un désert désespérant nous accueillait ; privés de notre volonté, nous y pénétrions pour un temps et un parcours qu'il était impossible de déterminer.

Julius Payer.

Le gréement du bateau est tellement recouvert de glace qu'on ne parvient au nid de pie qu'au prix de beaucoup de peine et d'efforts... Les cristaux de glace qui collent au gréement sont étranges, ils ont l'aspect des plus belles plumes qui soient. *Otto Krisch.*

Et même si quelqu'un monte dans l'échafaudage de glace qui cliquette et se ménage à coups de hache une place dans le nid de pie, il ne voit plus rien dont il pourrait crier la présence à ceux qui sont en bas. Le ciel d'eau vive a disparu. La glace est sans fin. Après que Weyprecht a fait amener les voiles et descendre les mâts de hune, ils savent tous qu'ils ont perdu la partie pour cette année. Mais un miracle peut encore arriver. Peut-être que les aurores boréales, qu'ils aperçoivent depuis le début de septembre, sont le signe céleste d'une imminente libération. Lorsque la première vague de lumière passe au-dessus de leur solitude, vert émeraude avant de prendre toutes les magnifiques couleurs de l'arc-en-ciel, Marola tombe à genoux et prie. La madone les aidera. Mais Weyprecht leur dit qu'il faut se fier à lui et non pas aux miracles.

C'est avant tout l'aurore boréale qui, dans ces régions, remplit le novice d'étonnement – cette énigme que la nature a écrite en lettres de feu sur le ciel étoilé de l'Arctique.

De la même façon que dans l'étouffante nuit d'été les éclairs de chaleur au loin se déchaînent et se transforment en tempête d'orage, le faible éclat des aurores boréales des régions où nous nous trouvons se transforme dans le Grand Nord en cet imposant spectacle de la nature. Tout le firmament s'enflamme ; de partout jaillissent sans cesse des faisceaux de milliers d'éclairs qui convergent vers ce point de la voûte céleste indiqué par l'aiguille aimantée ; autour de ce dernier, dans un désordre sauvage, brillent et scintillent, ondulent et dansent des flammes d'un blanc intensément lumineux et colorées sur les bords ; comme fouettées par le vent, des vagues de feu courent, se croisent, se renversent, de l'est vers l'ouest et de l'ouest vers l'est. En un échange ininterrompu, le rouge prend la place du blanc et le vert celle du rouge. Des milliers et des milliers de rayons lumineux ne cessent de dresser leurs gerbes de flammes et tentent, dans une folle chasse poursuite, d'atteindre le point auquel tous aspirent, le zénith magnétique. C'est comme si la légende que nous lisons dans les vieilles chroniques était devenue vraie, qui dit que les armées célestes livraient une bataille et luttaient avec l'éclair et le feu sous les yeux des habitants de la terre. Tout se fait dans le plus profond silence, tous les sons se sont tus, la nature elle-même semble retenir son souffle, admirant sans bouger son œuvre personnelle. *Carl Weyprecht.*

A présent, ils ont du temps libre, le temps libre des prisonniers. Ils ne peuvent plus rien faire pour se libérer. Avec la même passion qu'ils avaient déployée pour lutter contre les barrières de glace, ils luttent maintenant contre la monotonie. Contre le temps. Ils cousent des pardessus et des sacs à provisions dans de la toile de voile, ressemellent leurs bottes, deux fois, trois fois, tendent une tente sur le pont, préparent le bateau pour l'hiver – le travail utile ne leur suffit pas, il est trop vite accompli. Les matelots érigent des constructions de glace autour du *Tegetthoff* : rien qu'une latrine pour commencer, puis des murs, des maisons, des tours ! et pour finir, avec une énergie furieuse, des châteaux et des palais. Ils scient des panneaux de glace et maçonnent, avec des briques qui scintillent, des fenêtres en ogive et des arceaux par lesquels le temps doit s'envoler. Heureusement que leurs édifices et villes ne cessent, sous la pression de la glace – bien qu'il ne s'agisse pas encore des énormes poussées qui les attendent –, de s'écrouler et de disparaître. Ils peuvent ainsi tout recommencer, tout rénover, faire que tout soit plus grand et plus beau qu'auparavant. Le travail est pénible. Pendant des jours et des jours, ils tracent des rues et des routes à travers des murailles de glace compressée, aplanissent la mer dure comme de la pierre, y versent de l'eau, attachent des lames à leurs bottes de feutre et font du patin à glace. Le mécanicien Krisch est pour les matelots un amusant professeur. Toutefois les Méridionaux deviendront tellement adroits et rapides dans ce domaine qu'ils finiront par jouer au *bocce* avec leurs patins à glace. Weyprecht garde son sérieux. Pas plus qu'il n'a jamais exprimé ses incertitudes ou ses déceptions quant au déroulement de l'expédition, il ne participe à présent, alors qu'ils s'installent peu à peu dans le blocus, à l'insouciance générale. Il reste assis des nuits entières, tout seul sous une tente d'observation qu'il a fait monter sur la glace ; il remplit ses journaux météorologiques, astronomiques et océanographiques, mesure les variations du magnétisme terrestre, dresse de longues colonnes de chiffres, calcule le trajet confus de leur dérive, sonde les profondeurs marines, décrit, calcule, établit des rapports. Tout en lui est attention.

Pour s'enthousiasmer pour la nature, il n'est pas nécessaire d'être un savant en chambre qui n'aperçoit dans les étamines de la fleur que le signe de sa variété, dans l'insecte l'objet pour le microscope et dans les montagnes la pierre ; mais d'un autre côté, il n'est absolument pas nécessaire d'être un enthousiaste sentimental qui transforme en ravissement le scintillement des étoiles et qui, dans sa fade admiration de la majesté de l'éclair, ignore tout des lois éternelles selon lesquelles la nature règle l'univers. L'aspiration au progrès de l'homme qui pense trouve sa plus complète expression dans l'étude des énigmes dont elle nous entoure. Lorsque, à partir de la simple observation, Newton développa les lois inaltérables qui régissent la marche des étoiles, toute la mécanique céleste et l'existence de la terre sur laquelle nous habitons, il n'établit pas seulement de simples formules, il permit à toute l'humanité pensante de faire un bond en avant en l'élevant à ses propres yeux et en lui montrant de quoi l'intelligence humaine est capable.

Celui qui veut réellement admirer la nature doit l'observer dans ses extrêmes. Sous les tropiques, dans sa plus complète splendeur et luxuriance, dans son somptueux habit du dimanche dont la contemplation n'entraîne que trop facilement à n'en pas voir le coeur ; aux Pôles, dans sa nudité, qui n'en laisse apparaître que plus nettement et distinctement la grandiose structure interne. Sous les tropiques, l'oeil se perd dans l'énorme quantité de détails à admirer ; ici, il se concentre, faute de détails, sur l'imposante totalité, et, faute d'un produit unique, sur les forces productives. Ni distraite ni influencée par l'élémentaire, l'attention se focalise ici sur les forces mêmes de la nature. *Carl Weyprecht.*

Bien qu'on soit à l'étroit sur le bateau et que les sujets aient noué des rapports intimes – Carlsen, qui, dans sa jeunesse, a découvert le camp d'hiver du grand Barents sur Novaïa Zemlia ; Klotz, qui a escaladé les plus hautes montagnes et sait marcher sur des câbles de bateau ou préparer des breuvages qui guérissent ; Pietro Fallesich, qui a participé à la construction du canal de Suez et peut raconter les histoires les plus étranges sur l'Égypte ; le pilote Lusina, qui n'arrête pas de fumer ; Marola, le joueur d'accordéon, et les autres ; tous échangent les histoires de leur propre existence, les racontent sans cesse avec de nouvelles variantes –, les commandants, eux, ne trouvent pas le contact. Ils commencent à s'éloigner les uns des autres. Payer déplore le temps perdu. Il veut découvrir de nouvelles terres ou des routes maritimes, il veut traverser des régions inexplorées avec des traîneaux tirés par des chiens ; une tente d'observation ne lui suffit pas, il veut rentrer dans l'allégresse générale avec une magnifique nouveauté cosmographique. Pour Weyprecht, la mer à travers laquelle ils dérivent à présent est avant toute chose un lieu inexploré, suffisamment nouveau. Il y aurait tant à faire ; les connaissances qu'il rassemble seraient utiles pour la science et non pas pour l'ambition nationale qui, ces derniers temps, voudrait conquérir à tout prix le pôle Nord ; le pôle Nord lui-même n'a pourtant pour la science pas plus de valeur que tous les autres points de l'Extrême-Nord ; la chasse internationale à la gloire de la découverte et aux records de latitude nord lui répugne, et il préférerait rentrer avec des résultats sûrs et une équipe complète plutôt qu'avec les croquis approximatifs d'un paysage glaciaire. De nouvelles terres, soit. Mais pas seulement pour la gloire et pas à n'importe quel prix. Payer est d'accord avec lui sur ce point ; cependant, rentrer sans avoir réussi, sans avoir découvert une terre, est pour lui plus humiliant que la mort. Bavardages, dit Weyprecht. Dans ses rêves, Payer est près des montagnes de glace géantes qui émergent au-dessus de leur désert – ces montagnes ne peuvent pas avoir été arrachées des glaciers de Novaïa Zemlia ; elles sont trop énormes, trop puissantes pour provenir de cette côte ; non, ces montagnes doivent être originaires d'une autre terre, d'une terre inconnue, et lui, Payer, *doit* trouver cette terre.

Le commandant sur terre se prépare au triomphe. Il fait des essais de voyage d'exploration. Payer ne cesse de partir sur le glaçon et fait courir l'attelage de chiens sur la glace. Ils sont si furieux et imprévisibles que Krisch est obligé de leur fabriquer des muselières de cuir et de fer. Gillis, le grand terre-neuve, met en pièces le dernier chat de Tromsö qui soit resté en vie, le seul être auquel ils pouvaient exprimer leur tendresse.

Cet incident provoqua au sein de l'équipage un grand regret, vu que tout le monde avait beaucoup d'affection pour lui ; en particulier le Tyrolien Klotz qui en eut presque les larmes aux yeux. *Otto Krisch.*

Klotz, Alexander Klotz, d'habitude si calme et si réfléchi, entre dans une telle fureur qu'il se jette sur le chien et, comme pris de folie, le roue tellement de coups que les autres doivent le retenir. Puis il s'accroupit devant les plantes qu'il cultive dans la salle de l'équipage, regarde fixement les longues tiges de cresson jaune soufre qui, dans leurs pots, ne voient jamais la lumière, et parle avec Haller dans un dialecte que personne d'autre qu'eux ne comprend.

Quand ils ont fait tout ce qui était à faire, tout ce qu'il fallait faire, quand ils sont assis sous le pont, les uns un livre, un journal, devant soi, et les autres, ceux qui ne savent pas lire, rien que leurs mains, et qu'il n'y a plus que le chronomètre pour confirmer la marche du temps, il arrive parfois que le cri de la vigie les arrache de leur engourdissement : *Un orso !* Un ours ! Alors, toutes les méditations s'arrêtent, et ils se précipitent dans l'état où ils sont, souvent sans bottes, sans fourrure, sur le pont. Il n'y a pas de plus grande consolation que la chasse. Chacun veut être le premier à tirer. L'animal dans le cran de mire, la tristesse disparaît, le temps perd sa lourdeur.

Le 6 octobre, le vent du sud-ouest se met à souffler avec des rafales de neige... L'après-midi, j'allai sur le pont pour faire une promenade digestive lorsque, à ma plus grande joie, j'aperçus à babord du navire un ours polaire ; j'en avisai immédiatement ceux qui se trouvaient dans la cabine de l'équipage : « Il y a un ours tout près » ; tout le monde se précipite dans la dunette et s'empare en toute hâte d'un fusil ; l'ours longe le bateau à la distance ci-dessus évoquée, se dresse de temps à autre et flaire le bateau ; à présent, tous les hommes sont prêts à tirer et se cachent derrière le bordage, mais l'ours se met derrière le bloc de glace, et y reste, se dérobant ainsi à notre vue ; nous attendîmes qu'il eût dépassé le bloc de glace, mais en vain ; notre patience était à bout ; je grimpai au mât d'artimon pour guetter l'ours et m'aperçus que celui-ci s'apprêtait à s'éloigner ; j'annonçai la chose, et il fut décidé d'organiser une battue ; nous allâmes sur la glace pour nous approcher de l'ours, étant donné qu'il ne pouvait pas nous voir à cause du bloc de glace qui était devant lui ; nous pûmes ainsi avancer vers lui. Monsieur Payer tira le premier et l'atteignit d'une balle explosive dans le dos, si bien que l'ours s'écroula, mais il se traînait toujours ; aussi, comme il était presque arrivé à la wacke qui s'était formée derrière le bateau, six coups de feu furent encore tirés sur lui et il tomba raide mort, le museau posé au bord de la glace... Huit hommes le transportèrent à bord à grand-peine ; mais lorsqu'on l'ouvrit, on ne trouva pas un atome de nourriture dans son estomac ; même ses boyaux étaient tout mous et vides. Le pauvre animal devait avoir faim depuis longtemps. *Otto Krisch.*

Toutefois, il est rare que la chasse vienne ainsi à leur secours ; de plus en plus souvent, une tempête de neige qui les contraint à tourner la tête dans l'autre sens pour pouvoir respirer les oblige à rester sous le pont. Et même si la tempête s'apaise et qu'ils n'entendent plus que le bruit et le cri des champs de glace qui éclatent au loin, le froid demeure, un froid que la plupart d'entre eux n'ont jamais connu. Il fait de plus en plus sombre. Dans leur théâtre de glace qui scintille, la lumière rougeoyante s'éteint doucement. Mais aucun rideau ne se lève sur le grand événement. Le drame de la pression de la glace, dont le prologue les inquiète à présent presque chaque jour, se jouera dans l'obscurité. Ils ont peur pour leur bateau. Ils ont transporté des vivres de secours et du charbon sur le glaçon pour le jour où le *Tegetthoff* ne résistera plus à la glace qui s'accumule. Une mesure de précaution indispensable, dit Weyprecht, mais le *Tegetthoff* résistera. Le 28 octobre, le soleil disparaît pour cette année au-dessous de l'horizon. Toutefois, deux jours plus tard, l'astre qui avait disparu réapparaît soudain sous la forme d'une élipse distordue ; mais non, ce n'est pas le soleil, ce n'est que son image, déformée puis multipliée, qui se reflète au-dessus de l'horizon, une illusion faite d'un tissu de rayons venus se briser dans les voiles du gel, une mystification. Une simple image ? Qu'est-ce que la réalité ? Ils ont bien vu des terres, des montagnes, traverser le ciel avant de se dissiper ; des mirages, non, ce n'étaient pas de véritables terres, si si, c'étaient des terres, des mondes qui flottaient, avec des franges argentées.

31 octobre, jeudi, beau temps. La glace est assez calme près du navire. Continué à confectionner pour le lieutenant une paire de bottes en feutre. Le 30 octobre, j'ai vu le soleil pour la dernière fois, et le 31 octobre, la dernière mouette. Le harponneur l'a tirée. *Johann Haller.*

Début novembre déjà, une profonde pénombre nous entoura ; une beauté magique transfigura notre bout du monde : le bastingage du bateau, tout blanc de gel, se détachait à la manière d'un spectre sur le ciel gris-bleu. La glace brisée en des milliers d'endroits dans son enveloppe neigeuse avait pris la pureté et l'aspect froid de l'albâtre, les délicates nuances de l'aragonite. Il n'y avait qu'au sud qu'on voyait encore monter à midi des voiles violets de brume gelée. *Julius Payer.*

La beauté est ici plus fugace qu'ailleurs, et le silence ne dure que l'espace d'un entracte, un instant. Peu à peu, même l'immensité de la glace, la belle glace, semble ne plus pouvoir rien absorber. Le siècle suivant, on le constatera, l'étendue de la couverture glaciaire du Pôle varie de cinq à douze millions de kilomètres carrés. La calotte polaire est une amibe animée de pulsations, et le *Tegetthoff* une écharde qui dérange et disparaît dans le plasma. A présent, la glace gagne du terrain. Tout gagne du terrain. L'obscurité, la force des pressions sur le *Tegetthoff*, l'angoisse de perdre leur bateau ; ils refusent d'avoir peur de mourir. A l'endroit où s'élevait hier une montagne scintille aujourd'hui une mare gelée ; demain il y aura à nouveau un récif. Leurs palais se crevassent. La ville éclate. Peut-être que le glaçon – leur île – les protégera des icebergs qui se rapprochent et veulent aussi s'emparer de la petite place qu'occupe le *Tegetthoff*. Qu'il occupe encore. Maintenant ils soignent leur île, leur refuge menacé, ils la pansent. Quand une crevasse s'ouvre dans la glace, ils la recousent avec des cordages et des ancres, remplissent de neige les fractures. Mais il n'y a pas de guérison.

Un seul mouvement respiratoire de la mer glaciale fait éclater tout ce rapiéçage... Comme la foule populaire lors d'une insurrection, toute la glace se souleva alors contre nous. Les plaines se changèrent en montagnes menaçantes ; le léger grincement se transforma en cliquetis, en grognements, en mugissements, s'intensifia jusqu'à devenir un hurlement de rage poussé par des milliers de voix... Le tintement et le grondement se rapprochent de plus en plus, comme si des milliers de chars de guerre venaient s'arrêter sur le sable d'un champ de bataille. La force des pressions ne cesse de s'accroître ; déjà la glace commence à trembler sous le bateau, à gémir sur tous les tons, semblable d'abord au sifflement d'innombrables flèches, puis, grinçant et mugissant, à un concert où se mêlent les voix les plus aiguës et les plus graves ; dans des hurlements de plus en plus sauvages, elle se soulève, se rompt en fêlures concentriques autour du bateau et roule pêle-mêle les fragments du glaçon. Un rythme effroyablement court de ce hurlement saccadé annonce le point culminant de la tension. Un craquement survient alors, plusieurs raies noires errent au hasard dans la neige. Ce sont de nouvelles crevasses qui, un instant après, ouvrent tout à côté de nous des abîmes... Ces grands échafaudages vont, viennent, s'effondrent, dans un fracas étourdissant, comme une ville qui s'écroule... Des agrégats récents hérissent le pourtour de notre petit glaçon ; ils dressent leurs blocs tabulaires perpendiculairement à la mer ; une pression inouïe se met à les cintrer : des champs de glace surgissent des intumescences, témoignage sinistre de l'élasticité de la glace. De toute part, les légions cristallines se combattent ; le flot s'engouffre dans le cratère béant creusé au milieu de leurs rangs ; les écueils se fracassent et s'écroulent, et des fleuves de neige ruissellent de leurs flancs crevassés... Et au sein de ce chaos, il y a un bateau ! Qui se lève, s'incline, se hisse ; la pression est terrifiante quand elle écrase les « compensateurs », des troncs de chêne d'un pied d'épaisseur, et que le bateau lui-même commence à crépiter... Les hommes ne travaillent plus depuis longtemps ; la lutte pour la vie n'est plus que dans leur tête. Ils ne recousent plus la glace avec des cordages. Au début, ils courent simplement un peu dans tous les sens et cherchent les crevasses avec des lampes, jusqu'à ce que la glace qui éclate tout autour du bateau entreprenne de l'étrangler. La nuit dissimule les soucis de l'un, les idées sombres de l'autre. Les paroles deviennent inaudibles ; seuls les cris sont encore compréhensibles... En quel endroit de la terre règne-t-il un semblable chaos ? Les lois de la nature commandent, inconscientes des effrois qu'elles provoquent.

Julius Payer.

La rage ne dure souvent que quelques minutes. Puis le calme revient ; il n'y a plus que le vent qui bruisse dans les cordages ; les hommes, vêtus des pieds à la tête de fourrures, sont assis au milieu de leurs sacs de sauvetage et attendent la prochaine attaque de la glace. Ils ne peuvent que se tenir prêts pour l'instant où le bateau éclatera et qu'ils passeront par-dessus bord, vite par-dessus bord. Mais pour aller où ensuite ? La nouvelle attente est plus cruelle que l'ancienne. Leur sommeil devient plus léger, très léger, et s'interrompt souvent. *Sauvez-vous !* Si seulement ce maudit bateau pouvait enfin éclater. Tout alors serait fini. Il faut la fermer ; on n'évoque pas le danger ; rien ne va éclater. Les matelots jettent par-dessus bord les crânes d'ours, puis aussi les bois de rennes qu'ils avaient emportés de Tromsö. Le harponneur Carlsen les en a conjurés : les crânes d'animaux tués apportent le malheur ; la nature ne s'apaisera que lorsqu'on lui aura rendu ce qu'on lui a arraché. Ils font ce qu'il dit. Ils exécutent un sacrifice païen, car la puissance qui les menace ainsi ne peut être un dieu de clémence, ce doit être un dieu étranger et ils lui jettent leurs trophées. Weyprecht les laisse faire. Seule obligation : assister chaque dimanche sur le pont à la lecture de la Bible, comme avant. Tous, sauf les impotents qui sont excusés. Dans ces moments de pression de la glace, le commandant leur lit des passages du livre de Job. Le malheureux Job du pays d'Ouç a survécu grâce à l'aide de Dieu à des épreuves plus pénibles que celles de la glace.

Mes jours ont passé, ce que je tramais s'est rompu, l'apanage de mon désir ! Ils prétendent que la nuit c'est le jour, ils disent que la lumière est proche, quand tombent les ténèbres. Qu'ai-je à espérer ? Les enfers sont ma demeure. De ténèbres j'ai capitonné ma couche. Au charnier, j'ai clamé : « Tu es mon père ! » A la vermine : « Ô ma mère, ô ma soeur ! » Où donc est passée mon espérance ? Mon espérance, qui l'entrevoit ? Au fin fond des enfers, elle sombrera, quand ensemble nous nous prélasserons dans la poussière... Vois : Heureux l'homme que Dieu réprimande ! Ne dédaigne donc pas la semonce du Puissant ! C'est Lui qui, en faisant souffrir, répare ; Lui dont les mains, en brisant, guérissent. De six angoisses, Il te tirera et à la septième, le mal ne t'atteindra plus.

Qui peut encore croire ces paroles ? Les lamentations de Job ne leur en disent-elles pas plus que le bonheur qui l'attend après tous ses maux ? On n'est pas ici au pays d'Ouç. Ils sont sur le pont. Obligés d'être là et de se taire.

Samedi, 9 novembre : Vent et brouillard. Depuis quelque temps, je souffre de « douleurs arthritiques ». Que va-t-il m'arriver avec cette maladie ici dans le Grand Nord ? Trois mois de nuit polaire... Vivre au milieu de l'agitation des matelots ou mourir. Je me console en m'en remettant au docteur. Il a fait immédiatement disparaître mes douleurs ; quatre jours plus tard, je pouvais déjà me lever de mon lit et je me suis vite remis à marcher.

Dimanche 10 : Vent et brouillard. Je suis invalide.

Lundi 11 : Vent et tourmente de neige. Je suis invalide.

Mardi 12 : Vent et tourmente de neige. Invalide.

Mercredi 13 : Vent et tourmente de neige. Invalide.

Jeudi 14 : Vent et tourmente de neige. Invalide.

Vendredri 15 : Temps venteux. Suis invalide.

Samedi 16 : Temps clair et vent. Suis invalide.

Dimanche 17 : Près du bateau, il y a eu une bagarre. Suis invalide.

Lundi 18 : Temps clair. Un ours s'est approché du bateau, mais on ne l'a pas tué. Le docteur m'autorise à aller sur le pont juste un instant ; immédiatement après je dois rentrer et me recoucher.

Mardi 19 : Une pression de la glace a menacé une nouvelle fois d'écraser notre bateau. Une mauvaise consolation pour moi, vu mon état de santé.

Mercredi 20 : Temps clair. Température : – 29° R (– 36° C, rem.) Le bateau risque toujours d'être écrasé. Suis invalide.

Jeudi 21 : Temps clair. Une fois de plus, grande pression de la glace. Près du bateau, un tas de glace s'est formé, aussi haut qu'une maison.

Vendredi 22 : Temps clair. La glace est assez calme aux abords du bateau. Ma maladie s'améliore.

Samedi 23 : La glace est calme. En faisant appel à toutes mes forces, j'ai ressemelé une paire de bottes de feutre.

Dimanche 24 : Temps clair. A 11 heures, office religieux. Je suis revenu assister à la messe. Johann Haller.

Le mois de décembre arriva, et ne changea rien à la situation. Nous vivions de plus en plus solitaires. Les jours se succédaient sans modifications perceptibles ; seules différences : la succession des dates et les moments qui précèdent et suivent les repas et le sommeil... nous restions dans nos cellules solitaires assis sur nos couches et écoutions les battements des secondes.

Deux années et demie à se laisser lentement entraîner par soixante-dix-huit millions de pulsations ; le vol lourd du temps s'enfuyait sans que nous le regrettions puisqu'il ne présentait aucun intérêt pour la réalisation de nos objectifs. *Julius Payer.*

Ils ne sont arrivés à rien, à rien ! La glace, la mort, continue de hurler après eux. La température descend à moins 40, 45, 48 degrés Celsius, et tout s'enfonce autour d'eux dans une obscurité où, à deux, trois pas l'un de l'autre, ils ne sont plus capables de se reconnaître. Les murs des chambres sont recouverts d'une couche de glace d'un pouce d'épaisseur ; l'humidité de leurs corps se condense et se solidifie. Même dans la salle d'équipage, qu'ils chauffent avec un poêle à charbon Meidinger, la température au niveau du sol ne monte plus au-dessus du point de congélation. A hauteur de tête, il fait très chaud. Mais la chaleur n'arrive pas jusqu'à leurs alvéoles. Sous leurs couches se forment de petits glaciers. La glace raidit les couvertures de laine. Ils ont perdu l'habitude d'aller toutes les deux semaines dans la salle de bains pour se nettoyer : l'humidité créée ne fait que favoriser la congélation à l'intérieur du navire ; et puis il est trop souvent arrivé que l'un d'eux soit obligé de sauter tout nu hors du bain tiède, à un moment où les soudaines pressions de la glace menaçaient le navire de naufrage. Avec pour tout vêtement une fourrure jetée sur les épaules ou nus dans la froidure, ils sont loin de l'avoir vu, le joli halo coloré qui, d'après Payer, devait se former autour de leurs corps. En revanche, ils toussent chaque fois qu'ils respirent. A présent, plus personne ne se déshabille. Le mécanicien Krisch crache du sang. Il ne se passe guère de jour où quelques-uns d'entre eux ne restent couchés dans leurs alvéoles en présentant les signes du scorbut : les gencives deviennent blanches et se couvrent d'excroissances de chair, du sang suinte de la peau, puis l'homme se tord, pris de crampes d'estomac, et il y a la fatigue qui est immense. Ils manquent de viande fraîche ; dans cette obscurité, ils ont rarement la chance d'abattre un ours. Les cent bouteilles de jus de citron, les fruits secs et les légumes en conserve qu'ils avaient emportés ne suffisent pas à enrayer le scorbut. Quand la chasse a été fructueuse, ils boivent du sang d'ours.

A trois jours de Noël, alors que le harponneur est en train de charger son fusil, un coup part. La balle frappe la dunette, entre dans le dépôt de munitions ; il y a vingt mille cartouches à bord. Weyprecht et Krisch se précipitent dans l'arsenal ; les premiers paquets de cartouches éclatent ; les deux hommes jettent au-dehors les paquets qui n'ont pas encore éclaté. Le feu est circonscrit. Ils arrivent à l'éteindre. Weyprecht ne commente pas l'imprudence de Carlsen. Mais à la suite des reproches des autres, le maître baleinier se retranche encore plus dans son silence. Alors quoi, demande Klotz, monsieur le harponneur refuse d'aller à la chasse aux ours et de les dépouiller, parce que le dimanche est le jour du Seigneur, et voilà que maintenant, le samedi, il voudrait faire sauter d'un seul coup tout le bateau ? Le 24 décembre – il n'y a pas de sainte veillée pour la glace : à nouveau les bordages du *Tegetthoff* crépitent sous la pression –, les hommes ouvrent les caisses de cadeaux du fournisseur hambourgeois Richers et de la marine : six bouteilles de cognac, deux bouteilles de champagne, du tabac, cent cigarettes, des gâteaux, des cartes à jouer, le tout emballé dans des planches d'images de Munich ; la photographie d'un arbre de Noël et six figurines de jeunes filles en porcelaine ; des danseuses, charmantes, les bras levés pour faire la pirouette, la cuisse vernie rose, la bouche rouge foncé, chacune dans une pose gracieuse différente. Richers y a aussi ajouté un livre en bas-allemand : *Swinegel – Le Cochon*.

Parlent-ils beaucoup des femmes ? Ou ressentent-ils parfois le désir de se toucher l'un l'autre, de se prendre dans les bras ? Dans leurs pays, ce type d'amour est sévèrement puni. Mais quelles sont les lois en vigueur sur la glace ? Leur suffit-il que le docteur ou le garde-malade leur caresse le front quand ils sont au lit avec de la fièvre ? Je l'ignore.

Si la discipline se perd, leur dit Weyprecht, tout sera perdu.

Nulle part sur terre, l'exil ne peut être aussi complet qu'ici, au milieu de l'effroyable triumvirat : les ténèbres, le froid et la solitude. Même les anges succomberaient au désir que les choses changent ; comme elle doit être brûlante, la nostalgie, quand elle s'empare des hommes dépossédés de tout ce qui suscite leurs envies et que l'imagination ne fait qu'embellir. En fin de compte, la sentence de Lessing est vraie : « Nous sommes trop habitués à pratiquer le commerce avec l'autre sexe pour ne pas ressentir un effroyable vide en l'absence totale de source de séduction. » *Julius Payer.*

La nuit du nouvel an – la glace est calme –, ils allument des torches goudronnées et font le tour du bateau ; une procession aux flambeaux. Puis les matelots se rangent sur la glace et chantent pour les officiers ; d'eux tous, c'est Lorenzo Marola qui a la plus belle voix et Pietro Fallesich les accompagne à l'accordéon.

Solo e pensoso i più deserti campi
vo mensurando a passi tardi e lenti,
e gli occhi porto per fuggire intenti,
ove vestigio uman l'arena stampi...

Non, on ne nous a transmis ni les paroles de leurs chants ni ce qui figurait sur la photographie qu'ils avaient mise avec quelques morceaux de biscuits de mer dans une boîte en fer blanc avant de la jeter par un trou dans l'eau : la boîte symbolise l'année passée ; elle sombre au fond de la mer ; toutes les déceptions sont oubliées et les hommes crient trois fois hourra pour saluer l'année 1873. Payer demande que l'on aille chercher une bouteille de champagne ; le contenu est gelé ; il fait briser la bouteille, un glaçon jaune pâle cliquette dans chaque verre. Elling Carlsen, le survivant de tant d'hivers passés dans ce désert, s'assoit devant le livre de bord et conclut posément, presque solennellement, le journal de leurs malheurs passés :

Vi önsker at Gud maa vœre med os i det nye aar, da kan intet vœre imod os.

Nous souhaitons que, cette année, Dieu nous accompagne ; s'il en est ainsi, rien ne nous sera hostile.

11
Campi deserti

Des pins ici ?

Alors qu'il ne devait pas y avoir d'arbres au Spitzberg. Ne parlons d'ailleurs pas d'arbres, mais d'un pin, seul et unique. Qui étend sa vaste couronne autour du premier étage de la maison, comme un nuage d'aiguilles et d'épaisse ramure. Une maison blanche comme neige. Une rareté à Longyearbyen, où les maisons en bois ont les couleurs douces qu'il connaît de Tromsö. Brun rouille. Rouge rouille. Mais cette maison est blanche. Et le nuage vert foncé. Au premier étage, comme en un jour d'été, les fenêtres sont ouvertes.

Il fait pourtant froid.

Tout est calme. Seuls les rideaux bruissent dans le courant d'air et dégagent la vue. Il voit à travers l'intérieur sombre de la maison et par les fenêtres ouvertes de la façade arrière les couronnes d'écume du fjord de l'Avent, une langue de mer qui vient battre sans bruit contre les rochers de Longyearbyen. La houle est silencieuse. Dans l'obscurité, quelqu'un se met à parler. Tout à coup, d'une voix forte et monotone. Un poème. Un poème italien ! Tu es le seul Italien ici, lui a dit Kjetil Fyrand, le seul.

Solo e pensoso i più deserti campi
vo mesurando a passi tardi e lenti,
e gli occhi porto per fuggire intenti,
ove vestigio uman l'arena stampi...

Un sonnet de Pétrarque ! C'est la première strophe du sonnet qu'il a lu à Anna. Mais qui le connaît ici ? La voix ne cesse de s'arrêter, reprend au début, hésite, confond les mots, les rimes, s'arrête, reprend au début. C'est comme cela que l'on se prépare pour un cours – répétitions désespérées ; les rideaux bruissent, la houle. Trois sonnets de Pétrarque. Pour demain. Par cœur, Mazzini. Solo e pensoso i più deserti campi... a passi...

Solitaire, je parcours en pensée
les champs les plus déserts ;

je marche lentement, j'hésite
et regarde partout
en songeant à la fuite,
attentif
aux empreintes des hommes dans le sable...

C'est la voix d'Anna. La voix d'Anna ! Il n'y a pas de rideaux, ce ne sont pas des rideaux, ce sont des voiles de neige qui ruissellent des corniches, des voiles de neige et comme dans un spasme, un poing vert, la couronne de pin, enserre à présent la maison, fermement, toujours plus fermement..., per fuggire intenti..., voici que les stucs partent en éclats, que la corniche se rompt... Oiiya Anore !... ove vestigio uman..., faite de glace ! c'est la voix d'Anna, la maison est faite de glace et le nuage se roule en boule dans un bruit métallique ; des éclats de glace jaillissent de la ramure...

Oiiya Kingo ! Anore ! Yaaa !

A cet instant, il se réveille avec comme des piqûres dans la nuque. Yaaa ! Oiiya !

A travers la fenêtre fermée, les cris ont été assez forts pour le tirer de son sommeil. Josef Mazzini perd presque l'équilibre au moment où il saute du lit et que la douleur le rejette en arrière. Il marche d'un pas hésitant ; il est près de la fenêtre devant laquelle Kjetil Fyrand vient d'arrêter son attelage de chiens. Deux des sept groenlandais couverts de croûtes de boue sont en train de se battre. Fyrand les sépare en jurant. Mazzini ouvre la fenêtre – un froid matin d'août à Longyearbyen –, les aboiements se transforment en hurlements.

« Hé ! Lui, toi, ikke ståt opp enda, toi ? » lui crie Fyrand, qui a du mal avec ses chiens.

« Altro schermo non trovo che mi scampi ! » Mazzini continue aussi à parler dans sa langue. Et que se passerait-il si d'aventure il se mettait à émerger de son rêve ? Et si les maisons en bois se liquéfiaient, que Fyrand disparaissait et que la veuve du tailleur de pierre venait prendre sa place ? Bonjour, monsieur Josef.

Mais cette terre rocheuse, déserte et dénudée, là-dehors, ne se liquéfie pas et ne se détruit pas. Campi deserti. Il *est* réveillé.

« Hein ? » Fyrand n'a pas compris la réponse de Mazzini, ni Mazzini la question de Fyrand. L'espace d'un instant, chacun a été seul avec soi-même. Inaccessible à l'autre. Je n'affirmerai pas qu'ils se seraient d'ailleurs compris. Il n'empêche qu'ils se font des signes.

« See you ! » Oiiya ! Les chiens sursautent. Par saccades, le véhicule de Fyrand se remet en mouvement.

« See you ! » Fyrand n'entend déjà plus Mazzini ; il est accroupi sur ce véhicule qui n'est rien d'autre qu'un plancher de petite voiture à roues presque vide, sur lequel est vissé un siège de conducteur et se dresse un volant ; et il ballotte ainsi à travers le bourbier des rues détrempées de Longyearbyen. La neige des derniers jours a disparu. Il faut dire que c'est l'été.

Sans quitter la fenêtre des yeux, Mazzini recule. Il essaye de refouler le souvenir des verres de schnaps couverts de buée et remplis à ras bord, qui renforce son mal de tête et sa sensation de vertige. L'image est tenace. D'autant que les verres de la veille au soir étaient à moitié pleins, n'ont toujours été qu'à moitié pleins ; encore et toujours à moitié pleins.

Picoler. Sur l'*Admiral Tegetthoff*, on distribuait une bouteille de rhum tous les dix-huit jours à chaque matelot. Ceux qui, pour se consoler, l'avaient déjà vidée au bout d'un ou deux jours, marchandaient, faisaient des échanges. Dans les périodes de pression de la glace, il y avait des rations exceptionnelles.

Mazzini ferme la fenêtre. Fyrand rapetisse ; ce n'est plus qu'une petite silhouette rouge, et les chiens de petits points clairs qui sautillent : Ubi, l'animal conducteur, devant tous les autres, et derrière lui, Kingo, Avanga, Anore, Spitz, Imiag et Suli, comme les six yeux d'un dé. Fyrand *s'entraîne*... après une soirée pareille. Pendant les semaines d'été sans neige, comme il ne veut pas que la discipline de ses chiens se relâche, l'océanographe attelle régulièrement la meute devant son véhicule rouillé. Yaaa ! C'est dans cet équipage que les chiens et l'homme traversent la ville minière. Mais personne ne prête attention à Fyrand. Pas ici, où les conditions fixées par la nature sont plus contraignantes et sensibles que les règles du monde civilisé qui s'enfonce profondément sous l'horizon. Mazzini s'habille lentement, maladroitement. Dans la chambre de la maison de la Kulkompani qu'il habite depuis une semaine, il fait aussi chaud que dans un incubateur ; les régulateurs thermiques de l'installation du chauffage central semblent déjà réagir au froid de l'hiver prochain. Dehors, il tombe de la neige fondue. Puis une pluie presque verticale. Les rues bordées de leurs maisons en bois sont de plus en plus boueuses, enfoncent de plus en plus. On est le 10 août 1981. Le jour du départ. Le *Cradle* est à quai depuis hier soir : il jauge mille trois cents tonneaux ; longueur, soixante mètres ; une coque bleu marine et des superstructures blanches hautes comme une maison. C'est un petit bateau si on le compare aux brise-glace qui parcourent durant l'été les deux mille huit cents kilomètres de la *Northern Sea Route* entre Mourmansk et le détroit de Béring, l'ancien passage du nord-est. Le *Tegetthoff* eût donné pourtant l'impression d'être bien mignon et fragile à côté de ce trawler dont Fyrand avait dit que l'aptitude à la glace n'était que moyenne, tout juste bonne pour un voyage de routine en été, mais nulle pour la glace dure...

... Weyprecht ? avait demandé le capitaine Kåre Andreasen, après que Fyrand lui eut présenté Mazzini. Payer et Weyprecht ?... Ah ! bon, mais si, la Terre François-Joseph... Weyprecht ! Il y avait tellement de marins dont le nom était lié aux mers polaires, impossible de les avoir tous en tête... Ils étaient au zinc de la buvette exploitée dans le bâtiment de la poste de Longyearbyen – Fyrand, un quadragénaire barbu de grande taille et à la voix forte, à l'allure presque enfantine dans son blouson de base-ball jaune vif ; le capitaine, frêle, guère plus grand que Mazzini et dépourvu des insignes de commandant. Andreasen portait un gros pull-over de laine bleu marine et un pantalon de lin délavé ; on ne se rendait compte que c'était un personnage important qu'au fait qu'autour de lui, au comptoir, le silence se faisait un court instant après qu'il avait émis une remarque ou posé une question.

Le café, le seul de Longyearbyen, était plein ; des mineurs et des ingénieurs, des membres du personnel technique et de l'équipage du *Cradle* dans leur suroît rouge, le nom du bateau cousu en blanc, se pressaient au comptoir. Les plus bruyants étaient trois géologues ; ils se moquaient du projet d'un ambitieux collègue qui, sur l'île des Ours, avait échoué à cause d'un brusque changement de temps. En jouant la pantomime, ils imitaient à tour de rôle sa déception probable mais ils étaient sans cesse interrompus par les applaudissements et les cris de joie du public. La soirée s'était prolongée. Lorsque, après minuit, pataugeant dans la boue, Mazzini était rentré à l'hôtel, il avait été ébloui par le doux soleil de minuit, rouge comme un rubis, qui avait réveillé en lui le mal de tête avec lequel, tiré du sommeil par les cris et les ordres de Fyrand et les aboiements des chiens, il allait se lever le lendemain matin.

En fin de matinée, Mazzini quitte sa chambre. Dans la pièce commune de la maison, le haut-parleur d'un poste de télévision bourdonne. Malcolm Flaherty, plongé dans la lumière bleue de scènes de catastrophe, est assis tout seul devant l'écran et suit le déroulement de travaux de sauvetage et d'extinction d'un feu filmés par une caméra mal stabilisée. Les sauveteurs emmitouflés dans leur combinaison d'amiante vont et viennent parmi les débris en prenant les mêmes précautions que s'ils étaient sur de la glace transparente toute fraîche. Au milieu des morceaux de carcasse d'un avion disséminés tout autour gisent les bagages et le fret éventrés, et à côté d'une voilure éclatée, le cadavre carbonisé d'un passager. La voix *off* d'un témoin oculaire explique en pleurnichant comment l'accident s'est produit : un atterrissage forcé, un jet de flammes, une détonation, une colonne de fumée, la chute. L'air dans la salle commune est tellement chaud et pesant que la fumée d'une cigarette, que Flaherty a coincée et oubliée dans les crénelures d'un cendrier, monte en une mince colonne, droite comme un cordeau, pour s'enrouler tardivement en spirale. La plupart des jours de congé de Flaherty commencent devant le petit écran ; mais même les nouvelles les plus récentes sont vieilles d'une semaine au moins, quand elles atteignent la ville minière dans la vallée glaciaire du fjord de l'Avent. A Longyearbyen, on vit sans liaison télévisée avec le continent. Les reportages en images de la télévision norvégienne sont donc enregistrés à Tromsö sur bandes vidéo, et les cassettes sont envoyées au Spitzberg avec ce retard rassurant qui transforme tout événement en simple souvenir ; arrivées là, les nouvelles sont retransmises par câble dans les maisons en bois par *radio Svalbard*, l'émetteur local. Ce long délai de transmission étant passé, même l'annonce d'une catastrophe est moins bouleversante, et les événements quotidiens paraissent fades.

« Funny. » Malcolm Flaherty commente le reportage. « Funny, funny. » Il prend sa boîte de bière, la lève en bâillant, baisse le son de l'appareil et se tourne vers Mazzini. « Le petit vacancier voudrait peut-être jouer au billard ? »

A présent, un paysage tropical apparaît sur l'écran, puis une carte de l'Afrique sur laquelle se déplacent, semblables à de la vermine, des flèches blanches, des colonnes militaires. Mazzini s'approche de la table de billard. Il s'est habitué au ton que l'on semble ici employer dans les relations, une langue qui ne prend rien au sérieux. Une semaine à Longyearbyen lui a suffi pour se familiariser avec les règles les plus simples et les quelques lieux où se joue la vie sociale de la ville minière ; se familiariser jusqu'à l'ennui. Dans des salles communes comme celle-ci, où le claquement des boules d'ivoire domine à présent les nouvelles dépassées, seuls des privilégiés se rencontrent : des ingénieurs de la mine, des chercheurs et des invités de la société des charbonnages. Il n'y a de vraie vie publique que dans le bureau de poste, à côté du siège du gouverneur, la seule maison de pierre de Longyearbyen, le cœur de la cité. On y soigne les relations comme dans une serre : au guichet de la poste les liaisons avec le continent, et au zinc de la buvette les vagues amitiés locales. Dans l'entrée, au kiosque où sont accrochés des revues internationales, et surtout des magazines pornographiques, on s'achète les matériaux qui assouvissent les fantasmes passagers ; il arrive aussi parfois que l'on monte l'escalier menant à l'étage supérieur pour oublier dans la salle de théâtre, devant un film hollywoodien ou, plus rarement, un spectacle folklorique, que l'on vit à l'extrémité froide du monde. Deux jours plus tôt, on a passé *Les Oiseaux* d'Hitchcock. Le public a accueilli par des rires et des applaudissements les images horrifiques des nuées d'oiseaux à l'attaque et les staccatos des coups de bec. Pendant la représentation,

Flaherty a raconté en hurlant dans l'obscurité comment, l'année précédente, des hirondelles de l'Arctique avaient mis en piteux état, un technicien radio. Au cours d'une promenade le long des écueils, l'homme s'était trop approché des lieux de nidification.

A l'occasion, la *Sterna paradisea*, un magnifique oiseau aux ailes blanches et à la tête noire qui a l'aspect d'une mouette, attaque en piqué les hommes qui semblent menacer sa couvée : l'attaque, bec et griffes en avant, est rapide et élégante, qui laisse sur la tête de la victime des égratignures et des balafres : des plaies que l'on expertise au comptoir de la buvette et dont on se moque. Une fiche d'information du gouverneur recommande aux novices de porter un solide bonnet de laine pour se protéger de ces hirondelles. Cette fois-là, c'était Joar Hoel, le dentiste, qui avait recousu la peau du crâne du technicien radio.

Bien qu'après son dernier coup, les boules d'ivoire ne se soient pas encore stabilisées, Flaherty, tenant sa queue comme un fleuret, fait semblant de porter une botte à Mazzini : « Allez, Weyprecht, c'est ton tour ! » Flaherty joue avec rapidité et concentration. Chaque fois qu'il change de position, il fait le tour de la table non pas en marchant, mais en courant, pour se figer l'instant d'après dans l'attitude la plus tendue. Dans cet étrange enchevêtrement de hâte et de passion, Flaherty semble se vouer à tout ce qu'il fait. Il y a plusieurs années, à la suite d'un pari perdu, il avait entrepris dans la nuit même de construire à Ny Alesund, la colonie la plus septentrionale du Spitzberg, un siège suspendu au mât d'ancrage auquel Amundsen et Nobile avaient attaché leur dirigeable, et les jours suivants, il avait passé trente heures à se balancer. Ces trente heures écoulées, on l'avait amputé de quatre orteils gelés et du petit doigt de la main gauche, et le gouverneur Thorsen l'avait exhorté à montrer à l'avenir plus de respect vis-à-vis des objets historiques du Spitzberg. C'est du moins ce qu'a raconté Kjetil Fyrand la veille au soir.

Cependant, dans la petite commune de Longyearbyen, qui rassemble des hommes aux itinéraires agités et pleins de changements brusques, Malcolm Flaherty n'est pas une personnalité particulièrement excentrique. Si ordonnées, propres et presque petites-bourgeoises que soient les maisons en bois de la cité minière qui s'alignent le long de la rivière glaciaire de la vallée de l'Avent, de tous ceux dont Mazzini, dans les premiers jours passés au Spitzberg, a entendu les différentes versions de la biographie, il n'y en avait pas un seul qui n'eût présenté au moins un signe d'originalité. Ce qui en tout cas distinguait Flaherty des autres mineurs, c'était qu'il vivait ici depuis plus de douze ans. La plupart des mineurs ne venaient à Longyearbyen que pour quelques années et à cause des salaires élevés et exonérés d'impôts ; s'ils supportaient les inconvénients de l'isolement arctique et un travail qui, dans les mines de Longyearbyen, était plus dur qu'ailleurs, ils avaient de toute façon la perspective de pouvoir reprendre après cette épreuve leur ancienne vie, peut-être avec un peu plus de confort. La valeur du charbon extrait était inférieure aux frais d'exploitation, le travail dans des puits aussi étroits que des cheminées ne promettait rien de plus que ce profit personnel ; le système complexe de ramification des galeries semblait moins servir les lois du marché que manifester une solide présence norvégienne dans cette zone de souveraineté éloignée du royaume. Mais quelle signification avaient ici les lois du marché ? Quelle était la loi qui, dans ce désert de pierre, ne perdait pas son sens ou au moins ne devenait pas caduque ? Qu'importe ! les mineurs trimaient pour un meilleur avenir dans un total isolement, et l'État pour son autorité. Ce faisant, personne n'évoquait la beauté du paysage glaciaire, ni la nature tout simplement ou la fascination de la solitude. Pourquoi d'ailleurs ? Celui qui se traîne tous les jours sur le ventre à travers la mine pour dix mille couronnes par mois et une vie de chien, avait l'habitude de dire Flaherty quand la conversation en venait à la mine, soit il en sait suffisamment sur *mother earth*, soit il ne veut plus en entendre parler.

Flaherty affirmait être venu ici pour toujours. Agé à présent de quarante-six ans, ce fils d'officier colonial anglais avait grandi au Kénia, il avait étudié l'extraction minière en Pologne, travaillé dans des mines canadiennes et sud-africaines, puis il avait été condamné à une peine de prison après avoir tiré à Cardiff sur son père, alors retraité, et l'avoir blessé. Sa peine accomplie, il avait vécu plusieurs années aux îles Shetland en mari malheureux d'une marchande d'engrais tout aussi malheureuse que lui. Douze ans auparavant, Flaherty avait fini par monter à Lerwick dans un canot à rames apte à affronter la haute mer et, seul avec sa rage, il s'était mis à ramer avec ardeur. Il lui avait fallu trois mois pour parcourir les mille cinq cents milles nautiques à travers l'Atlantique qui séparent les îles Shetland du cap Nord en Norvège. Après le plus grand effort de sa vie, il avait détruit son canot à Hammerfest, ensuite il était allé au Spitzberg à bord d'un navire charbonnier. Depuis, il vivait ici parmi les mineurs comme technicien de galeries, et depuis cinq ans porte à porte avec Kjetil Fyrand qui, lui aussi, avait renoncé depuis longtemps à quitter un jour l'Arctique. Flaherty portait en permanence des gants de soie blancs, qu'il ne retirait que pour s'asseoir à son harmonium laqué or qui, couvert de pots de fleurs, se trouvait dans un coin de sa chambre ; puis il appuyait avec aisance ses mains dévorées par l'eczéma sur les touches, chantait en même temps des chants gallois et était parfois accompagné, pour autant que ce fût possible, par Kjetil Fyrand au saxophone ténor.

« J'arrête. » Après un coup piqué raté, Mazzini soudain interrompt la partie et détruit d'un geste de colère la géométrie des billes.

Lorsque Kjetil Fyrand, couvert d'une croûte de boue, pénètre dans la pièce – aujourd'hui il a dû utiliser la force pour mettre les chiens au chenil –, il retrouve Flaherty devant le petit écran, où il n'y a rien à voir sinon un scintillement blanc au bruissement assourdi, et Mazzini penché sur un journal ; tous deux sont silencieux. Fyrand fait une entrée grossière et bruyante, comme s'il n'avait pas trouvé le temps de changer le ton avec lequel il vient de hurler après ses chiens. Fyrand est le premier ; après lui arrivent le dentiste Hoel, puis Israel Boyle, un mineur canadien qui passe sa vie à escalader les glaciers, Einar Guttormsgaard, le chef du matériel, et d'autres qui, pour Mazzini, n'ont pas encore de nom. Il est midi. On se salue ; on adresse également les petites questions habituelles à Mazzini et on se contente de réponses tout aussi courtes : ça va ; mais bien sûr ; on n'a pas à se plaindre ; c'est aujourd'hui que le rafiot devrait partir ; bon allez ! – et on se met à table.

Josef croit vivre depuis longtemps au sein de cette société, mais celle-ci sait à quoi s'en tenir à son sujet : c'est un journaliste, ou un écrivain, ou quelque chose comme ça, qui s'est entiché d'histoire polaire. On aurait pu négliger le petit Italien sans autre cérémonie et l'oublier bien vite s'il n'était pas apparu tout le temps ces derniers jours aux côtés de Fyrand, Flaherty et Boyle, et même à la mine ; c'est qu'il avait l'air drôlement curieux, le petit mec. Israel Boyle l'a pris avec lui dans les galeries et l'a fait ramper jusqu'à la veine ; faut bien que ces types en viennent à creuser la montagne, ne serait-ce que sur un kilomètre, pour pouvoir écrire après qu'il faisait noir et que c'était étroit, pas vrai, Boyle ? Même le gouverneur Thorsen a invité le petit mec à venir prendre quelques verres de schnaps. Et voici qu'à présent ils allaient l'embarquer avec les savants pour qu'il puisse voir la glace une fois convenablement ; et Kjetil, tu lui as aussi tricoté des mitaines, qu'il ne se gèle pas quelque chose en écrivant, hein, Skål ? Et oui, ça ne manque pas les gens qui viennent faire des recherches sur les routes des anciennes expéditions – couverts d'appareils photo, mais sans la moindre idée de ce qu'est la rose des vents.

Dingue, non ? Aujourd'hui où n'importe quel vacancier rachitique peut tout bonnement survoler en Boeing ce Pôle de merde, mais oui, en cravate et costume, un steak sorti du sac en plastique sur les genoux et le Kodak au hublot, les voici qui se passionnent tous à nouveau pour quelques cinglés qui, un jour de neige, ont voulu aller là-bas avec des barques vermoulues ou en traîneau, en ballon et la tête toute bleue ; complètement toqués. D'après ce qu'on avait entendu dire, le petit mec avait même l'intention de partir à présent avec les chiens de Fyrand ; il voulait absolument jouer un peu à hue et à dia avec l'attelage ; il devait confondre les clébards avec des poneys. Mais bon, ça n'avait pas d'importance. Skål.

En fin d'après-midi, le moment arrive de monter à bord. Les rafales de neige ont cessé. La pluie également. Seul le vent du nord-est continue à souffler avec la même force ; il est froid et racle dans le fjord des couronnes d'écume. Les nacelles rongées par la rouille d'une télébenne de transport de matériel qui ne fonctionne plus grincent sous les rafales ; une longue procession de mâts de soutainement en bois conduit là-haut jusqu'aux trous où débouchent les galeries. Il n'y a pas de brouillard. Le *Cradle* appareillera avant minuit. Fyrand et Mazzini sont au comptoir de la buvette, prêts à partir ; à la ceinture de l'océanographe, à laquelle il a toujours porté, lors de leurs courtes promenades communes le long de la côte de la mer glaciale et à l'intérieur des terres, un revolver de gros calibre, pend à présent un lecteur de cassettes, un walkman ; après la première bière, Fyrand a mis les écouteurs sur ses oreilles, essayant par la suite, parfois inopinément, de chanter des bribes d'une chanson qu'il est le seul à entendre : *never put me in a job... Mama Rose... well, never, never again...*

Ces derniers jours, on a rarement vu Fyrand sans son walkman – comme toujours quand, dans le magasin de Longyearbyen, un supermarché dans lequel on trouve vraiment de tout, depuis les accessoires d'un équipement polaire jusqu'à des fruits confits et de la layette, il y a un arrivage de nouvelles cassettes. Fyrand était capable de se battre pendant des jours avec une mélodie – il commandait surtout des enregistrements de saxophone ; il écoutait sans cesse le même morceau, essayait d'en jouer des passages sur son instrument, s'enthousiasmait pour l'original dès qu'il avait retiré les écouteurs, et soudain rejetait tout pour ne plus jouer ni chanter quoi que ce fût pendant des semaines. *Mama Rose !* Encore une bière, Eirik ; cette fois, c'est vraiment la dernière.

Kjetil Fyrand était venu, cinq ans plus tôt, s'installer à l'Institut polaire, et ce pour un été seulement ; il était ensuite resté à cause d'une institutrice, Torill Holt, qui enseignait à l'école du lieu. Mais entre-temps, l'institutrice avait changé de nom, à présent elle s'appelait Larsen ; elle avait épousé un ingénieur des mines, habitait avec lui une maison dont l'intérieur était tapissé de papiers peints aux couleurs vives avec des photos de paysages des Caraïbes, et ne revoyait tout au plus l'océanographe qu'à l'occasion des spectacles scolaires où il venait un peu brailler dans les derniers rangs de la salle de théâtre... et Fyrand était toujours là ; il quittait rarement le Spitzberg, et encore, pour quelques jours seulement : il allait exposer à Oslo des hypothèses devant un public restreint ou s'occuper de la planification d'un projet de recherche dans le Haut-Arctique ; de temps à autre, il assistait aussi à des congrès et revenait chaque fois avec un assortiment de mélanges de tabacs et de schnaps coûteux. Fyrand restait souvent des nuits entières dans le bureau du chef du matériel Guttormsgaard, à l'extérieur de la cité, près de la piste d'atterrissage, à maintenir les liaisons radio avec des expéditions parties quelque part dans l'immensité, puis s'en allait lui-même pendant des semaines avec son bateau ou son traîneau pour entretenir des stations de mesures et collecter des chiffres ; il passait nombre de ses jours de congé avec Flaherty ou Boyle sur les glaciers ; pendant les mois d'hiver, il assemblait des morceaux de cuivre, en faisait des mosaïques de paysages des plus bizarres qu'il émaillait dans un petit four et apprenait de difficiles tours d'adresse à ses chiens de traîneau ; Ubi, le chien conducteur, était capable sur un mot de Fyrand de marcher sur ses pattes de derrière. Cela dit, il y avait longtemps qu'à Longyearbyen on ne dépendait plus des attelages de chiens : ici, pour l'hiver, presque tout le monde possédait un *scooter*, un traîneau à moteur – la nuit polaire devenant ainsi l'époque la plus bruyante de l'année –, et après la fonte des neiges, on labourait la boue des quelques kilomètres de routes avec des voitures tout-terrain ou on utilisait plus fréquemment encore les taxis-radio, des limousines couvertes de boue qui circulaient entre le port, la piste d'atterrissage et les mines. Même ici, l'entretien d'un attelage de chiens n'était guère plus qu'un sport de luxe, et peut-être également le signe infaillible de la virilité arctique ; à part Fyrand et quelques autres, le dentiste Hoel aussi maintenait au chenil quatre groenlandais par lesquels, pendant la nuit polaire, debout sur ses skis, il se faisait tirer sur la glace : au club local des éleveurs de chiens, on les considérait comme les bêtes les plus hargneuses du Spitzberg.

L'intérêt le plus secret de Fyrand, quoique peut-être le plus passionnel, était en tout cas fort éloigné de ses recherches sur les mers polaires et concernait les méduses des eaux méditerranéennes et tropicales ; sur les rayons de bibliothèque de sa chambre, il y avait des rangées de littérature spécialisée sur les *hydroméduses*, et même l'abat-jour de sa lampe de bureau était une reproduction soignée sur opaline d'une méduse en forme de melon. La vue d'une méduse flottant à la dérive à travers la pénombre sous-marine était pour lui ce qu'il y avait de plus étrange et de plus élégant, avait dit Fyrand à Mazzini : les tentacules accrochés aux cloches, aux calices et aux coupes étaient tellement fragiles et délicats, et chaque mouvement, vu à travers la turquoise aquatique, évoquait un doux battement de cœur...

Mais cette passion de l'océanographe n'aurait eu, elle aussi, aucune importance dans la vie de Josef Mazzini, si Fyrand, il y a des années, n'était venu à Vienne essentiellement à cause des méduses et n'eût échoué dans le cercle des amis de la libraire Anna Koreth. A l'époque, Fyrand avait fait son premier voyage à Vienne – Mazzini était encore à Trieste où il menait, dans la maison du tapissier, une vie difficile – pour y étudier les magnifiques modèles de méduses d'un souffleur de verre bohémien, qui étaient conservés au musée d'Histoire naturelle, et il avait rencontré Anna par l'intermédiaire d'un zoologue bibliophile ; une connaissance qui avait fini par s'épuiser dans une longue correspondance, souvent illustrée par Fyrand d'un embrouillamini de dessins au trait.

« Après, c'est fini, Eirik ! encore un Glenfiddigh pour moi, vite fait, et puis tu nous appelles un taxi ; il faut que nous allions à l'embarcadère. »

Fyrand a repoussé les écouteurs sur sa nuque... *never put me in a job*... Mazzini met son bagage sur son épaule.

Le port est plus loin en amont du fjord. Le voyage ne dure pas longtemps ; la boue a rendu les fenêtres de la voiture opaques, et l'on ne peut voir le paysage qui, plongé dans la lumière rouge, tangue en venant à leur rencontre, qu'à travers les espaces sommairement nettoyés du pare-brise. Fyrand et Mazzini sont les derniers à monter à bord. On se serre la main. Puis Fyrand remet ses écouteurs et les garde pendant le bref discours que tient dans le mess Odmund Jansen, un météorologue de Trondheim, le *directeur de projet*, devant une assemblée de dix chercheurs, trois *invités* et douze hommes d'équipage – je suis heureux... de saluer à bord, etc., en particulier les invités de l'Institut polaire..., j'espère une bonne collaboration, etc. Ce type de discours est connu. La petite lampe rouge de contrôle du walkman de Fyrand reste opiniâtrement allumée ; il sourit en direction d'une femme blonde, la seule femme à bord, *Mama Rose !...* une chercheuse en glaciologie du Massachusetts. Josef Mazzini ne comprend que les paroles de salutations qu'adresse Jansen aux invités – la partie en anglais du discours.

Le départ du *Cradle* est un départ, pas différent de celui de n'importe quel bateau sortant d'un autre port : le début normalisé d'une mission. Seule différence, la solennité étouffée de la sirène de brouillard qui n'arrête pas de retentir et qui, tandis que le bateau remonte la vallée de l'Avent, va se briser et rebondir sur les rochers. Fort de la puissance de ses trois mille deux cents chevaux-vapeur, le trawler tangue pour sortir du fjord et entrer dans la turbulence de la mer glaciale.

Je m'imagine Josef Mazzini sur le bateau pendant les premières heures, dans le confort de sa cabine, et je me demande s'il n'avait pas déjà commencé, au cours de ces journées passées à Longyearbyen, à faire que son voyage se détachât peu à peu des souvenirs de l'expédition du *Tegetthoff* ; car après tout, il n'y avait, s'étendant au-dessus de l'Arctique, rien d'autre que le présent, un présent inéluctable qui ne permettait pas que ce paysage désertique dégénérât en simples coulisses du souvenir. Évoquer des images enfouies ne peut pas avoir été plus facile pour Mazzini dans la ville minière que ce ne le fut à Vienne dans la salle de lecture des Archives de la marine, où il n'a cessé de feuilleter le livre de loch du *Tegetthoff*. Toutefois, je ne dispose d'aucune note qui confirmerait sans doute possible mes suppositions ; celles de Mazzini consignées dans son journal du Spitzberg sont souvent aussi pauvres que les journaux du chasseur Haller ou du mécanicien Krisch ; elles ne rapportent souvent que l'événement pur, ce parfois sous une forme abrégée incompréhensible, et ne contiennent guère de pensée qui dépasse le présent. J'en reste donc à l'idée que Josef Mazzini a dû se sentir presque soulagé quand un quelconque Malcolm Flaherty l'a appelé un peu méchamment *Weyprecht* et lui a montré en passant qu'il n'existe aucun rêve ni aucune idée dont on ne puisse se libérer en riant.

12
Terra nuova

Janvier. La mer glaciale ressemble cependant au pays d'Ouç. Et chacun ici à Job.

Le chasseur Klotz souffre de mélancolie et de la *tuberculose* ;
le matelot Fallesich du scorbut ;
le charpentier Vecerina du scorbut et d'*arthrose* ;
le matelot Stiglich du scorbut ;
le chasseur Haller d'arthrose ;
le matelot Scarpa du scorbut et de crampes ;
le mécanicien Krisch de la tuberculose...

Personne n'est complètement épargné par les symptômes de la maladie et de la faiblesse ; chaque fois que l'un se relève de son lit de malade, un autre s'y couche. Et ainsi de suite.

A supposer que l'*Admiral Tegetthoff* eût été le temple en bois d'un culte de la lumière, dans lequel on eût vénéré dans le lever du soleil le retour de la divinité, l'espérance que la nuit polaire prît fin et que le soleil revînt pour les libérer n'eût pu être plus grande qu'en ce mois de janvier 1873. Les malades recouvreront leurs forces, les murailles de glace s'écrouleront et, devenues ruines qui se liquéfieront, seront emportées par la houle, et le vent sera favorable – à condition que le soleil s'élève au-dessus de l'horizon...

Mais l'obscurité est encore complète.

Aux environs de midi, les jours où le ciel est étoilé, le reflet d'une aurore future commence à apparaître à la limite du ciel : un arc de lumière mate qui se fond bien vite en une pénombre violette. Les voici au bastingage, qui louangent cette lumière ; on la soupçonne d'être aujourd'hui plus claire et plus forte que la veille ; on vient presque de pouvoir déchiffrer le titre d'un livre encore totalement illisible quelques jours auparavant et de reconnaître un visage à quatre pas de distance sans lampe-tempête.

Mais la glace ne relâche pas sa pression. La mer semble ensevelie pour toujours sous les reliefs fortifiés de la glace. La tente observatoire de Weyprecht et une partie de la provision de charbon disparaissent dans la soudaine béance d'une crevasse, puis c'est au tour de *Bop*, l'un des chiens de traîneau, d'être attiré dans les profondeurs. Dans le froid de ce mois de janvier, à peine interrompu par quelques rares montées de la température, l'alcool de genièvre se transforme en glaçons, et le mercure, que l'on sort de son récipient, devient si dur qu'ils peuvent s'en servir pour charger un fusil et traverser des planches d'un pouce d'épaisseur.

Quoique la vie ne soit pas plus douce et que la peur n'ait fait que s'émousser au cours de ces heures indicibles où, dans l'attente de la catastrophe, ils se sont préparés à l'alarme, l'arc luminescent qui couve à l'horizon les encourage à opposer à nouveau leur force au chaos extérieur. Weyprecht leur dit que c'est avant tout la discipline qui les maintient en vie ; l'accomplissement des tâches les plus quotidiennes, les observations météorologiques, la routine des changements de quart, le service de cuisine et la revue de la chambre de l'équipage qu'effectuent les officiers chaque dimanche, sont le signe que, même dans ce désert, la discipline que l'homme s'impose ne peut rien perdre de sa raison d'être ; le maintien de l'ordre et de la loi est vraiment l'expression de l'humanité et la seule voie à suivre pour vivre dans cette contrée abandonnée.

Le maître baleinier et harponneur Carlsen sert d'exemple : le vieillard, qui a passé tant d'années de sa vie dans les mers polaires, met toujours sa perruque à boucles blanches quand il est invité à la table des officiers ; il épingle même l'ordre d'Olaf sur sa fourrure chaque fois que c'est la fête d'un des martyrs chrétiens qu'il vénère particulièrement. (En revanche, lorsque les vagues et les voiles de l'aurore boréale s'enflamment dans le ciel, Elling Carlsen retire tous les objets métalliques qu'il porte sur lui, y compris la boucle de sa ceinture, pour ne pas déranger l'harmonie des figures mouvantes et ne pas attirer sur lui la *colère des lumières*.)

Au cours des semaines de janvier, Weyprecht institue des heures de classe ; bien que personne parmi eux n'ait encore hiverné si près du pôle Nord et que ce désert aux cris perçants les menace en permanence, *chacun* pourtant doit à présent apprendre à lire et à écrire ; il faut utiliser la bibliothèque du bord – quatre cents volumes, dont les drames de Lessing et de Shakespeare, ainsi que le *Paradis perdu* de John Milton et des éditions jaunies de la *Neue Freie Presse* – pour lutter contre l'infinitude du temps et la mélancolie. Il faut qu'ils aient de la poésie ! et des idées qui dépassent les misères du présent. Weyprecht et les officiers Brosch et Orel enseignent aux Italiens et aux Slaves, Payer à ses Tyroliens. Couverts de fourrures, la barbe blanche de gelée, ils sont assis dans la dunette, les uns imitant le dessin des lettres, les autres apprenant les lois fondamentales de la physique et des mathématiques.

Quand, dans cette petite salle de cours, il fallait examiner un problème et que les élèves étaient obligés de retenir leur souffle, afin que le professeur qui parlait dans un nuage pût apercevoir les calculs sur le tableau, ou quand, faisant une division, ils étaient soudain contraints de s'arrêter court pour frictionner leurs mains avec de la neige, comment s'étonner que personne ne trouvât d'attrait à l'école ? *Julius Payer.*

Souvent aussi une alarme interrompt soudain le cours quotidien et les contraint à courir aux canots de sauvetage. Et pour finir, le froid est tel que l'enseignement tourne à une succession vague et irrégulière d'instructions et d'exercices. Et quoi ! dit Klotz, faut-il que nous lisions les saintes Écritures aux ours ? Faut-il que nous construisions des radeaux avec nos cahiers d'écriture ? Fin janvier, alors que l'aurore les éclaire déjà dans la matinée, le terre-neuve Matotchkin est déchiqueté par un ours. Désormais, l'attelage de Payer n'est plus guère capable de tirer un grand traîneau. Le commandant à terre s'obstine-t-il à croire qu'il s'agit d'un voyage de découverte ? Inébranlable, Payer attelle les chiens et, pour ce faire, les frappe tellement qu'après l'exercice le chasseur Haller est obligé de les soigner. Les excursions de Payer deviennent à nouveau plus fréquentes – et plus furieuses. S'il existe encore là-haut au nord une terre où personne n'est jamais allé, il y poussera ses chiens à tout prix.

J'ignore si, dans les premiers mois de 1873, la discorde occasionnelle entre Weyprecht, le chercheur sérieux et rassurant, et Payer, le découvreur enthousiaste, avait déjà commencé à prendre des formes dramatiques. Les journaux personnels de cette époque ne contiennent aucune note sur ce sujet. En revanche, je sais que Carl Weyprecht était le commandant suprême ; il était *l'*autorité – le juge, quand survenaient des disputes et même des bagarres parmi les matelots ; le consolateur et le prophète, quand il était question du fragile espoir de retour ; et le dernier recours pour toutes les questions. Et Payer, le commandant sur terre, continuait à ne pas avoir de terre. L'année suivante, lors de leur très douloureux retour à travers les glaces dans le monde habité, Weyprecht mentionnera dans son journal une dispute, dont les journaux de la première nuit polaire ne rendent pas compte.

Payer recommence avec ses vieilles et mesquines jalousies. Il est à nouveau tellement furieux intérieurement qu'à tout instant je m'attends à un sérieux affrontement. A cause d'une bagatelle – il s'agissait d'un sac de pain qu'il se plaignait d'avoir dû trop souvent transporter –, il me fit devant nos gens des allusions désobligeantes que ne je pouvais pas laisser passer comme cela. Je lui expliquai qu'il fallait à l'avenir qu'il se gardât de prononcer de telles expressions, et que sinon je le réprimanderais en public. Là-dessus, il entra dans un de ses accès de fureur ; il dit qu'il se souvenait parfaitement que, déjà l'année précédente, je l'avais menacé avec mon revolver ; il m'assura qu'à cet endroit il me devancerait, et me déclara même de façon catégorique qu'il attenterait à ma vie dès qu'il verrait qu'il ne pourrait plus rentrer chez lui. *Carl Weyprecht.*

Je ne puis qu'avec difficulté m'imaginer Weyprecht, l'homme réfléchi, s'opposant avec un revolver à son compagnon et ancien ami ; pas plus que Payer, le poète et le peintre, prononçant des menaces de mort – mais dans les mers polaires, des métamorphoses plus graves se sont déjà produites, et plus tard, après leur retour triomphal qui, en ce mois de janvier, semble encore tellement inaccessible, la haine saura retrouver les formules de la politesse. *Je commence l'œuvre présente* – c'est finalement ainsi que Julius Payer ouvrira son compte rendu de l'expédition – *en reconnaissant sans réserve les grands mérites de mon collègue, le lieutenant de vaisseau Weyprecht, en comparaison desquels les succès de mes propres efforts ne sont que d'une faible importance...*

Mais si ce que Weyprecht a consigné dans son journal, dont les pages à l'écriture étroite pâlissent à présent peu à peu dans les armoires de dossiers des Archives autrichiennes de la marine, s'est vraiment passé, ce fut dans cette obscurité intérieure et extérieure où ils aspiraient tant au retour du soleil.

A mesure qu'il faisait plus clair, les images de la dévastation se révélaient de plus en plus horribles. Tout autour de nous s'élevait une montagne d'écueils de glace... A quelques pas seulement, on n'apercevait plus que le haut des mâts du bateau ; tout le reste disparaissait derrière de gigantesques remparts. Quant au bateau lui-même, hissé à sept pieds au-dessus du niveau de l'eau, il reposait sur une bulle de glace protubérante et, sorti de son élément naturel, il avait l'air vraiment désolé. Cette bulle de glace était formée de glaçons plusieurs fois rompus, puis sans cesse ressoudés, et avait pris, à la suite des poussées intérieures et des pressions latérales les plus récentes, la forme étonnante d'une voûte... L'attente fébrile du retour du soleil fut également l'occasion de nous contempler mutuellement, et nous fûmes surpris de voir le changement qu'avait souffert notre aspect extérieur pendant cette longue période nocturne. Les visages amaigris étaient empreints d'une extrême pâleur. La plupart d'entre nous portaient les marques de la convalescence : le nez émacié et proéminent, l'oeil creux...

Julius Payer.

J'éprouve de grandes douleurs, en particulier quand je respire, et je suis forcé de garder le lit ; à cause de ma perpétuelle mauvaise santé, je suis très amaigri et n'ai pas bonne mine ; j'ai eu très peur en voyant dans le bain mon corps tout décharné, mais j'espère que la cure d'huile de foie de morue va me rétablir. *Otto Krisch.*

Mardi, 11 février 1873 : Vent et chutes de neige. Près du bateau, la glace bouge. Récemment un canal s'est ouvert. Fait du traîneau avec les chiens ; école.

Mercredi 12 : Temps clair. La glace bouge près du bateau. Fait du traîneau avec les chiens ; école.

Jeudi 13 : Vent et brouillard. Nettoyé la cabine de monsieur le docteur ; école.

Vendredi 14 : Fait du traîneau avec les chiens. L'après-midi, on a mis des bouteilles postales à la mer, et ce en direction du nord, du sud, de l'est et de l'ouest. Le courrier a été placé dans des bouteilles, ces bouteilles ont été bouchées, puis scellées et confiées à la glace. Elles contiennent des nouvelles de notre expédition et entendent donner des informations sur nous au cas où nous disparaîtrions et que personne ne retrouve quoi que ce soit du groupe de vingt-quatre hommes que nous formons. *Johann Haller.*

Yacht autrichien Admiral Tegetthoff, *expédition vers les mers polaires sibériennes. Bloqué dans le pack, le 14 février 1873.*

Avons été pris et bloqués dans les glaces le 21 août 1872 non loin des côtes de Novaïa Zemlia par 76° 22' nord et 62° 3' à l'est de Greenwich. Dérivons depuis ce jour avec le pack au gré des vents dominants et avons couru bien des dangers au cours de l'hiver à cause des mouvements perpétuels de la glace. Le bateau est actuellement hissé de plusieurs pieds au milieu des glaces de l'espèce la plus compacte ; se trouve cependant en parfait état. A bord, tout va bien ; aucun cas particulier de maladie. Pensons, quand la glace se sera dispersée, prendre la direction E.-S.-E. pour atteindre la côte sibérienne aux environs de la presqu'île de Taymir et longer cette dernière à l'est si toutefois les conditions le permettent. Au cours de l'été 1874, nous entreprendrons le voyage de retour par la mer de Kara. La plus haute latitude que nous ayons atteinte a été : 78° 50' de latitude nord par 71° 40' à l'est de Greenwich, sans que nous ayons de nouvelles terres en vue. Jusqu'à la mi-octobre 1872, la côte de Novaïa Zemlia est restée couverte de glace dans toutes les directions ; plus tard nous l'avons perdue de vue. Au cas où le bateau serait écrasé par les glaces, nous pensons revenir vers la côte de Novaïa Zemlia où se trouve notre dépôt de provisions.

Payer, manu propria. *Weyprecht, manu propria.*

Quarante-huit ans vont s'écouler, avant qu'un chasseur de phoques norvégien trouve, sur la côte occidentale de Novaïa Zemlia, la première des nombreuses bouteilles déposées par l'expédition sous diverses latitudes. Les destinataires indiqués dans ce document – la *Section de la marine de Vienne* et les consulats impériaux et royaux – auront à cette époque déjà disparu, la monarchie sera dissoute et les commandants de l'expédition morts depuis longtemps ; l'ancien premier officier du *Tegetthoff*, le vieux vice-amiral honoraire Gustav Brosch, commentera la nouvelle de la découverte de la bouteille postale dans le supplément de la *Neue Freie Presse* de Vienne, en évoquant avec soin ses souvenirs et en exprimant le désir *que ce téméraire voyage scientifique ne puisse jamais tomber dans l'oubli*... Mais bon. Le premier courrier de l'expédition gît encore à quelque deux milles marins du schooner-barque, et l'équipage est rassemblé comme pour un jour de fête. On est le 19 février 1873. Deux jours auparavant, ils ont aperçu l'image trompeuse et distordue du soleil au-dessus de l'horizon, un reflet – mais aujourd'hui, c'est le soleil lui-même qu'ils attendent, la réalité rouge et or.

Alors, une vague luminescente ondoya à travers l'immensité, annonçant l'instant solennel, et le soleil, enveloppé d'un voile de pourpre, émergea au-dessus de la scène glaciaire. Tout le monde se taisait ; qui aurait pu exprimer par des mots le sentiment de délivrance qui brillait sur chaque visage, et que l'homme simple traduisit inconsciemment et sans artifices par l'expression prononcée à voix basse : « Benedetto giorno ! » Le soleil, hésitant, éleva juste la moitié de son disque au-dessus de la morne lisière de la glace, comme si ce monde n'eût pas été digne de sa lumière... Sombres, irréelles, les ruines des colosses de glace s'enfoncèrent dans cette mer illuminée comme autant de sphinx ; entourés de crevasses, les écueils et les murailles se raidirent et allongèrent leurs ombres sur les champs de neige d'où jaillissaient des diamants. *Julius Payer.*

Le chasseur Klotz est tellement absorbé par la contemplation de ce demi-soleil qu'il conserve encore pendant des heures dans les yeux des images bondissantes de l'éblouissement, des balles turquoise, vert luminescent et blanches. Combien de fois déjà, sur leurs bateaux de commerce, dans la montagne au-dessus du Passeiertal ou sur les champs de bataille de l'armée impériale, n'ont-ils pas vu le matin le soleil se lever, gros et rouge ? Mais quelle importance peuvent avoir tous les levers du jour de leur vie antérieure au regard de ce lever de soleil unique et inachevé ! Bien qu'ils ne soient libérés que de l'obscurité, et non pas de la mer polaire, de leur captivité et des fatigues de la maladie, ils essayent pourtant d'être libérés, pour une journée, de *tout*. Ils marquent l'événement. Ils fêtent le carnaval.

Les officiers promettent une ration supplémentaire de rhum à celui qui apparaîtra costumé pour le mardi gras Les matelots taillent donc des couronnes, des casques et des mitres d'évêque dans des boîtes de conserve vides, cousent des robes dans des chiffons, des nageoires et des pattes dans du feutre ; ils donnent à boire de l'alcool au chien lapon *Sumbu* et, avec leurs morceaux de feutre, le transforment en dragon qui titube ; puis ils dansent au son des chansons de Marola et de la musique de l'accordéon au milieu des écueils de glace, en traînant le dragon derrière eux. Il faut, ce jour-là, que tous les Job se métamorphosent en bouffons de carnaval. Et lorsque les chasseurs Haller et Klotz reviennent bredouilles de la chasse à l'ours et, les jambes gelées, interrompent la fête, Antonio Catarinich leur tend des béquilles enrubannées.

Vendredi, 21 février : Temps clair. Klotz et moi, invalides avec les pieds gelés. Douleurs terribles.

Samedi 22 : Temps clair. Klotz et moi, invalides. Au petit matin, à nouveau un ours s'approche du bateau. Comme personne n'était encore réveillé, à part l'officier de quart et un matelot, l'ours a été abattu sans confusion.

Dimanche 23 : A 11 heures, office religieux. Klotz et moi, invalides ; n'avons pu en conséquence participer au service divin.

Lundi 24 : Klotz et moi, invalides (pieds).

Mardi 25 : Temps clair. Klotz et moi, invalides, des cadeaux ont été distribués à l'équipage au cours de jeux. J'ai gagné une bouteille de jus de framboise. *Johann Haller.*

En mars, pendant deux longues semaines, la vie du docteur leur cause du souci. Kepes, le médecin de l'expédition qui les a si souvent aidés et surtout écoutés quand ils lui parlaient de leurs souffrances, semble lui-même s'éteindre dans les convulsions de la fièvre. Il délire et rejette les médicaments et la nourriture comme un dément. Que va-t-il advenir si le docteur meurt ? Qui leur donnera des conseils quand ils seront blessés et malades ? Il y a peu de matelots qui fassent confiance à la médecine d'Alexander Klotz. Ils se relaient donc au chevet du docteur, lui parlent sans plus savoir que faire et ne le quittent pas des yeux.

Le commandant Weyprecht reste à ses côtés et se donne toutes les peines du monde pour lui venir en aide ; dans les moments où le docteur recouvre ses facultés mentales, il lui demande quels sont les médicaments et les doses qu'il doit lui donner, puis il les prépare lui-même... mais, jusqu'à présent, l'état de santé du médecin ne s'est pas amélioré ; au contraire, il s'est aggravé : il crie, pleure et se lamente jour et nuit sans arrêt. *Otto Krisch.*

J'ai veillé le docteur. Il est tombé dans une totale inconscience et pousse des cris effroyables dans la chambre.

Johann Haller.

Le 28 mars, vent du N.-N.-O. 1-3, température de – 26° R (– 32,5° C). L'état du médecin a considérablement changé dans la nuit du 27 au 28 ; certes il n'a plus de convulsions, mais tout porte à croire qu'il est devenu fou, car il parle toute la nuit et aperçoit tous les fantômes possibles ; il délire toute la journée.

Otto Krisch.

Des démons. Les guérisseurs connaissent ce mal. Lorsque Klotz et Haller sont seuls pendant une heure avec Kepes, ils lui versent de l'alcool sur le bras gauche, le *bras du cœur*, et mettent le feu au possédé. Les guérisseurs hurlent de rire et de joie au moment où Kepes, poussant des cris de frayeur, redevient conscient l'espace d'un instant – avant de retomber dans un sommeil tranquille, délivré des délires de la fièvre.

Lorsque Kepes, quelques jours plus tard, monte sur le pont au cours de sa première promenade, Klotz dit que les forces du feu ont libéré le Hongrois de ses démons et qu'ils l'ont ramené de la folie dans le monde ; mais peut-être que ce n'était pas tout à fait un bon service à lui rendre, car ce monde, quel est-il donc ?

Leur printemps est tempétueux et parfois d'un blanc si éblouissant qu'à la recherche de signes favorables, de chenaux et de crevasses, ils ne peuvent explorer le désert qu'à travers les fentes de leurs lunettes. A l'aide de parpaings de glace, ils construisent un solarium où les malades passeront les après-midi à l'abri du vent. Parfois la température monte, en l'espace de quelques heures, de moins 40 degrés Celsius à quelques degrés au-dessus de zéro ; dans ces moments, chaque larme d'eau de fonte qui goutte du bastingage est un événement. Ils se voient déjà sous les voiles. Le jour où les premiers plongeons se posent sur les vergues est un jour de chance. Leur captivité va bientôt prendre fin.

La neige, semblable jusqu'alors à de la pierre sablonneuse, commence à devenir humide ; on peut en faire des boules ; la température inhabituelle est désagréablement étouffante, comme l'est le sirocco dans nos régions ; on se sent oppressé dans nos gros vêtements de fourrure qui, il y a peu de temps encore, constituaient une protection imparfaite contre les grands froids. Une épaisse brume couvre le ciel et étouffe, à midi comme à minuit, toute trace de lumière. Au lieu de tomber comme d'habitude en très fines aiguilles, la neige tombe à présent en énormes quantités de gros flocons qui, balayés par le vent, enfouissent tout ce qui se trouve sur leur chemin. Mais le règne de la chaleur est éphémère dans ces régions. La plupart du temps, dans les quarante-huit heures, le vent faiblit et tourne lentement au nord ; dans les sombres nuées apparaissent des ouvertures isolées dont jaillissent l'aurore boréale et les étoiles ; le temps s'éclaircit et le thermomètre commence à baisser. Les puissances belligérantes de l'air ont cessé le combat. Pour un court instant seulement ! Comme si elle était en colère contre l'insolent intrus auquel elle a laissé la place, la tempête de neige et de glace venue du nord – fléau du voyageur arctique – fait irruption avec une force redoublée... L'air est tellement saturé de neige que l'homme ne peut respirer qu'en détournant le visage, et que ce dernier est sûr de mourir si, sans protection, il est à la merci de la tempête.

On ne peut pas dire si le ciel est couvert ou non, car Tout n'est qu'une seule et unique masse de neige qui, sans repos, avance à coups de fouet... Elle file au-dessus des plaines glacées, bâtissant des murailles entières à l'endroit où elle rencontre un obstacle ; elle nivelle les inégalités et comprime tout si fermement que la couche toujours nouvellement rapportée offre au pied une base solide.

La plupart du temps, les signes annonciateurs de la tempête de neige sont les faux soleils en été et les fausses lunes en hiver. Tout un système de soleils et de lunes, toujours disposés selon un certain angle, apparaît, qui est la conséquence de la réfraction des rayons sur les cristaux de glace invisibles qui flottent dans l'air. Souvent, il ne s'agit que d'un cercle lumineux autour du soleil, à une distance de 23° ; des deux côtés, à la même hauteur et au-dessus de lui à la verticale, il y a sur ce cercle trois images dudit soleil. Si le phénomène est plus intense, il se forme à nouveau, encore une fois à la même distance, un cercle lumineux semblable avec trois images du soleil. Puis, partant du vrai soleil, des faisceaux lumineux rayonnent vers le haut, le bas et les deux côtés, qui rejoignent le cercle le plus externe et forment au-dessus de l'astre une grande croix. De temps à autre, il arrive qu'au contact du cercle le plus externe, et reposant sur la branche verticale de la croix, apparaisse encore un arc électrique renversé, et qu'en outre il y ait deux soleils des deux côtés, mais à une plus grande distance. Ce phénomène est d'une imposante beauté. *Carl Weyprecht.*

Dès lors, chaque jour il nous sembla que l'heure chaudement espérée de la délivrance était imminente. Une fois libres, il serait toujours possible d'atteindre sinon la légendaire Terre de Gillis, du moins les côtes non habitées des mers polaires sibériennes. La Sibérie était donc devenue le plus doux de tous nos espoirs. Seul celui qui nourrissait des espérances particulièrement extravagantes escomptait encore découvrir, pendant la dérive, de nouvelles terres. Par ailleurs, nos désirs étaient devenus tellement modestes que même le plus petit écueil eût satisfait notre amour-propre de découvreurs. *Julius Payer.*

Ils ont repris leur dur combat contre la glace. Huit heures et demie par jour, ils cognent, font sauter, scient et creusent leur glaçon ; du haut du bastingage, ils frappent la glace avec des pieux et détruisent la carapace qui entoure la coque du bateau à la manière d'un vernis. Dans des marmites suspendues, ils font bouillir leur linge pour en faire sortir la puanteur de l'hiver et, avec de la lessive à la soude, grattent la suie des lampes à pétrole et à huile de poisson déposée sur les murs de leurs alvéoles. Le mécanicien Krisch dérouille la chaudière, équipe les tubulures de cuivre, les robinets d'admission et de vidange de nouveaux joints d'étanchéité en étoupe, rectifie les pistons et les tiroirs d'expansion et huile les coussinets – la machine n'attend plus que la vapeur, elle est comme neuve ; la coque est goudronnée, et les voiles, que l'on vient d'aérer, sont prêtes. Mais ils sont toujours bloqués. Le *jour du Seigneur*, après la lecture de la Bible, quand ils contemplent leur travail, ils ont l'impression qu'entre leurs récents efforts et les peines inutiles de l'année précédente, le temps n'a pas passé, qu'il leur faut recommencer l'année écoulée, comme après un examen auquel on a échoué. Rien n'a changé. Tout cela en pure perte. Chaque geste est un travail de Sisyphe, dit Payer. Sisyphe ? demandent les hommes. Il lui est arrivé la même chose qu'à nous, réplique Payer.

La glace, que l'hiver a pressée sous leur bateau, atteint en maints endroits une épaisseur de neuf mètres ; les trous d'eau sont aussi profonds que des puits ; et toutes les tentatives de ramener le schooner au niveau de la mer finissent par donner au *Tegetthoff* une position inclinée telle que, sur le pont, ils se déplacent comme sur un versant de montagne, et que Orasch, le cuisinier styrien, jure parce qu'il ne peut plus poser une seule marmite sur son fourneau. Le *Tegetthoff* repose comme une épave dans un chantier naval de glace ; ils sont obligés d'étayer la coque avec des madriers pour ne pas chavirer. Et la vigie, dans le nid de pie, se brûle les yeux à scruter les reflets éclatants du lointain.

Le 1er mai, la chienne *Zemlia* met au monde quatre chiots dont un seul survit : *Torossy*, un mâle, le premier être à bord à ne pas avoir le souvenir de paysages verts, d'arbres et de champs, tout ce qui constitue le *pays natal*. Haller essaye de consoler son ami Klotz, que tourmente le mal du pays : Tu vois, le chien, il n'a jamais vu un pré, et c'est lui le plus gai de nous tous.

Torossy saute autour des mares d'eau de fonte bordées de

squelettes d'ours rongés, comme il le ferait autour d'un bel étang planté de roseaux du Passeiertal, et fouille dans la saleté et la cendre, dans les entonnoirs d'ordures qui, à la périphérie du *Tegetthoff*, sous l'effet du soleil légèrement plus chaud, s'enfoncent peu à peu plus profondément dans la glace, comme dans un champ, une prairie, un jardin. Les matelots dorlotent et surveillent le chiot comme s'il s'agissait d'un animal sacré, et même *Jubinal*, le chien conducteur d'habitude inabordable, dont on dit qu'il aurait été rapporté autrefois de l'Oural par un israélite sibérien à cause de sa force indomptable et de sa brutalité sauvage, tolère qu'il lui retire les morceaux de la gueule.

La jeunesse du chiot correspond aux mois suivants de leur captivité. Le désespoir et la monotonie gagnent leurs journaux, où ils notent toujours les mêmes activités. A présent, tout événement, si minime soit-il, devient pour eux une sensation. Ils célèbrent les fêtes de la monarchie et les fêtes religieuses, avec des drapeaux de soie – cérémonies et banquets improvisés, pour lesquels l'enseigne de vaisseau Orel prépare des desserts. Les chasses à l'ours sont des orgies. Les phénomènes célestes, des opéras.

Le 26 mai, il devait y avoir, sous notre latitude, une éclipse partielle de soleil ; seulement, par erreur, nous attendîmes le début de l'éclipse deux heures et demie trop tôt. Tout homme à bord qui disposait d'un instrument l'avait installé, et nous guettâmes avec impatience l'entrée de la lune dans le disque solaire. Alors même que nous attendions en vain, nous nous rendîmes compte que nous nous étions trompés ; nous n'en demeurâmes pas moins près de nos longues-vues, pour ne pas compromettre devant l'équipage la dignité de l'observation.

Julius Payer.

Mais est-il bien digne et raisonnable, de la part de Payer, lieutenant, commandant sur terre et géographe de l'empereur, de demander à l'équipage de l'aider à construire une *route artificielle* d'une longueur de trois milles marins ? Une route qui passe sur des viaducs et sous des tunnels, sur les rives de lacs remplis d'eau de fonte qui portent des noms autrichiens, et devant des bureaux de poste, des temples, des statues et des bistrots de glace. Il est certain que Payer a besoin d'une piste pour faire faire de l'exercice à son attelage de chiens. Mais les temples, les bureaux de poste, les bistrots et tout ce paysage ludique qui ressemble à un jardin japonais ? Ce travail a pour l'équipage la même dignité que tous les autres. Les temples seront plus magnifiques et les tours plus hautes que Payer ne l'exige. Ils n'obéissent pas, ils *jouent* avec lui. Un dimanche de juin, on voit dans la galerie couverte d'une tour le matelot Vincenzo Palmich déguisé en châtelaine, et près de la herse du château de glace, une boîte de conserve sur la tête, avec un panache qui vole au vent, Lorenzo Marola. Il chante avec Pietro Fallesich, son écuyer défiguré par les engelures. Mais il suffit que du haut de la hune, dans son nid de pie, la vigie crie *L'eau vive !* pour qu'ils abandonnent le conte et se précipitent à nouveau dans la réalité.

23 juin 1873, lundi : Temps clair et vent du nord. Température 0°. Les officiers comme les membres de l'équipage, nous travaillons tous avec des pics et des scies à la construction d'un canal pour y mettre le bateau. Mais c'est en vain que nous travaillons et nous donnons toute cette peine pour libérer le bateau ; il n'y a pas le moindre espoir de partir d'ici. C'est seulement du plus haut mât que l'on aperçoit au loin un chenal d'eau vive. Notre bateau reste pris dans la glace.

Mardi 24 : Temps clair et vent du nord. Température + 1°. Aidé le docteur à faire du vin. Un ours s'approche du bateau. Le lieutenant l'a vu venir et m'a crié : « Un ours ! » Nous sommes allés à sa rencontre en nous couvrant, et à une bonne portée de fusil, nous l'avons abattu. Le soir, un second ours marche en direction du bateau ; il est encore loin. Le lieutenant Brosch était au mât de hune et aperçut l'ours. Il crie : « Un ours ! » Le commandant Weyprecht court immédiatement dans sa direction, à quelque cinq cents pas du bateau. Le lieutenant et moi le suivons au pas de course à couvert. L'ours n'est plus qu'à dix pas du commandant Weyprecht. Il tire et rate l'ours. Weyprecht n'avait que cette unique cartouche sur lui. L'ours fit mine de bondir sur Weyprecht. Mais à cet instant, le lieutenant tira une balle qui traversa la poitrine de l'ours, et le commandant Weyprecht fut sauvé. L'ours, blessé, s'enfuit. Je le touchai immédiatement après avec une balle explosive, mais l'ours continua. Je lui envoyai une deuxième et une troisième balles, puis il resta étendu un instant, se releva encore une fois et reprit la fuite, jusqu'à ce que, à une proche distance, je pusse lui traverser le cœur, après quoi il s'immobilisa au sol, enfin mort.

Mercredi 25 : Temps clair et vent du nord. Température + 2°. Dégraissé une fourrure d'ours.

Jeudi 26 : Temps couvert et vent du nord. Température – 2°. Dégraissé une fourrure d'ours.

Vendredi 27 : Temps couvert et vent du nord. Température – 1°. Service de table toute la journée.

Samedi 28 : Temps couvert et vent d'est. Température – 1°. Cassé de la glace.

Dimanche 29 : Pierre et Paul. Mon anniversaire. Dans la nuit, à 1 heure et demie, un ours s'est approché du bateau. L'officier de quart et un matelot l'ont abattu. On est venu me réveiller pour dépouiller l'animal. Le jour de mes trente ans, je dépouille un ours polaire. C'est un beau cadeau d'anniversaire. *Johann Haller.*

Maintenant, tout ce qu'ils tentent de faire, ils l'ont déjà fait au moins une fois. Leurs journées se répètent. Le temps tourne en rond. Même ce qu'ils croyaient englouti depuis longtemps revient. Un matin, le cadavre du terre-neuve Bop, que la glace de l'hiver avait pourtant absorbé, réapparaît dans la neige – raide, dur et intact, comme si c'était hier qu'il avait péri ; ils lui accrochent au cou une pierre de la collection géologique de Payer, creusent un puits jusqu'au niveau de la mer et y jettent la bête crevée. Tout ici doit être enterré une fois, deux fois, trois fois encore et toujours, y compris l'espoir. Et comme tout ce qui se produit n'est que la répétition de l'identique, les conversations s'enfoncent de plus en plus dans le passé. Les officiers parlent de la bataille de Lissa, comme si elle était imminente ; et se disputent au sujet de combats politiques réglés depuis longtemps. Le mois de juillet passe et ressemble à une seule et unique journée infinie ; puis voici le mois d'août, et ils commencent à comprendre que la glace ne libérera plus jamais leur bateau et qu'ils se dirigent, livrés aux vents et aux courants, vers une seconde nuit polaire.

A la mi-août, la dérive de leur glaçon les rapproche à quatre milles marins d'un énorme iceberg recouvert de gravois. Même s'il ne s'agit que d'un terril flottant, voilà des pierres ! ils ont découvert les miettes et les éclats d'une côte. Le commandant sur terre précède tout le monde lorsqu'un détachement de sept matelots se dirige en courant vers la montagne.

Sur sa large croupe, il y avait deux moraines. C'étaient les premiers blocs rocheux et les premières pierres que nous voyions depuis longtemps, des schistes calcaires et des micaschistes argileux, et notre joie fut si grande devant ces émissaires d'une quelconque terre, que nous commençâmes à fouiller avec rage parmi ces débris, comme si nous étions au milieu des trésors de l'Inde. Les hommes trouvèrent également ce qu'ils supposèrent être de l'or (de la pyrite sulfureuse) et une seule chose les intéressa désormais : savoir s'ils seraient en état de ramener leur trouvaille en Dalmatie. *Julius Payer.*

Bien que Payer avertisse les matelots que leur découverte n'a vraiment aucune valeur, ils rapportent les sulfures au bateau dans des ballots de fourrure. Peut-être y auraient-ils renoncé, si Weyprecht aussi leur avait confirmé la stérilité de la pierre ; mais Weyprecht se tait. Ils accumulent donc les pierres dans leurs alvéoles, retournent en courant à la montagne et reviennent lourdement chargés. Puis lentement, l'énorme iceberg disparaît de leur champ de vision et, après trois jours de brume, cesse d'être visible. Ils en déplorent la perte, comme d'un paradis perdu. Plus aucune éminence ne vient casser la ligne d'horizon et ils replongent dans le vide du temps.

J'ai longtemps réfléchi à cet instant confus dont on dira plus tard qu'il a été l'instant le plus grand et le plus enthousiasmant de leur voyage dans les mers polaires, et j'en suis arrivé à la conclusion que je n'étais pas compétent pour le décrire ; il s'agit de l'instant où quelqu'un à bord – qui était-ce ? cette précision ne nous a pas été transmise – crie soudain : Terre ! TERRE !

Nous sommes le 30 août 1873 par 79° 43' de latitude nord et 59° 33' de longitude est ; la matinée est nuageuse, des rubans de brouillard se traînent sur la glace ; l'après-midi, le temps s'éclaircit ; le matin, le vent souffle du nord-nord-est, puis faiblit ; la température maximale enregistrée est de 0,8° R et descend en soirée à –3° R ; à midi, on note 211 mètres de profondeur marine ; le fond est vaseux ; un jour que le pilote Pietro Lusina notera dans le livre de loch en écrivant *Terra nuova scorpeta* – Une nouvelle terre a été découverte –, faisant ainsi disparaître pour la première fois une des dernières taches blanches de la carte du Vieux Monde.

Il était aux environs de midi ; appuyés sur le bordage, nous regardions les brumes passagères que perçait de temps à autre un rayon de soleil, quand, tout à coup, une muraille de brouillard qui passait découvrit au loin au nord-ouest une ligne de rochers abrupts qui, en l'espace de quelques minutes, prit l'aspect d'un magnifique relief alpestre ! Les premiers instants, nous restâmes fascinés et totalement incrédules ; puis, une fois certains de la réalité de notre bonheur – nous n'avions pas affaire à un fugitif mirage –, nous éclatâmes en une clameur d'allégresse : « Terre, terre, voici enfin la terre ! » Il n'y avait plus de malades sur le bateau ; tout le monde s'était précipité sur le pont, pour s'assurer de ses propres yeux que nous avions devant nous un résultat de notre expédition que personne n'eût pu nous ravir. Certes, ce n'était pas de notre propre fait, mais uniquement de par l'heureuse fantaisie de notre glaçon, et comme dans un rêve, que nous l'avions obtenu...

Des milliers d'années s'étaient écoulées, sans que jamais les hommes eussent soupçonné l'existence de cette terre. Et voici qu'à présent une modeste troupe de semi-naufragés la découvraient – voyant ainsi récompensées leur espérance, leur persévérance et les souffrances sans cesse surmontées – et cette petite troupe, que la terre natale considérait déjà comme perdue, eut le bonheur, en signe d'allégeance à un lointain souverain, de baptiser cette terre nouvellement découverte du nom de Terre de l'empereur François-Joseph. *Julius Payer.*

Il semble que ce soit une assez grande terre étant donné qu'on peut la suivre sur une longue distance du nord à l'ouest ; à son baptême chacun a poussé, un verre de vin à la main, un triple « hourra » ; puis on a pris des mesures des montagnes repérables et des caps ; ce fut un heureux événement que de revoir de la terre après onze mois, et pour nous, c'était encore plus réjouissant, étant donné que c'était une terre inconnue et que notre expédition avait donc atteint son but. Otto Krisch.

Tout homme instruit doit bien sûr s'intéresser vivement à la connaissance de notre globe terrestre ; mais sous les latitudes qui n'ont d'importance que pour la science pure, parce que inhabitées et inhabitables en conséquence des conditions dominantes, la géographie descriptive n'a de valeur que dans la mesure où les phénomènes météorologiques, physiques et hydrographiques sont influencés par la nature des sols ; il suffit donc d'une esquisse tracée à gros traits. Dans la plupart des cas, la géographie détaillée de l'Arctique est tout à fait accessoire ; toutefois si celle-ci refoule et étouffe quasiment le véritable objectif des expéditions, la recherche scientifique, comme ce fut souvent le cas, elle est absolument condamnable...

Il n'est pas nécessaire d'étendre notre champ d'observation jusqu'aux latitudes les plus extrêmes pour obtenir des résultats scientifiques de grande importance.

Mais si on ne rompt pas avec les principes en vigueur jusqu'à présent, si on ne pratique pas systématiquement la recherche arctique, et ce sur une base réellement scientifique, si la découverte géographique demeure l'objectif final auquel on consacre tout le travail et tous les efforts, de nouvelles expéditions continueront à partir et leur succès ne dépassera pas la découverte d'un morceau de terre enfoui sous la glace ou quelques milles conquis sur la glace avec une peine infinie, et quasiment dépourvus d'intérêt au regard des grands problèmes scientifiques, dont la solution occupe sans cesse l'esprit de l'homme.

Carl Weyprecht.

Mercredi, 27 août 1873 : Pluie, neige, vent du nord. Température – 1°. Je suis redevenu steward. Le maudit service de table !

Jeudi 28 : Pluie, neige et vent du nord violent. Température – 2°. Passé la journée à servir.

Vendredi 29 : Pluie, neige et vent du nord violent. Température 0°. Passé la journée à servir.

Samedi 30 : Temps clair. Température + 2°. Nous avons découvert une nouvelle terre. Nous avons fait une tentative d'approche, mais nous nous sommes heurtés à un chenal et nous n'avons pas pu aller plus loin. A une distance de cinq quarts d'heure du bateau, nous avons observé cette terre. Ce fut une grande joie pour nous tous. Nous lui avons donné le nom de « Terre de l'empereur François-Joseph ».

Dimanche 31 : Temps clair. A onze heures, service religieux. Passé la journée à servir *Johann Haller.*

Durant les premiers jours de septembre, ils se résignent et suspendent tous les travaux de libération du *Tegetthoff*. Ils consacrent à présent toute leur attention et tous leurs soucis à la terre, leur terre ! qu'ils aperçoivent à une distance qui varie entre vingt et trente kilomètres ; leur terre qui parfois disparaît dans les bancs de brouillard et qui ressort de l'invisible plus belle qu'auparavant ; leur terre qui, dans la lente danse de la dérive, tourne devant eux et, avec toutes ses crêtes montagneuses, ses parois rocheuses, ses escarpements et ses caps, se montre comme une grande et séduisante dame. Terra nuova. Ce n'est ni un effet d'optique ni une vision. Ils ont vraiment découvert une terre. Ils courent sans cesse vers la côte. Et sans cesse, un labyrinthe de canaux ouverts, de barrières de glace, et la peur qu'une agglomération de glace puisse leur couper le chemin de la retraite, les forcent à rebrousser chemin. Ils ressentent leur impuissance, la fureur, le découragement comme jamais encore lorsque la terre disparaît dans la brume et, pour sept jours, se soustrait à leur vue. Allaient-ils en rester à ce lointain regard sur la côte, une image fugitive dans leur impitoyable dérive ? Hagards, ils se déploient ces jours-là sans suivre de règles ni d'ordre de marche, sans la moindre prudence ; et même Weyprecht ne les en empêche pas, il ne les rassure pas non plus lorsqu'ils reviennent d'un grand mur blanc, épuisés et déçus. En revanche, cette fois, l'hiver arctique leur est favorable. Leur glaçon s'agglomère à la ceinture de glace qui entoure l'archipel. Leur dérive commence à se figer dans un lent va-et-vient à proximité de la côte. A présent, c'est la terre elle-même qui est leur ancre. Et quoiqu'il commence à faire sombre et que les pressions de la glace et tous les effrois des ténèbres les menacent à nouveau, la terre reste longuement près d'eux, ne modifie ses formes qu'avec bien des hésitations, s'immobilise et se calme, souvent s'apprivoise et leur devient familière.

Le matin du 1er novembre, la terre était dans la pénombre au nord-ouest devant nous ; pour la première fois , la netteté de ses lignes rocheuses nous donna à penser qu'il devait être possible de l'atteindre en un temps assez court sans compromettre le retour au bateau. Toute hésitation disparut ; remplis d'une ardeur impétueuse et sauvage, nous escaladâmes les glaces dressées en remparts et sautâmes par-dessus dans la direction nord... vers la terre, et lorsque nous eûmes également vaincu la lisière de glace et que nous eûmes pris vraiment pied sur le sol, nous ne vîmes pas que nous n'étions entourés que de neige, de roc et de gravois congelés, et qu'il ne pouvait y avoir au monde de terre plus désolée que l'île que nous venions d'aborder ; pour nous, c'était un paradis, raison pour laquelle elle reçut le nom d'île Wilczeck. La joie d'avoir enfin atteint cette terre était si grande que nous regardâmes les choses avec une attention qu'elles n'auraient jamais autrement méritée. Nous plongions le regard dans chaque fente de rocher, touchions chaque bloc ; chaque forme et chaque contour qu'offre des milliers de fois et partout chaque crevasse nous ravissaient...

La végétation était d'une pauvreté indescriptible ; elle semblait limitée à quelques humbles lichens ; on ne voyait nulle part les bois flottants auxquels on se serait attendu. Nulle trace également de rennes ou de renards ; toutes les recherches restèrent vaines, cette terre semblait dépourvue d'êtres vivants... Il y a quelque chose de sublime dans la solitude d'une terre encore inviolée, quoique ce sentiment ne soit créé que par notre imagination et le charme de l'insolite, et que la terre recouverte de neige du Pôle ne puisse pas être plus poétique que le Jutland. Mais nous étions devenus très réceptifs à de nouvelles impressions, et la fumée dorée qui montait d'une wacke invisible au sud de l'horizon, et qui se déploya comme un rideau flottant devant la braise du ciel de midi, possédait à nos yeux le même charme qu'un paysage de Ceylan. *Julius Payer.*

Le 2 novembre, ils marchent à nouveau en convoi en direction de la côte de l'île Wilczek qui s'étend devant l'archipel. Payer, cette fois, précède encore tout le monde. Enfin ! c'est lui qui commande, et Weyprecht marche avec l'équipage et porte le drapeau de soie roulé. Puis ils prennent solennellement possession de leur découverte au nom de l'empereur, hissent l'aigle à double tête au milieu des colonnes de dolérite vert foncé, érigent une pyramide de pierre et y placent un document qui fait de Sa Majesté Apostolique François-Joseph Ier, empereur d'Autriche et roi de Hongrie, le premier souverain de ce désert de roches cristallines recouvert de glaciers, et qui présume de leur avenir avec ces sèches indications :

Nous sommes à présent à trois ou quatre milles marins S.-S.-E. du point où ce document a été déposé. Notre prochaine destinée dépend entièrement des vents qui poussent la glace dans sa dérive...

Payer manu propria. *Weyprecht manu propria.*

13
Ce qui doit arriver arrive – Un livre de bord

Vendredi, 14 août 1981

La glace est bleu clair dans la nuit. Le quatrième jour après le départ du fjord de l'Avent, par 80° 05' 98" de latitude nord et 14° 28' 19" de longitude est, les premiers glaçons viennent frapper le bateau : un champ infini de glaces flottantes que déchirent des chenaux, des lacs et des mares lisses comme un miroir. Il n'y a aucun obstacle. Le *Cradle* fait quinze nœuds à l'heure, repousse d'assez petits glaçons, des éclats gênants, s'écorche sur de gros écueils sans ralentir sa vitesse, reste un instant de travers, puis pénètre dans la glace avec un bruit de tonnerre et retrouve l'eau vive sous sa quille. Voilà comment on traite la mer polaire en 1981.

Dans cette nuit ensoleillée, Josef Mazzini est tout à l'avant du bateau dans le vacarme de la percée ; il s'accroche au bastingage et regarde juste au-dessous de lui des blocs de glace qui pèsent des quintaux et se retournent en bourdonnant comme des insectes étincelants.

Samedi, 15 août

Les mots *jour* et *nuit* sont des noms vides pour désigner la marche du temps. Il n'y a pas de nuits. Il n'y a que les couleurs et les intensités lumineuses de la clarté qui changent ; il n'y a que le soleil qui encercle le bateau sans jamais s'enfoncer sous l'horizon ; il n'y a que l'heure et la date.

Une carte murale de l'Arctique dans un sous-verre est suspendue dans le mess du bateau ; quand on appuie sur des boutons, des tubes de néon s'embrasent derrière les dégradés bleus des profondeurs de la mer glaciale. La bande sur le bord inférieur de la carte porte, outre la légende, un tableau précisant la durée de la nuit polaire, croissante avec chaque degré de latitude, et celle de la période du soleil de minuit. Josef Mazzini interrompt au mess sa ronde journalière d'un bout à l'autre du bateau et contemple son reflet dans la vitre de la carte murale : la ligne blanche et découpée de la limite estivale des glaces flottantes court en travers au-dessus de son visage ; sur ses épaules, il porte des langues de terre et des îles ; au-dessus de sa tête, l'auréole de néon des glaces impraticables, et devant sa poitrine, comme une pancarte de prisonnier, le tableau des levers et des couchers du soleil.

TABLE ONE						
	Midnight sun			Polar night		
Latitude North	First night	Last night	Number of nights	First day	Last day	Number of days
.	..	...	...	...	...	...
76°	27 Apr	15 Aug.	111	3 Nov	8 Feb.	98
77°	24 Apr	18 Aug.	117	31 Oct.	11 Feb.	104
78°	21 Apr.	21 Aug.	123	28 Oct.	14 Feb.	110
79°	18 Apr	24 Aug.	129	25 Oct.	17 Feb.	116
80°	15 Apr	27 Aug.	135	22 Oct.	20 Feb.	122
81°	12 Apr.	30 Aug.	141	19 Oct.	23 Feb.	128
..	...	...	...	...	...	...

« Nous sommes à peu près là. » Einar Hellskog, troisième *invité* à bord avec Mazzini et la glaciologue du Massachusetts – peintre en timbres-poste, il est envoyé par la Poste norvégienne pour dessiner des paysages arctiques –, s'est approché de la carte murale et montre dans le bleu un point au nord-est de l'île *Moffen* ; le contour de l'île touche la ligne noire du 80e parallèle comme un zéro proprement posé sur la ligne.

Dimanche, 16 août

Bancs de nuages et vent du sud ; chute de neige. Le *Cradle* traverse d'épaisses glaces flottantes et laisse derrière lui un chenal sinueux et bouillonnant. L'ingénieur Seip dit que les machines consomment douze tonnes de diesel-oil par jour, une consommation normale. Le bruit des machines, un grondement qui croît et décroît en fonction de la puissance de la glace, est omniprésent. Il n'y a qu'en haut, dans le nid de pie, que c'est plus calme. Entourée du jeu de lumières des tableaux, la vigie est assise dans une tourelle de verre climatisée et observe ce que les images envoyées par satellite ont confirmé depuis longtemps : la glace s'étend.

Quand le capitaine Andreasen fait stopper les machines – et cela se produit souvent ces jours-ci –, tout devient si tranquille que l'on entend le sang battre dans sa tête. Puis on sort les bras des grues, on immerge les sondes dans la glace et on installe les mesureurs flexibles qui évaluent la courbure de la surface de l'océan Arctique. Les zoologues tirent sur les phoques et les oiseaux pour prouver la présence de poisons industriels du sud dans le sang des animaux polaires par l'intermédiaire de la longue chaîne alimentaire. Les géologues prélèvent inlassablement des échantillons des fonds de la mer glaciale et ne réussissent qu'avec peine à cacher, derrière la pureté de la science, leur intérêt pour d'éventuels gisements pétroliers. Dans le chalut, des vers et des étoiles de mer se tortillent. Ce qui se passe est de la routine. Il ne se passe donc rien. Le temps est une mare à la surface de laquelle remontent les bulles du passé.

Est-ce deux jours, trois jours avant, que le *Cradle* a relâché dans le fjord Kongs à Ny Alesund ; que l'on est descendu à terre pour quelques heures et que l'on a été reçu avec beaucoup de bruit par la petite colonie ; que dans une des maisons en bois, on a mélangé et bu avec du jus de fruit de l'alcool pur tiré de bidons en plastique ; qu'un magnétophone à cassette piaillait et que la femme du Massachusetts a préféré sortir dans la boue plutôt que de danser avec Fyrand qui était ivre ? On a cru en le voyant sortir aussi qu'il allait la rechercher. Mais il revint avec un chien groenlandais hurlant qu'il avait tiré du chenil, le frappa sur l'arrière-train, pressa l'animal contre lui, dansa, et quand il ne fut plus capable de retenir l'indomptable bête, lui cracha du schnaps entre les babines. Odmund Jansen, autorité suprême à bord aux côtés du capitaine Andreasen et *commandant sur terre*, a interrompu tout cela, ordonné le départ et reçu les insultes d'un Fyrand à l'air hagard.

Josef Mazzini était deux ou trois jours auparavant, était *à ce moment-là*, au pied du mât d'ancrage de Ny Alesund, une charpente métallique de trente-sept mètres de haut en forme d'obélisque, auquel Amundsen et Nobile avaient fait amarrer leurs dirigeables, le *Norge* et l'*Italia*, et qui pointait comme jamais dans le ciel arctique. Mazzini a vu Malcolm Flaherty se balancer dans sa nacelle accrochée au mât, mais également l'*Italia* s'élever, énorme et tragique ; il a entendu le *Larguez les amarres !* et la voix de Lucia, la miniaturiste, évoquant les épaulettes brochées de fils d'or du beau général Umberto Nobile. Non, Josef Mazzini ne s'est souvenu de rien. Il a tout vécu une seconde fois. C'est à ce mât d'ancrage qu'avait commencé, le 23 mai 1928 à quatre heures du matin, par moins 20 degrés Celsius, le malheur de Nobile, le doux et éblouissant héros de Lucia Mazzini. *Larguez les amarres !*

Comme deux ans auparavant, lors de son voyage au Pôle en compagnie de Roald Amundsen et Lincoln Ellsworth, Nobile avait certes cette fois-là aussi, vingt heures après son départ de Ny Alesund, atteint le pôle Nord, plané dans un état d'extase au-dessus du désert vide de la glace, et jeté pardessus bord une croix de bois bénite par le pape et le drapeau de l'Italie, mais, lors du retour, l'*Italia*, irrésistiblement alourdi par une carapace de cristaux de neige, avait peu à peu perdu de l'altitude et fini par heurter un glaçon. Le général fut éjecté, avec huit de ses compagnons, de son triomphe sur le pack. Il gisait blessé et saignait. Le dirigeable, soulagé de la moitié de son équipage, remonta dans le ciel neigeux et disparut pour toujours avec le reste des hommes.

Néanmoins, c'est d'abord une opération de sauvetage sanglante et coûteuse – au cours de laquelle Amundsen, effectuant avec cinq hommes un vol de recherche inutile, mourut – qui scella la véritable chute de Nobile, une chute dans le mépris à travers toutes les sphères de l'adulation. Car Umberto Nobile enfreignit, après la perte de son aérostat, le code de l'honneur qui réglemente le déroulement des naufrages. Et le monde ne le lui pardonna pas.

Le général échoué avait d'abord toléré que deux de ses capitaines de corvette, Mariano et Zappi, quittent le groupe des naufragés en partie impotents en compagnie de l'océanographe suédois Finn Malmgreen, et tentent de gagner le Spitzberg par *leurs propres forces.*

Des semaines passèrent.

Lorsqu'un pilote suédois du nom de Lundborg réussit enfin à poser son hydravion sur le glaçon en dérive de Nobile, ce fut à nouveau le général qui toléra qu'on le sauvât le premier. Son petit fox-terrier *Titina* dans les bras, il grimpa dans l'avion qui n'offrait, à part celle du pilote, qu'une seule place pour un passager, et fut bientôt en sécurité sur le navire auxiliaire italien *Città di Milano*. Un capitaine qui s'arrange pour être sauvé avant tous les autres ! Lucia n'avait pas passé ce détail sous silence. Mais la litanie des justifications fut longue.

Finalement des semaines s'écoulèrent encore avant qu'on vînt chercher les subordonnés du général demeurés sur leur glaçon, car lors de la seconde expédition de sauvetage, le pilote Lundborg n'avait pu éviter un atterrissage forcé et avait fait son malheur. Entre-temps, plus de mille cinq cents sauveteurs avaient pris la direction du glaçon en dérive : seize bateaux, vingt et un avions et onze unités de traîneaux. Dix-sept hommes y trouvèrent la mort. Seul l'équipage du brise-glace soviétique, le *Krassin*, réussit enfin, quarante-sept jours après la chute de l'*Italia*, à traverser un pack très dur pour approcher les naufragés presque morts d'épuisement et les sauver. Ce qui parvint ensuite aux oreilles du public, ce fut l'horrible fin d'un voyage dédié à la grandeur de l'Italie. Car les matelots du *Krassin* avaient également trouvé non loin de là les deux capitaines de corvette renégats et complètement perdus : Mariano, hagard, à demi mort de faim et à peine habillé, et Zappi, presque bien nourri et enveloppé dans les fourrures de Mariano et de Malmgreen, qui, lui, était encore doté de forces étonnantes. Malmgreen manquait. Mariano ne parlait pas ou racontait n'importe quoi à ce propos. En revanche Zappi répétait, jurait sans cesse qu'un jour l'océanographe suédois ne s'était pas relevé ; Malmgreen avait exigé qu'on l'abandonnât et proposé son équipement devenu inutile à ceux qui allaient continuer leur chemin ; et lui, Zappi, n'avait fait qu'accepter cette proposition, qu'accepter la fourrure de Malmgreen et ses provisions.

Le public des tragédies était indigné par ce genre de discours. Les reporters s'empressèrent de recoller ensemble les indices et corroborèrent le soupçon que Zappi, l'homme bien nourri, avait provoqué la mort de l'océanographe d'Uppsala, ou l'avait tué, et avait dévoré son cadavre. Zappi nia ; Mariano aussi, quand il eut plus tard recouvré ses esprits. Le soupçon demeura : la première déclaration compréhensible, qu'avait confiée Mariano au rédacteur du livre de bord du *Krassin*, ne disait-elle pas : « J'ai donné l'autorisation au capitaine Zappi de me manger après ma mort » ? Mais heureusement, la vérité était restée enfouie pour toujours dans la glace. Des héros qui s'étaient dévorés entre eux ! Ça ne pouvait pas être la vérité, ça ne devait être qu'un bruit, un abominable mensonge lancé par les ennemis de l'Italie.

Puis la voix de Lucia s'est tue. Josef Mazzini a aperçu à nouveau, à travers les poutrelles du mât d'amarrage, les maisons de Ny Alesund, et Fyrand qui, traînant un chien dans son chenil, puis revenant vers lui à pas lourds, lui criait : *L'amiral Odmund Jansen rappelle à bord pour la prière du soir ! Les chiens à la niche ! Les imbéciles au travail ! De la discipline, sir ! D'accord, sir ! Skål, sir !* Fyrand s'est arrêté à quelques pas du mât d'ancrage et a cessé de crier. « Signore Mazzini ! Cavaliere ! Tu as vu ce qu'on fait avec un authentique descendant de l'attelage de Roald Amundsen ? On danse le fox-trot sur l'air des informations météo de radio Svalbard. »

Lundi, 17 août

Phippsøya, Martensøya, Parryøya – des massifs rocheux dénudés dans l'océan ; des langues de neige entre les crevasses. Des côtes noires. Le *Cradle* croise au large des îles les plus septentrionales de Svalbard. La vigie cherche un passage dans le paysage chaotique éblouissant des hummocks. L'après-midi, la glace est si épaisse qu'Andreasen ne réussit pas à briser les barrières. Au tonnerre ne succède aucune déchirure. Il n'y a pas de passage. La voix laconique du capitaine, transmise par le haut-parleur, parvient à tous les étages du bateau : Nous allons changer de route, cap sud-ouest, puis sud-est, repasser le 80e parallèle, atteindre à nouveau la mer libre par la route des Hinlopes, contourner la Terre du Nord-Est, puis reprendre le cap vers le nord. Thanks.

Au mess, la partie de cartes interrompue pendant l'annonce du haut-parleur continue.

Mardi, 18 août

Calme plat. La route des Hinlopes entre le Spitzberg occidental et la Terre du Nord-Est est bleu nuit et calme. Temps clair. Peu de glace. Les géologues ne sont pas d'accord avec les zoologues sur l'endroit le plus favorable pour jeter l'ancre, sur les *zones de recherche*. Les zoologues se plaignent que l'orientation se fasse toujours en fonction des désirs de ces messieurs les chercheurs de pétrole ; les prélèvements de boue sont manifestement plus importants que les vols d'oiseaux et les lieux de nidification. Ödmund Jansen tente d'arranger les choses.

Sur l'*Admiral Tegetthoff*, on hissait le drapeau chaque fois que c'était l'anniversaire de l'empereur, et on souhaitait à tue-tête longue vie à Sa lointaine Majesté. « Tu n'as qu'à faire la même chose que ces types », lui dit Fyrand, lorsque Mazzini le lui raconte. « Demande à Hellskog de te peindre un aigle à deux têtes sur un torchon et va te planter avec ça sur le pont. »

Mercredi, 19 août

L'empereur a un jour ; c'est un bébé pleurnichard et dodu. Et voilà qu'il dispose déjà d'une terre dans les mers polaires. Le *Cradle* avance lentement. A tribord, la côte occidentale du Spitzberg ; la côte de la Terre du Nord-Est à babord. Sondages bathymétriques. Prélèvements des fonds marins. Chasse aux oiseaux.

Vers midi, Kjetil Fyrand va chercher Mazzini sur le pont et lui montre une montagne menaçante sur la côte occidentale du Spitzberg : « Vous avez devant vous, Signore, le cap Payer... Je t'en fais cadeau. »

Il a visité ce cap autrichien l'été dernier en compagnie du mineur Israel Boyle, raconte Fyrand, appuyé au bastingage. A pied. Une marche de presque deux cents kilomètres à partir de Longyearbyen en passant par les glaciers Negri, Sonklar et Hann ; une épreuve de premier ordre. La randonnée à travers les glaciers est éventuellement, et compte tenu des risques, comparable au surf sur les avalanches ou au vol de deltaplane dans l'Himalaya, car après chaque chute de neige, le marcheur se transforme, sur les glaciers parcourus d'innombrables crevasses et fissures, en boule de flipper ou de billard américain susceptible à tout moment de disparaître et sans que l'on s'y attende dans un trou recouvert de neige. Avec, de toute façon, la pensée réconfortante de survivre pendant des siècles dans une crevasse turquoise et bleu argenté : victime congelée de la glace. Et d'être en l'an 2300 l'événement à sensation : Un marcheur a été retrouvé parfaitement conservé.

« Combien de temps avez-vous marché ?
– Neuf jours.
– Aller et retour ?
– Aller et retour, dix-neuf jours.
– Avec tous vos bagages ?
– Ce sont les chiens qui les traînaient. »

Jeudi, 20 août

Hauts de quarante à cinquante mètres, les éboulements du glacier de la Terre du Nord-Est émergent de la houle – murs de glace en surplomb d'une couleur turquoise étincelante. Des crevasses jaillissent, par-dessus la lisière du glacier, des cascades d'eau de fonte dont beaucoup se transforment en voiles avant même d'atteindre la mer. Des arcs-en-ciel apparaissent et pâlissent au-dessus des cascades, et des vols d'oiseaux voltigent à travers cette magnificence. Le peintre en timbres-poste Hellskog est assis et regarde fixement, dessine et regarde fixement. Si maintenant ce glacier *mettait bas*, un paquet de mer surgirait, grand comme une cathédrale, et un iceberg tournerait lentement dans l'eau encore mugissante – éblouissant et neuf.

Mais rien, ce jeudi, ne survient de tout cela.

Sans la houle et le bruit des machines, on entendrait le gémissement du glacier qui, centimètre par centimètre, pousse sa masse énorme vers l'océan.

Mais on n'entend rien d'autre en ce jeudi que le fracas familier de la mer et des moteurs.

Le soir, dans le mess du bateau, on montre une vidéocopie

de *La Comtesse aux pieds nus*. Dans les rôles principaux, Humphrey Bogart en fumeur invétéré et metteur en scène philosophe et vieillissant, et Ava Gardner en danseuse madrilène que l'on a sortie de la misère pour l'emmener dans les studios de cinéma. Dans le glamour hollywoodien, la danseuse campe un personnage triste et mijoré de star, n'en est pas heureuse pour autant, finit par épouser un comte italien, qu'une bombe de la Seconde Guerre mondiale a émasculé (la Madrilène ne l'apprend qu'après son mariage ; rires dans le mess) et, par une nuit de pluie, est tuée par son mari mutilé. Puis le comte fait graver sur la pierre tombale de la comtesse la *devise*, comme il le dit lui-même, *pas très spirituelle* de sa famille : *Che sarà, sarà*.

En ce jeudi, Josef Mazzini consigne dans son journal – des notes faites de strophes de mots clé à peine lisibles consacrées aux beautés du glacier de Bråsvell – la devise du comte : *ce qui doit arriver arrive*. Les inscriptions sur les pierres recouvertes de mousse de l'arrière-cour de la veuve Soucek n'étaient pas meilleures.

Vendredi, 21 août

Cap nord-est. Violentes rafales le matin. Puis vent calme et glaces flottantes. Après de longues manœuvres dans une glace très dure, le *Cradle* repasse le 80e degré de latitude nord. La Terre du Nord-Est reste proche. Au large du cap Laura, les chaînes des ancres font entendre leur bruit métallique.

Samedi, 22 août

Journée du message radio. Un ornithologue japonais en a assez. Il a passé six semaines sur l'île Kvitøya sous une tente et veut qu'on vienne le chercher. On va s'en occuper, fait dire le capitaine Andreasen, on devait de toute façon passer près de Kvitøya.

Cap est. Bancs de brouillard et icebergs hauts comme une tour. Sur le pont, devant les écrans radar, attention tendue. En fin d'après-midi, au large de la côte de Kvitøya, on descend au milieu des glaçons un canot gonflable avec un équipage de cinq hommes, dont Fyrand et Mazzini. Trempé par les embruns, Josef Mazzini aborde à une triste plage : des éboulis et des bois flottants, les énormes fragments du squelette d'une baleine et des lichens ; des vols d'oiseaux au-dessus d'écueils qui dégouttent de fiente. Naomi Uemura, l'ornithologue, se tient entre les épaves marines et les objets de son équipement et s'incline.

Seul ? Tout seul pendant six semaines dans ce lieu abandonné ? demande Mazzini au Japonais. Pas toujours, dit Uemura, pas tout le temps ; une équipe de tournage suédoise est venue ; Jan Troell, le réalisateur, un homme extraordinairement aimable, a filmé ici des séquences d'une épopée sur le vol au Pôle de l'aéronaute Salomon Andrée : ce qui n'a pas empêché Troell d'avoir beaucoup d'égards pour les oiseaux.

Après l'entretien d'une station météorologique automatique – à peine une heure de travail pour l'équipe –, les embruns viennent à nouveau frapper le canot pneumatique. L'ornithologue de Nagoja n'arrête pas de parler ; il évoque des luttes de territoire, des milieux de nidification et des routes d'oiseaux migrateurs. Kvitøya replonge dans le brouillard.

Au mois d'août 1930, l'équipage du phoquier norvégien *Bratvaag* avait trouvé sur cette île les cadavres de l'aéronaute Salomon Andrée et de ses compagnons, Strindberg et Fraenkel ; pendant trente-trois ans, les trois pilotes avaient été considérés comme *disparus*. Les journaux d'Andrée et même les plaques photographiques exposées (on y voyait ces hommes voués à une mort prochaine devant leur ballon captif tombé sur la glace) étaient intacts et des vomissures collaient encore aux vêtements de laine inadaptés à l'Arctique de l'ingénieur suédois, au moment où on l'avait trouvé.

« Je ne vous comprends pas. » Josef Mazzini interrompt l'ornithologue qui, tout en parlant d'ailes et de vols planés, grimpe à l'échelle de coupée. « Je ne vous comprends pas ; restez donc enfin tranquille. »

On avait averti Andrée ; on l'avait conjuré de ne pas entreprendre ce *vol au pôle Nord*, qu'il avait projeté depuis si longtemps et plusieurs fois repoussé : dans les conditions climatiques de l'Arctique, la pression du gaz de son ballon baisserait rapidement ; l'enveloppe de soie se recouvrirait de glace et toute cette folie s'achèverait dans le pack. Mais non, il fallait que quelque chose claque et s'agite au vent de la plus totale solitude : un drapeau ! tout petit qu'il fût, le drapeau suédois ! il fallait qu'il ornât le Pôle. Pendant des siècles et des siècles, les historiographes psalmodieraient : Salomon Andrée, ingénieur suédois. Salomon Andrée, le conquérant du pôle Nord. Salomon Andrée, le Premier.

Le 11 juillet 1897, Salomon Andrée et ses compagnons dévoués et confiants décollèrent en ballon captif, cousu à Paris, d'une cuvette du Spitzberg en direction du Pôle. Le soir même, des pigeons voyageurs s'envolèrent de la nacelle avec des messages remplis d'assurance, qui ne devaient arriver nulle part. Le quatrième jour après le départ, la dernière des prophéties de malheur se réalisait déjà, et le ballon, qu'on ne pouvait plus diriger depuis longtemps, tomba au-delà du 83e degré de latitude nord, infiniment loin du Pôle, infiniment loin des hommes, dans le pack.

Au bout de sept jours de désarroi, au cours desquels ils conjurèrent leur malheur sur des plaques photographiques, les naufragés décidèrent de marcher en direction de la terre ferme la plus proche ; leur but était la terre la plus abandonnée du monde : la *Terre François-Joseph*.

Comme des chiens, les aéronautes s'attelèrent au traîneau qu'ils avaient emporté en cas de nécessité et souffrirent mille morts à traverser les hummocks ; en canot à voile, ils franchirent des wackes et des chenaux, s'enfoncèrent souvent et tirèrent leur charge toujours plus loin – vers nulle part. Car la dérive de la glace les poussait et les chassait hors de leur chemin. Après un mois de torture, ils se retrouvèrent finalement plus près de Svalbard que de la *Terre François-Joseph* ; ils changèrent de cap, peinèrent alors en direction du Spitzberg et, à la fin de l'automne, atteignirent l'île Kvitøya. Mais en cet endroit, il n'y avait que la mort. Strindberg mourut. Puis Fraenkel, qui avait été mutilé par un ours, et en dernier Salomon Andrée. Salomon Andrée, le Dernier. Trente-trois ans plus tard, on allait examiner ses vêtements souillés et découvrir que l'infortuné conquérant du pôle Nord était bien mort d'avoir mangé de la viande d'ours avariée. « C'est vraiment étrange de planer ainsi au-dessus de la mer polaire », lurent les administrateurs de la succession dans le journal d'Andrée. « Nous sommes bien les premiers à voler ici en ballon. Quand quelqu'un d'autre fera-t-il la même chose que nous ? Les hommes nous prendront-ils pour des fous ou suivront-ils notre exemple ? Je ne peux nier qu'un sentiment de fierté nous domine tous trois. ~~Nous~~ Je trouve~~ons~~ que nous pouvons mourir tranquilles après avoir fait ce que nous avons fait. »

C'est peut-être dans un de ces grands et fugitifs moments où l'homme différencie la réalité de la folie que Salomon Andrée a rayé ce *Nous trouvons* pour le remplacer par *Je trouve*. Et c'était d'ailleurs bien ainsi.

Après l'ascension et la disparition de l'ingénieur suédois, le pôle Nord resta encore inviolé pendant plus d'une décennie ; une décennie au cours de laquelle une longue série de *marcheurs du Pôle* suivirent dans la glace les traces de l'ingénieur au nom de la science ou d'une quelconque patrie, puis disparurent... les compagnons du comte Amadeo degli Abruzzi, par exemple, dont la *Première Expédition italienne arctique*, en mars 1900, atteignit, après un hivernage sur la *Terre François-Joseph*, la latitude inouïe de 86° 34', dépassant ainsi de trente-six kilomètres le record de latitude valable jusqu'alors, celui de Fridtjof Nansen. Un tiers de l'équipe ducale mourut dans les tempêtes polaires de cette triomphale latitude. Amadeo, l'inflexible capitaine Cagni et le reste de l'équipage avaient réussi malgré tout à rentrer en août 1900 en Italie, avec un record et une liste de morts et de disparus.

Et quand enfin, le 21 avril 1908, Frederic Albert Cook, un médecin de l'État de New York, et, le 6 avril 1909, son concurrent, l'officier Robert Edwin Peary de Pennsylvanie, après des marches forcées de plusieurs mois avec des traîneaux tirés par des chiens, foulèrent la glace du pôle Nord (ou du moins, ce qu'ils croyaient l'être), qu'avaient-ils atteint ? Pas grand-chose, si ce n'est que ledit Pôle, point de fuite de toutes les vanités, commençait à perdre de son importance. L'Extrême-Nord était *conquis*. Mais après la conquête vint l'heure des mesquineries ; une furieuse querelle s'engagea pour savoir à qui revenait l'honneur d'avoir été le premier.

Cook avait partagé le triomphe avec ses compagnons, les

Esquimaux Awelah et Etukishuk ; il avait dérivé, lors de son retour du Pôle, vers l'ouest, et n'était rentré de son odyssée dans les glaces qu'un an plus tard. Mais entre-temps, Peary, accompagné de quatre Esquimaux et de son serviteur noir Matt Henson, avait également pris position dans un désert de glace qui, d'après ses calculs, devait se situer dans l'environnement immédiat du Pôle. Peary n'avait pas toléré qu'un Blanc l'accompagnât dans sa tentative, de façon à ne pas devoir partager sa victoire avec des *hommes qui lui fussent égaux* : à son retour, il avait joué de chance avec la dérive des glaces et avait pu se présenter devant l'opinion mondiale à peu près en même temps que Cook – et la bataille pour l'honneur avait commencé.

Robert Edwin Peary fit tout ce qu'il put pour rester seul couvert de gloire ; il écrivit dans le *New York Times* des articles où il s'acharna contre Cook et le qualifia de minable escroc, qui n'avait fait que se terrer toute une année dans son trou au milieu du désert pour en revenir avec un énorme mensonge. Cook était un charlatan, un imposteur, un fou, tout ce qu'on pouvait imaginer, mais certainement pas le conquérant du Pôle.

Frederic Albert Cook rejeta toutes les accusations qu'il qualifia d'infâme baraguoin et prit position dans le *New York Herald* : il restait inébranlable dans sa prétention d'être allé à l'Extrême-Nord un an avant Peary ; Peary était un indigne perdant, un fanatique, un calomniateur... Et les choses continuèrent ainsi. Des commissions et des clans de sympathisants se formèrent autour de la question suivante : quel est celui qui mérite vraiment la considération que l'on accorde au premier ? Des conceptions scientifiques se croisèrent ; des inimitiés nouvelles ne cessèrent de naître ; et les journaux prolongèrent la guerre pendant des années. Chaque fois que des instances examinaient la question de la crédibilité des deux conquérants, celle-ci restait sans réponse. La confusion des rédacteurs de dictionnaire et des chroniqueurs persista. Selon le camp et le commettant, on attribuait un jour la victoire à Peary, puis le lendemain à Cook ; on ne nommait jamais l'un sans faire des allusions désobligeantes sur l'autre, et on transforma ainsi les deux ennemis en frères siamois de la cosmographie.

Lorsque, en fin de soirée, Josef Mazzini entre dans le mess, Naomi Uemura est assis, rasé, souriant, les cheveux fraîchement gominés, à *la table de la science* qu'une touffe de philodendron grimpant le long d'un échafaudage de bambou sépare de la table d'Andreasen et de l'équipage. Odmund Jansen, le verre levé, se tient devant cette plante et fait signe qu'au nom de tout le bateau, il va porter un toast à la santé de l'ornithologue : Uemura, avec son travail solitaire sur l'île de Kvitøya, a fait honneur à son homonyme qui, comme Peary, Cook et tous les autres, a atteint en 1978 encore le pôle Nord par ses propres moyens ; lui, Jansen, qui craint tant la fatigue, souhaite au collègue japonais la reconnaissance des spécialistes et boit à la santé de l'ami persévérant des oiseaux de Kvitøya.

On applaudit des deux côtés du philodendron.

Dimanche, 23 août

Cap est-nord-est. Glaces flottantes serrées. Encore cent milles marins jusqu'à la *Terre François-Joseph*. Temps clair et vent du nord. L'après-midi, barrières de pack. Aucun passage. Cap sud-ouest. Horizon tout autour. Aucune terre. Josef Mazzini passe les longues heures de l'après-midi à lire une copie du journal de Johann Haller :

Vendredi, 23 août 1872 : Neige et vent. Bloqués dans les glaces. Sur le pont, on enlève la neige à la pelle.

Samedi, 23 août 1873 : Brouillard et vent d'ouest. Température 0°. Cassé un pain de sucre.

Dimanche, 23 août 1874 : Temps clair et vent. Nous avons quitté les îles Matotchkin et nous avons navigué avec nos chaloupes le long de la côte. Dans la nuit, nous avons été surpris par une petite tempête ; nous nous sommes tous perdus de vue. Ma chaloupe a continué jusqu'au petit matin, puis nous l'avons amarrée et sommes descendus à terre. Nous avons trouvé du bois flottant et en avons fait un grand feu ; nous avons préparé un petit déjeuner et séché nos habits.

Lundi, 24 août

A nouveau au large de Kvitøya. Quinzième jour à bord ; jour de visite. Pour la première fois depuis le départ de Longyearbyen, Kåre Andreasen porte l'uniforme de capitaine.

A 14 heures, l'hélicoptère du gouverneur se pose sur la plate-forme d'atterrissage du *Cradle*. Le gouverneur Ivar Thorsen et Ole Fagerlien, qui est venu d'Oslo, passent en revue l'équipage vaguement aligné. Ils frappent sur les épaules et serrent des mains.

Ole Fagerlien se tourne vers Mazzini. « Et vous ? Votre travail avance ?

– La glace est trop épaisse, dit Mazzini.

– Vous vous attendiez à quoi ? » réplique Fagerlien qui s'est déjà éloigné.

Le soir, conversation et repas de fête au mess. En arrière-fond, big-band-sound qui sort des enceintes d'une chaîne stéréo. Protestations quand Fyrand, après un morceau de Glenn Miller, écoute *Mama Rose* d'Archie Shepp en montant le son. Fyrand traite les contradicteurs de trous-du-cul, puis met une cassette de musique de marche. Tard dans la nuit, deux brefs discours et nouveaux toasts.

Mardi, 25 août

Chasse à l'ours. Trois zoologues montent dans l'hélicoptère du gouverneur, glissent en rase-mottes au-dessus de la glace et, au cours de la matinée, renversent avec leurs fusils anesthésiants quatre ours polaires qui s'enfuyaient, pris de panique. Les zoologues arrachent une dent à la mâchoire de chaque animal engourdi par le narcotique, leur accrochent avec des pinces des marques métalliques dans la chair des oreilles et tracent à la peinture rouge de grands signes sur leur fourrure d'un blanc jaunâtre. Puis une bande vidéo enregistre le lent réveil des victimes : les tentatives maladroites des ours pour se relever de leur engourdissement, leur marche titubante, leur fragilité, la force qui revient presque imperceptiblement, l'élégance de leurs mouvements et pour finir, leur beauté marquée à la peinture rouge. Les grandes taches de sang sur les glaçons pâlissent rapidement dans les tourbillons de cristaux qui s'élèvent sous les coups de fouet des palettes du rotor.

Pendant la chasse, le *Cradle* fend la glace sur seulement trois milles marins au nord-est. A la fin du troisième mille, un malheur survient : la force de l'attaque d'une barrière de glace précipite le dessinateur de timbres-poste, qui ne s'y attendait pas, avec une telle violence contre le bastingage qu'il reste étendu avec une plaie ouverte à la tête. Holt, le médecin de bord, insiste pour qu'on l'emmène à l'hôpital de Longyearbyen. A 13 heures, les chasseurs rentrent ; le gouverneur Thorsen et Ole Fagerlien prennent congé. Soutenu par Fyrand et Holt, le visage exsangue à moitié recouvert de bandages, le peintre en timbres-poste monte dans l'hélicoptère, qui s'élève ensuite doucement, met un moment à s'éloigner dans le ciel neigeux avant de devenir un point noir et chantant, et disparaît. Silence embarrassé dans le mess. Andreasen a quitté son uniforme, il est à nouveau sur le pont en jeans et chemise de flanelle fraîchement repassée. Cap nord-est. Lent, très lent voyage.

Mercredi, 26 août

Mesures de la glace. Le *Cradle* est à l'ancre. Toute la matinée, Josef Mazzini reste assis près du bastingage sur la chaise du peintre en timbres-poste amarrée avec des cordes ; ses lunettes le protègent de la vue d'un lointain étincelant. Hellskog a passé des jours entiers sur cette chaise et, les doigts gourds, a dessiné les contours du désert. Mazzini regrette son absence ; il a montré à l'artiste des photocopies des dessins de Julius Payer, des dessins qu'il avait faits par 30 et 40 degrés au-dessous de zéro – et Hellskog a dit son étonnement sur la finesse du trait ; au-delà de moins 15 degrés, a-t-il ajouté, il penserait à tout autre chose qu'à dessiner.

Jeudi, 27 août

Silence. Aucun bruit de machine ; aucun bruit non plus de chaîne d'ancre. Une dérive à peine perceptible.

Les zoologues restent à l'affût pendant des heures à l'abri d'un bateau pneumatique camouflé avec des toiles blanches et tuent deux phoques – *Phocae hispidae*, tous deux à bonne distance. Josef Mazzini, invité à la chasse, se retrouve ce jour-là sur un glaçon devant les cadavres. Comme des bijoux, les entrailles éclatent des ventres ouverts des animaux ; la splendeur des couleurs de la mort se répand en fumant sur la glace et produit des cristaux. Comme les couleurs pâlissent, Josef Mazzini croit être pris de dégoût. Mais ce n'est que l'humidité et un froid pénétrant qui le saisissent et le secouent. Puis les cadavres couverts de sang, y compris les viscères, sont mis dans des sacs en plastique : matériel destiné aux laboratoires d'Oslo. La conversation qui suit dans le mess est riche en détails et bruyante. On évoque des tirs magistraux qui ont sauvé des vies, des ours agressifs et des chasses hivernales où l'on a tué beaucoup de gibier.

Vendredi, 28 août

Cap est et nord-est. Temps couvert. Fyrand jure sous la flèche d'une grue et semble diriger en l'implorant le mouvement pendulaire d'une balise de courant suspendue à une corde. Comme un bélier, la balise vient frapper plusieurs fois les bordages.

Samedi, 29 août

Une journée en mer polaire, juste en dessous du 81e degré de latitude nord. Une journée sans événements. Pratiquement personne à bord ne semble se soucier du fait que le soleil, depuis plus de quatre mois maintenant dans ce coin de mer, s'enfonce à nouveau derrière l'horizon. Ce coucher, qui n'est rien d'autre qu'une disparition derrière des bancs de nuages, un incident sans aura étincelante ni arcs de lumière pourpre, est, pour Josef Mazzini, le recommencement d'une mécanique céleste qui lui a longtemps fait défaut ; l'alternance du jour et de la nuit se réinstalle enfin. Mais non, ce n'est pas une nuit ; ce n'est qu'une pénombre argentée, à laquelle ne succède aucune obscurité.

Dimanche, 30 août

Vents calmes et brouillard. Glace très dure. C'est l'anniversaire de la découverte de la *Terre François-Joseph*. Un soleil blanc dans la brume. Il ne se passe rien.

Il était environ midi ; appuyés sur le bastingage, nous regardions les brumes fugaces que perçait de temps à autre le soleil, quand, tout à coup, une muraille de brouillard qui passait découvrit au loin au nord-ouest une ligne de rochers abrupts qui, en l'espace de quelques minutes, prit l'aspect d'un magnifique relief alpestre !

Josef Mazzini fête un souvenir. Mais bien sûr, dit Fyrand, dans cet ennui, on peut lever son verre à tout. Non, *ce* n'est pas ce qu'a voulu dire son protégé. Néanmoins, ils se retrouvent ensuite tous les deux à l'avant avec une bouteille d'aquavit et lancent en braillant trois hourras dans le froid ; une allégresse qui, dans les grincements des glaçons qui explosent sous la quille, retentit faiblement. Et soudain voici que s'ajoute encore au bruit de la traversée la plainte de la sirène de brouillard, une plaisanterie d'Andreasen destinée aux deux silhouettes à l'avant ; à quelques pas de distance, on ne verrait que leurs bouches ouvertes sans entendre leurs hourras. Mais ils se taisent déjà.

Quelques heures plus tard, Josef Mazzini est à nouveau assis, tout emmitouflé, sur la chaise d'Hellskog près du bastingage. Il ne sait pas combien de temps il est resté ainsi, s'abîmant dans la vue du vide, au fur et à mesure que venait la fatigue. Il sursaute et se réveille au moment où, avec lenteur, avec une infinie lenteur, noire comme une vague de goudron qui porterait des glaciers et des champs de névé telle une couronne d'écume, une terre pointe au-dessus de l'horizon. Sa terre. Des crêtes montagneuses et des arêtes voltigent et se dispersent, puis s'assemblent à nouveau, sans cesse différentes ; colonnes basaltiques et versants d'éboulis. *Les vallées étaient parées de prairies, où vivaient des rennes paissant paisiblement en toute jouissance de leur liberté, loin de tout ennemi.* Le paysage tourne, se renfonce dans les nuages, réapparaît ; il n'y a pas de houle qui bat contre les rochers ; l'océan, qui porte l'image d'une côte déchirée, est lisse comme un miroir ; il n'y a pas de glace.

Mais à bord du *Cradle*, tout reste silencieux. Personne ne crie *Terre !*. Aucune vigie, aucun homme d'équipage pour marquer le triomphe. On n'entend à cet endroit que le mugissement de la traversée. Un homme, à cet endroit, a découvert une terre qui lui appartient, à lui tout seul.

Lundi, 31 août

Rafales de neige et vent du sud-est. Vers midi, à neuf minutes d'arc au-delà du 81e degré de latitude nord, le pack forme une barrière de glace qui court d'ouest en est ; la glace sans fin est qualifiée sur la carte du mess de *unnavigable*. Sans fin désormais.

Josef Mazzini s'est endormi sur sa lecture. Il sursaute et donne des coups autour de lui, au moment où Fyrand frappe à la porte de sa cabine. Sans attendre la réponse, Fyrand ouvre brusquement et, encore sur le seuil, répète la décision de Jansen et du capitaine : « Nous faisons demi-tour. Nous ne passons plus. Tu ne verras pas ta *Terre François-Joseph*. Merde. Tu as entendu ? Nous faisons demi-tour ! »

Puis la manœuvre de changement de direction s'effectue ; tâche dépourvue de toute solennité et de tout regret. Ce qu'il fallait mesurer a été mesuré ; le travail qu'il fallait accomplir a été accompli. Au nord et au nord-est, pas de passage. Il fallait s'y attendre. Donc cap sud. Direction Longyearbyen.

Sud. Sud-ouest. Sud. Une monotonie parfaite. Je ferme le livre de bord. Les journées du retour n'ont aucune importance. Le *Cradle* passe par la route d'Eriksen, les eaux côtières de la Terre du roi Charles, le sund de Freemann entre Barentsøya et Edgeøya, retourne de cinq degrés en arrière par rapport au cap sud ; à un moment donné, la pointe sud du Spitzberg émerge à tribord, puis disparaît ; et à nouveau cap nord-ouest. Le 3 septembre, le *Cradle* entre dans le fjord de l'Avent. On est au petit matin. Josef Mazzini fait à présent partie des hommes qui ont contourné le Spitzberg. Elling Carlsen, le maître baleinier et harponneur, a été décoré de l'ordre d'Olaf pour avoir accompli ce même voyage. Néanmoins, il est ridicule de penser qu'à présent, dans le port de Longyearbyen, il y ait une médaille préparée sur un coussin de soie. Ou que la joie puisse éclater sur la jetée. Des filins fouettent le débarcadère. Puis le bruit des machines s'arrête. Quelqu'un sur le quai lève la main. C'est Hellskog. Il neige. Voilà comment s'achève un voyage de mission.

Il faut encore ajouter que durant le voyage de retour, Josef Mazzini n'a plus été vu que rarement près du bastingage. Comme quelqu'un qui se prépare à recouvrer la liberté, la grande liberté, il était assis dans le mess ou dans sa cabine, penché sur des ouvrages d'histoire de l'Arctique pris dans la petite bibliothèque du bord, et recopiait inlassablement et au hasard des passages de ces livres ; secrétaire du souvenir. Écrivait-il pour lutter contre l'ennui ? Voulait-il rassembler *toutes* les images du Nord et les faire siennes en les recopiant ? J'ai devant moi le petit cahier à reliure bleue, qu'il a rempli de son écriture fine ; Kjetil Fyrand l'a transmis à Anna Koreth, avec les autres notes et les effets du disparu. Il est sûr que ce n'est pas l'écriture de Josef Mazzini qui, sur l'étiquette de la couverture, a tracé une fois pour toutes le titre de cette incroyable collection de citations : *Le Grand Clou* – c'est ainsi que les Esquimaux du Groenland appellent le pôle Nord. Ce n'est pas l'écriture de Josef Mazzini. C'est moi qui ai écrit. Moi. C'est aussi moi qui ai donné un nom aux autres cahiers de Mazzini. *Campi deserti. Terra Nuova*. J'ai procédé avec ces notes comme procède tout découvreur avec sa terre, avec des baies, des caps et des sunds anonymes – je les ai baptisées. Il faut que tout porte un nom.

14
Troisième digression
Le Grand Clou – Fragments du mythe et de son explication

Es-tu parvenu jusqu'aux réserves de neige, et les réserves de grêle, les as-tu vues, que j'ai ménagées pour les temps de détresse, pour le jour de lutte et de bataille ? De quel côté se diffuse la lumière, par où le sirocco envahit-il la terre ?

Es-tu parvenu jusqu'aux sources de la mer, as-tu circulé au fin fond de l'abîme ? Les portes de la mort te furent-elles montrées ? As-tu vu les portes de l'ombre de mort ? As-tu idée des étendues de la terre ? Décris-la, toi qui la connais tout entière !

Certes, des lieux d'où extraire l'argent et où affiner l'or, il n'en manque pas. Le fer, c'est du sol qu'on l'extrait, et le roc se coule en cuivre. On a mis fin aux ténèbres et l'on fouille jusqu'au tréfonds la pierre obscure dans l'ombre de mort. On a percé des galeries loin des lieux habités là, inaccessibles aux passants, on oscille, suspendu loin des humains. Ces rocs sont le gisement du saphir et là se trouve la poussière d'or. Les rapaces en ignorent le sentier et l'œil du vautour ne l'a pas repéré. Les fauves ne l'ont point foulé ni le lion ne l'a frayé.

On s'est attaqué au silex, on a ravagé les montagnes par la racine. Dans les rochers, on a percé des réseaux de galeries, et tout ce qui est précieux, l'œil de l'homme l'a vu. On a tari les sources des fleuves et amené au jour ce qui était caché. Mais la sagesse, où la trouver ? Où réside l'intelligence ?

On en ignore le prix chez les hommes et elle ne se trouve pas au pays des vivants. L'Abîme déclare : « Elle n'est pas en moi. » Et l'Océan : « Elle ne se trouve pas chez moi. »

Le Livre de Job.

Si l'immense étendue de la mer Atlantique ne le rendait pas impossible, nous pourrions suivre à la voile, en gardant la même latitude, la ligne qui va de l'Ibérie aux Indes.

Ératosthène, IIIe siècle av. J.-C.

Mais viendra le temps, après de nombreuses années, où l'Océan dénouera les liens des choses, où l'incommensurable Terre s'ouvrira, où les navigateurs découvriront de nouveaux mondes et où Thulé ne sera plus le plus extrême des pays.

Sénèque, Ier siècle.

Les hivers au septentrion sont une épreuve, une punition, un fléau. Le froid épaissit l'air, qui fait faner les visages, pleurer les yeux, couler les nez, éclater la peau. La terre est là-bas comme du verre qui scintille et le vent comme des guêpes qui piquent. Celui qui échoue au septentrion appelle de tous ses vœux, tant le froid est douloureux, le feu de l'enfer.

Qazvînî, XIIe siècle.

Le septentrion est plein de peuples à l'étrangeté monstrueuse sans culture humaine.

Saxo Grammaticus, XIIe siècle.

Sur cette grande mer, on ne navigue pas à cause des aimants (légende d'une carte d'orientation des mers polaires septentrionales).

XVe siècle.

Il faut que les conditions de lumière de l'été favorisent énormément le voyage dans les mers glaciales, où il doit être – si l'on en croit l'allégation commune – si dangereux et si difficile, ou même totalement impossible de naviguer ; car lorsqu'on a dépassé la petite distance de la route qui est proclamée si dangereuse – c'est-à-dire une distance de deux ou trois milles nautiques avant d'arriver au Pôle – et parcouru son égale au-delà du Pôle, le climat des mers et des terres de là-bas doit être sans conteste aussi tempéré que dans les contrées d'ici.

Robert Thorne, XVIe siècle.

L'océan septentrional est un vaste champ, où la gloire de la Russie, associée à des intérêts uniques, peut s'accroître... Pendant les mois d'été, à une distance de cinq cents à sept cents verstes de la côte sibérienne, il n'y a pas dans l'océan ces masses de glace qui, d'ordinaire, gênent le passage des bateaux et menacent les navigateurs d'emprisonnement. La sécurité des hommes est à vrai dire une préoccupation qui pèse toujours plus lourd que la préservation du matériel utilisé – néanmoins, comparativement à l'intérêt et à la gloire de notre patrie : quand les peuples envoient à la mort pour gagner un petit morceau de terre, ou exclusivement par ambition, des milliers d'hommes, voire des armées entières, on n'aurait, dans les mers polaires où il s'agit d'acquérir des pays entiers dans d'autres parties du monde, d'accroître la navigation, le négoce, la suprématie et la gloire de l'État, qu'à déplorer la perte d'une centaine d'hommes.

Michail Wassilievitch Lomonossov, XVIIIe siècle.

Toutefois, sur la base de ma propre expérience et, au-delà, des renseignements rapportés par des capitaines hollandais, on peut dire avec certitude qu'il est impossible de trouver un passage du nord dans la mer polaire.

Wassili Jacovlevitch Tchitchagov, XVIIIe siècle.

Les uns ne voulaient rien tenter, parce qu'ils croyaient que tout était inutile et que cette navigation était impossible ; d'autres persistaient dans le préjugé qu'il fallait préférer le voyage nord-ouest ; les troisièmes acceptaient plus mon projet – passer entre le Spitzberg et Novaïa Zemlia en direction du nord – et cet avis finit par avoir la préférence auprès de la société royale : on devait solliciter de Sa Majesté royale deux navires qui prendraient la route du pôle Nord ; si, à mon avis, on y trouvait une mer plus ou moins libre, toutes les difficultés devraient disparaître, et on ne devrait plus tarder longtemps à entreprendre le voyage en direction des détroits et du Japon, etc. ; mais à supposer que la mer soit prise par les glaces, ce voyage, cependant, ne sera pas inutile, les observations astronomiques, physiques et autres ayant leur utilité.

Samuel Engel, XVIIIe siècle.

J'adhérais à l'opinion de nombreux savants naturalistes que la mer autour du pôle Nord pouvait ne pas être gelée, qu'à l'intérieur de la ceinture de glace qui, comme on le sait, entoure ladite mer, il devait y avoir une étendue d'eau libre d'une grandeur variable, et je voulais en multiplier les preuves... Mes anciennes expériences m'amenèrent à conclure que j'étais en mesure de pousser un véhicule jusqu'aux environs du 80e parallèle de latitude nord dans la ceinture de glace, et de là, tirer une chaloupe sur la glace en direction de la mer libre que j'espère trouver au-delà. Si j'étais assez heureux pour atteindre cette mer libre, je pensais mettre mon bateau à l'eau et piquer vers le nord. Pour le transport à travers les glaces, je faisais essentiellement confiance au chien des Esquimaux.

Isaac Israel Hayes, XIXe siècle.

Mister Hayes ! Vous pourriez tout aussi bien essayer de traverser New York en passant par les toits.

Henry Dodge, XIXe siècle.

Notre espoir de trouver une vaste surface de glace lisse et unie, qui ne fût limitée que par l'horizon, ne se réalisa jamais.

William Edward Parry, XIXe siècle.

En revanche, nous dirigeâmes en pensée nos bateaux vers le nord, franchîmes des parallèles les uns derrière les autres et fîmes des découvertes qui ébranlèrent le monde.

Emil Israel Bessels, XIXe siècle.

Nous avons atteint 83° 24' 3" et donc une latitude extrême jamais atteinte avant nous par des mortels, et vu une terre dont personne n'avait entendu parler. Nous déployâmes dans le vent froid du nord la glorieuse bannière étoilée.

David Legge Brainard, XIXe siècle.

Il est sûrement amusant de lire chez soi au coin de la cheminée le récit d'un hivernage dans le pack, mais le réaliser vraiment est une épreuve qui peut faire vieillir un homme prématurément.

George Washington De Long, XIXe siècle.

Le pôle Nord est inaccessible !

George Stronge Nares, XIXe siècle.

« Jusqu'ici et pas plus loin », a déjà dit maint explorateur polaire, et son successeur a tranquillement franchi les murs de glace que son prédécesseur avait déclarés « construits pour l'éternité ». Le Pôle n'est ni absolument praticable ni absolument impraticable. Dans toute la zone polaire, il y aura toujours de vastes distances qui, en fonction des conditions annuelles et saisonnières de la glace, seront l'un ou l'autre...

Mais le Pôle, en tant que point, n'a aucune espèce d'importance pour la science. S'en être approché sert tout au plus à satisfaire la vanité...

Étant donné l'intérêt toujours plus vif pour la recherche arctique et l'empressement avec lequel des gouvernements et des individus ne cessent de fournir des moyens pour de nouvelles expéditions, il est souhaitable d'établir des principes d'après lesquels celles-ci devraient être envoyées pour qu'elles servent la science, conformément aux grands sacrifices consentis, et soient dépourvues de cet aspect d'aventure qui certes séduit le grand public, mais ne peut que nuire à la science.

Carl Weyprecht, XIXe siècle.

Nous trouvâmes (après notre retour du septentrion, note) que nous étions jugés au-delà de nos mérites et que nous avions atteint le sommet de ce que la terre était capable d'offrir : la reconnaissance de nos concitoyens... En ce qui concerne la découverte d'une terre jusqu'alors inconnue, je n'y accorde aujourd'hui plus aucune valeur.

Julius Payer, XIXe siècle.

Nous ne sommes certes pas partis pour chercher le point mathématique, qui constitue l'extrémité nord de l'axe terrestre – car atteindre ce point n'a en soi qu'une faible importance – mais pour faire des recherches dans cette vaste partie du monde inconnue qui entoure le Pôle, et ces recherches auront à peu près la même importance scientifique, que le voyage passe par le pôle mathématique lui-même ou en reste un peu éloigné... Mais il faut que l'on atteigne le Pôle pour que cette obsession prenne fin.

Fridtjof Nansen, autour de 1900.

Les étrangers cherchent le Grand Clou qui a été enfoncé dans la glace du nord et qui s'est perdu. Celui qui suivra les chercheurs et trouvera le Grand Clou aura du fer pour des lances et des haches.

Les Esquimaux d'Annotoak, XXe siècle.

La plupart des hommes pensent à « l'aventure » quand ils entendent le mot « découverte ». C'est la raison pour laquelle je veux marquer la différence qui existe entre ces deux termes du point de vue du découvreur. Pour ce dernier, l'aventure n'est qu'une interruption mal venue du travail sérieux. Il ne cherche pas des sensations, mais des faits, qui ont été jusque-là inconnus. Souvent son voyage de découverte n'est rien d'autre qu'une course de vitesse avec le temps pour échapper à la mort par inanition. Pour lui, une aventure n'est qu'une erreur dans ses calculs, révélée par la « vérification » des faits. A moins que ce ne soit la preuve malheureuse que personne ne peut envisager toutes les possibilités futures... Tout découvreur vit des aventures. Elles l'excitent, et il aime y repenser. Mais jamais il ne les provoque.

Roald Amundsen, XXe siècle.

Les joues et les oreilles gelées et en sang sont les petits désagréments qui font partie d'une grande aventure. La douleur et le manque de confort sont inévitables, mais replacés dans le contexte général, ils n'ont guère d'importance.

Robert Edwin Peary, XXe siècle.

La vie dans les glaces ? Je doute que des hommes ne se soient jamais sentis aussi solitaires et abandonnés que nous. Je ne suis pas capable de décrire le vide de notre existence.

Frederic Albert Cook, XXe siècle.

Le pôle Nord géographique est le point mathématique que perce l'axe imaginaire de la rotation terrestre ; le point où se réunissent les méridiens ; le point où il n'y a plus que la direction sud ; où le vent ne vient que du sud et ne souffle que vers le sud, et où la boussole montre toujours le sud ; le point où cesse la force centrifuge de la terre et où les astres ne se lèvent ni ne se couchent.

Définition géographique, autour de 1980.

15
Notes du pays d'Ouç

Klotz est de plus en plus silencieux. Plus personne ne peut le consoler. Il veut rentrer chez lui. Il faut qu'il rentre chez lui.

Mais la terre ! Ils ont pourtant découvert une terre, de belles montagnes ! Dorénavant, ils possèdent tout de même une terre.

La terre ? Ah ! cette terre ! Il n'y a, sur ces montagnes, pas une seule forêt d'épicéas, pas un seul pin, même pas un conifère rabougri, rien. Et les vallées sont couvertes de glace. Il veut rentrer chez lui, Klotz. Chez lui.

C'est par une sombre après-midi de décembre 1873, alors que le froid les harcèle, que le chasseur Alexander Klotz – qui vient juste de rentrer, en compagnie de Payer et de Haller, d'une de leurs randonnées vers la côte – jette sa fourrure couverte de glace, ses gants, sa capuche de peau, son passe-montagne en cuir, jette tout, puis enfile ses vêtements d'été. A l'endroit vers lequel il se dirige, il n'a pas besoin de grosse fourrure. Les hivers à Sankt Leonhard, les hivers dans le Passeiertal sont doux, et il y neige beaucoup.

Klotz vide son alvéole, mais laisse ensuite tout bonnement son sac de lin rempli de ses affaires. Il n'emporte avec lui que les objets les plus précieux : l'horloge à cylindre qu'il a gagnée lors du dernier concours de tir à la cible en l'honneur de l'anniversaire de Sa Majesté ; les billets de banque que Payer lui a glissés dans la main chaque fois qu'il a rendu des services particuliers au lieutenant, et pour finir un chapelet en bois. Puis, digne et sérieux, il se présente devant ses compagnons et secoue la main de chacun d'eux : *Pfiat enk.*

« Klotz ! T'es pas fou ? lui demande Haller.

– *Pfiat di*, Haller », dit Klotz, et il monte sur le pont.

Quiconque le suit le voit près du bastingage, un fusil sur l'épaule, il est là comme une statue ; il ne répond à personne et regarde dans la pénombre, regarde au-delà de la glace.

Peut-être qu'il faut le laisser, Klotz. Il finira bien par retrouver ses esprits. Il n'y a qu'à le laisser.

« Il est saoul, dit le chauffeur Pospischill, il est saoul, c'est tout ; il a vidé toute sa ration de rhum. »

C'est bon. Il faut le laisser. Il redescendra bien tout seul sous le pont. Laissez-le.

Mais quand, deux heures plus tard, Weyprecht sort du mess des officiers – ces messieurs viennent d'y évoquer une fois de plus l'avenir de l'expédition et ne se sont pas rendu compte de la folie de Klotz –, quand le commandant ordonne d'aller chercher le chasseur et que Johann Haller monte docilement sur le pont, Klotz a quitté le bastingage ; le Tyrolien a disparu. Ce n'était donc pas de la folie. Il n'était pas ivre. C'étaient des adieux. Le chasseur et conducteur de chiens Alexander Klotz est rentré à la maison.

Le temps, dès lors, se met à passer plus vite que jamais. A présent qu'il n'y a plus une minute à perdre, le temps soudain s'envole. Et ils courent derrière le temps, ils courent derrière Klotz qui, en quelques heures, va mourir de froid, s'ils ne le retrouvent pas. Le maudit Passeirois ! Sortir en vêtements d'été par ce froid ! Quatre détachements s'empressent de partir en direction des quatre points cardinaux. L'air pénètre dans leurs poumons à la manière d'un couteau. Ne pas s'arrêter ! Plus vite ! Kloootz ! Qu'il crève de froid, l'animal ! Puisqu'il veut crever de froid. Sûr qu'il est mort. Ça doit faire longtemps qu'il est mort...

Mais c'est dans un tout autre état qu'ils le découvrent. Au bout de cinq heures, enfin : avec lenteur et dignité, la tête nue, le visage presque totalement gelé, Alexander Klotz marche en direction du sud.

Ils l'arrêtent ; ils lui font la leçon ; ils l'admonestent. Mais il ne dit mot. Ils le ramènent au bateau, le détournent de sa route. Il se laisse faire. Dans la salle d'équipage, ils réchauffent le fuyard, détachent les vêtements de son corps, plongent ses mains et ses pieds gelés dans une eau additionnée d'acide chlorhydrique, le frottent avec de la neige dure comme de la poussière de verre, lui font boire du schnaps et jurent pour exprimer leur désarroi. Klotz se laisse faire et ne dit pas un mot. Puis ils le couchent dans son alvéole, le recouvrent et montent la garde. Il y reste étendu, le regard fixe ; il ne prend plus part à leur vie et soutient les regards sans broncher ; il est là, simplement étendu, le regard fixe. Voilà qu'ils ont un fou à bord.

Des semaines vont passer sur la pétrification d'Alexander Klotz. Parfois, quand les pressions hivernales de la glace viendront les éprouver, quand les malades pleureront en pleine fièvre du scorbut et qu'une tempête de neige leur fera penser à la fin du monde, ils iront jusqu'à envier le chasseur replié sur lui-même et qui semble ne plus se rendre compte de leur présence. Et pourtant, cet hiver sera moins furieux et moins cruel que le précédent. Ici, à proximité de la terre, de leur terre qui les protège, les pressions de la glace sont moins fortes ; le vide est moins important, et ils ont encore l'espoir d'effectuer des recherches sur cette terre au printemps prochain, puis de rentrer enfin au pays, même s'il faut revenir en traversant la glace à pied. Dix-neuf d'entre eux présentent maintenant les symptômes du scorbut, ils retourneront pourtant au pays. Heureusement que le mécanicien Krisch ignore ce qu'a exposé le médecin de l'expédition Kepes à la table des officiers : le mécanicien est encore assez fort et peut à l'occasion continuer à faire son travail, mais il n'y a plus, en ce qui le concerne, d'espoir ; ses poumons sont irrémédiablement rongés. Personne à bord n'est aussi proche de la mort que Krisch.

Et qu'est-ce, avait-on demandé à la table après un silence, qu'est-ce qui se passera si Krisch continue à être malade et ne peut plus marcher, et que l'on soit obligé de quitter le *Tegetthoff* et de rentrer en Europe ? A pied, à travers la glace ! Où aller dans ce cas avec Krisch ? « Dans ce cas, avait dit Weyprecht, nous le porterons. »

Krisch fait des efforts. Krisch lutte ; il a jusqu'au printemps pour se rétablir, et à nouveau il pourra porter toutes les charges. Payer doit lui promettre qu'il le prendra avec lui lors de ses expéditions en traîneau, au printemps prochain. Krisch marchera sur la neige des névés à travers des contrées qu'aucun homme n'a encore foulées. Payer lui en fait la promesse. Krisch note soigneusement la force et la direction du vent et les températures, à la manière d'un découvreur qui sert la patrie et la science ; il continue à noter. Mais en décembre déjà, la mort commence à lui tenir la main, et son journal se transforme de plus en plus en procès-verbal d'une agonie.

Le 15 décembre, vent calme, température de –28,6° R à –31,2° R (–39° C, note), beau temps clair ; le mercure est gelé et durci ; l'équipage construit un palais de neige ; innombrables aurores boréales dans le ciel au sud. Je souffre toujours beaucoup et je commence aussi à avoir des insomnies, si bien que je ne réussis à dormir que deux ou trois heures par jour avec des interruptions ; je m'affaiblis de plus en plus.

Le 21 décembre, vent de S.-S.-O... A 11 heures, lecture des Saintes Écritures, inspection des chambres de l'équipage ; travaillé dans la cabane d'observation magnétique ; température en hausse. Mon état de santé s'est encore aggravé ; j'ai effroyablement mal dans la poitrine, côté droit. Le 23 décembre, vent d'O.-S.-O... ciel couvert, légère chute de neige ; l'équipage décore le palais de neige ; observations magnétiques... à mes douleurs s'est encore ajoutée de la fièvre, ce qui me retire tout appétit et fait que je ne peux rien manger d'autre que de la soupe ; je me sens très faible ; mes jambes ne me portent presque plus. *Otto Krisch.*

Le 24 décembre, ils se retrouvent dans leur palais de neige autour d'un arbre de Noël qu'ils ont construit avec des lattes de bois et décoré avec des lampes à huile ; et cette fois, c'est l'aspirant Eduard Orel qui est obligé de leur lire les Saintes Écritures, parce que Weyprecht a de la fièvre et s'exprime avec difficulté. Néanmoins, appuyé sur le premier officier, le commandant est parmi eux et écoute l'Évangile.

Un messager de Dieu se présenta soudain à eux et la gloire du Seigneur les nimba de clarté. Une grande crainte les saisit. « Ne vous effrayez pas, leur dit-il, car je vous annonce une grande joie, qui sera celle de tout le peuple. Un sauveur vous est né dans la cité de David, c'est le Christ, le Seigneur ! Vous trouverez un nouveau-né emmailloté et couché dans une crèche : ce sera le signe qui vous le fera reconnaître. » Et soudain, une multitude de messagers de l'armée céleste se joignent au premier et louent Dieu en ces termes : « Gloire à Dieu au plus haut des cieux et paix sur la terre aux hommes de bonne volonté ! »

Il est rassurant que le lendemain, le jour du Christ, ce soit Weyprecht qui reprenne lui-même la Bible et la leur lise. Le matin encore, le matelot Lettis avait raconté à la ronde dans la salle d'équipage qu'il avait vu le commandant s'essuyer le sang de la bouche après avoir toussé. Ce n'est pas vrai, avait-on dit à Lettis pour le faire taire, tu mens.

La seule chose vraie, c'est qu'aujourd'hui le commandant lit plus lentement que d'habitude, qu'il marque des arrêts pendant lesquels on l'entend respirer.

Le 26 décembre, vent de N.-E., puis calme... beau temps clair ; à l'est, aurore boréale en forme d'arche – poussée des glaces à une certaine distance autour de nous, perceptible à l'oreille... D'après le diagnostic du docteur Kepes, une autre maladie plus dangereuse s'ajoute à la mienne ; les symptômes du scorbut apparaissent : les gencives sont gonflées et ecchymosées ; taches rouges visibles aux pieds et aux mains ; douleurs dans les genoux et à l'articulation des poignets accompagnées d'une fièvre continue.

Le 27 décembre, vent calme, beau temps clair... Belle pénombre ; mon état de santé n'a pas changé, violentes douleurs dans les jambes et les pieds ; poursuivi observations dans la cabane magnétique.

Le 28 décembre, vent calme... à 10 heures du matin, lever de la lune ; 11 heures, lecture des Saintes Écritures, puis inspection des chambres de l'équipage ; vers minuit, plus loin, bruit sourd continu de la glace au S.-E. ; mon état de santé demeure inchangé.

Le 29 décembre, vent du sud, puis calme... légèrement nuageux ; gros anneau pâle autour de la lune ; chute de neige poudreuse en soirée... violentes douleurs dans les pieds.

Le 30 décembre, vent d'E.-S.-E., puis calme... brume, légères chutes de neige intermittentes, fausses lunes latérales claires et demi-cercle pâle au zénith... Mon état de santé demeure inchangé.

Le 31 décembre, vent d'est 3-4 et d'E.-N.-E. 2-3... brume, légères rafales de neige ; anneau de brouillard gris autour de la lune avec croix et traces de fausses lunes. On fête aujourd'hui la Saint-Sylvestre et la bienvenue à l'année 1874 ; je suis moi aussi resté à table jusqu'à 10 heures du soir, puis suis allé me reposer.

Le 1er janvier 1874. Vent du sud 6-7 et de S.-S.-E. 5... couvert, chute et rafales de neige incessantes. Au déjeuner, presque personne ; tout le monde dort ; je suis le seul à n'avoir qu'un léger mal de tête, n'ayant pas bu de vin hier à cause de la fièvre ; on apprécie les harengs et les sardines. La température augmente d'heure en heure.

Le 2 janvier, vent de S.-S.-O. 5-6... couvert, chute et rafales de neige... la lune semble mate à travers les rideaux de brume ; mon état de santé demeure inchangé ; outre de violentes douleurs dans les articulations des genoux, accès de fièvre quotidiens.

Le 3 janvier, vent de S.-E. 2-3 et de S.-S.-E. 5-6... couvert, traînes de brouillard exceptionnelles mêlées à une fine neige fondue... débarrassé les chaloupes de leur neige... aujourd'hui 540 jours de mer ou de glace.

A la suite de violentes douleurs, je suis obligé de rester au lit aujourd'hui.

Le 9 janvier, vent calme... Minimum –31,1° R (–38,9° C) assez clair, plusieurs aurores boréales pâles visibles... La fièvre a duré toute la nuit, et je n'ai pas fermé l'œil.

Le 11 janvier, vent de N.-N.-O. et nord... minimum –35,1° R (–34,9° C) très clair, étoilé ; à 3 heures lever de la lune dernier quartier. Aurores boréales de couleur vert pâle dans les IIIe et IVe quarts, faible pénombre à l'horizon sud... Mon état de santé s'est un peu amélioré ; peu de fièvre.

Le 12 janvier, vent d'O.-N.-O... Minimum –35,6° R (–44,5° C), temps dégagé, froid sensible, aurores boréales au-dessus du zénith... je ne sens plus que de violentes douleurs dans les pieds et une inexprimable faiblesse.

Otto Krisch.

Le 15 janvier, deux mois avant sa mort, le mécanicien n'écrit plus dans son journal que des nombres : températures et forces du vent, mais plus un mot sur son état de santé et sur ce qu'il ressent ; plus rien non plus sur les nuages et les aurores boréales. Ce sont ses dernières notes. Sauf une fois encore, en février où, pendant quelques heures, dans un moment de rémission de la maladie, Krisch avait essayé de rattraper les jours perdus entre-temps et collé un bout de papier dans son journal : le fragment d'un ordre donné par

Weyprecht en cas de *débarquement* ; ledit ordre stipule qu'Otto Krisch, après l'abandon du *Tegetthoff*, fera partie, avec Brosch, Zaninovich, Stiglich, Sussich, Pospischill, Lukinovich et Marola, de l'équipage du troisième canot de sauvetage. Mais à l'ordre collé ne succèdent que des pages vides ; le temps des pages blanches.

Pendant que le mécanicien se consume à lutter contre la mort et sombre de plus en plus dans l'inconscience et les hallucinations de la folie, il se passe quelque chose que personne ne croyait plus possible : le chasseur Klotz émerge de sa pétrification ; et ce, non pas lentement et progressivement, mais brusquement et avec le naturel de quelqu'un qui se réveille, écarte ses rêves, se lève et se rend à son travail comme chaque matin. Un jour, au début du mois de février, Alexander Klotz se lève de sa couche – l'arche de pénombre est déjà haute et claire au-dessus de l'horizon –, il s'habille sous le regard étonné de ses compagnons qui ne disent mot, prend son fusil, se met au garde-à-vous devant le commandant et se déclare prêt à prendre le quart sur le pont. Klotz, qui est resté si longtemps couché sans rien dire dans son alvéole, semblable à sa propre statue, veut reprendre son travail ; il a passé l'hiver à Sankt Leonhard ; il vient de rentrer du Passeiertal.

Alexander Klotz est comme avant. Pas gai, mais il est comme avant. Ces jours-là, on voit le maître baleinier rire pour la première fois ; on le voit s'enthousiasmer : « Regardez-le, le Klotz ! Regardez-le ! Il est là, dans la même position que saint Olaf ; on dirait saint Olaf ! » Le saint patron de la Norvège était, lui aussi, après un long temps de rumination et de silence, revenu parmi les hommes ; il avait rendu une sanglante justice parmi ses ennemis et mené son œuvre de conversion. Et lui, Carlsen, croyait savoir pourquoi Klotz se retrouvait à nouveau corps et âme parmi eux : ces derniers temps, l'âme du mécanicien Krisch avait de plus en plus souvent quitté sa dépouille mortelle, pour aller reconnaître le chemin de l'éternité ; mais au cours de ces explorations, elle avait dû rencontrer l'âme du Passeirois et l'avoir décidée à revenir. Et c'est ainsi que l'engourdissement du chasseur s'était dissipé.

Le 24 février, après cent vingt-cinq jours de ténèbres, le soleil à nouveau se lève à leur intention. Je ne raconterai pas la fête. Il est plus important de savoir qu'en ce mardi de temps clair, Weyprecht fait savoir à l'équipage son jugement sur l'avenir de l'expédition. Le commandant ordonne aux hommes de se rassembler sur le pont, et Orel leur lit un *document* signé des officiers :

Les participants de l'Expédition austro-hongroise du pôle Nord sont décidés à quitter le bateau fin mai et à rentrer en Europe. Étant donné cependant que cet instant doit être précédé d'une, deux, voire trois expéditions en traîneau pour découvrir la Terre François-Joseph, il apparaît nécessaire d'accompagner ce projet et les espoirs qui s'y rattachent de dispositions adéquates, de façon à ce que ces entreprises si aventureuses inquiètent aussi peu que possible tant ceux qui resteront que ceux qui partiront. Ces dispositions sont que : les hommes qui voyageront en traîneau pourront compter sur le dépôt d'objets de sauvetage qui compléteront ceux dont ils disposeront eux-mêmes ; ils pourront également compter sur le fait que l'installation dudit dépôt sera achevée dès le premier jour de leur première expédition. Les expéditions commenceront en mars, dureront six à sept semaines, débuteront entre le 10 et le 20 mars et se partageront, si possible, les directions : l'une le long de la côte vers le nord, l'autre vers l'ouest, et la dernière à l'intérieur ; chaque fois, l'ascension d'un sommet en constituera la conclusion.

La succession et la durée de ces expéditions ne peuvent être déterminées – y compris au moment du départ – et dépendent uniquement de la décision qui sera prise en lieu et place. Ceci étant mentionné de façon à éviter aussi bien les inquiétudes que les recherches infructueuses. A supposer que ceux qui partiront en traîneau, lors de leur retour définitif, ne retrouvent plus le bateau, ils essaieront de rentrer immédiatement en Europe et, dans le seul cas où les circonstances seraient extrêmement contraignantes, ils tenteraient un troisième hivernage, dont l'important matériel débarqué à terre leur donnerait, dans une certaine mesure, les moyens. Il est évident que ces expéditions ne devront pas se prolonger, pour permettre à l'équipage de se reposer avant le retour en Europe et qu'elles s'achèveront dès le début du mois de mai.

Le retour en Europe. Sur le point de battre en retraite, ils en parlent comme d'un voyage de Vienne à Budapest ; comme si le retour était scellé et qu'il ne dépendait pas d'un calvaire de plusieurs mois à travers le désert de glace. Entre eux et le monde habité, il y a des milliers de kilomètres carrés de pack et de glaces flottantes, mais ils parlent comme s'ils ne savaient pas que la plupart de leurs prédécesseurs ont péri au cours de semblables replis – morts de froid, de faim, d'épuisement et du scorbut. Mais il faut sûrement qu'ils en parlent ainsi. Et pour l'instant, ils s'appliquent à préparer avec soin une autre épreuve un peu moins menaçante : la reconnaissance et l'arpentage de leur terre, restée proche d'eux pendant toute la nuit polaire. Bien qu'ils souffrent du scorbut, il y a à présent plus de matelots disposés à accompagner le lieutenant dans sa première expédition en traîneau que Payer n'en a besoin ; ils viennent parler à la table des officiers, décrivent leur endurance et leur force et minimisent leurs maladies. Celui que la fièvre, hier encore, clouait au lit, veut aujourd'hui tirer un traîneau de plusieurs demi-quintaux à travers les hummocks ; et pas seulement pour l'honneur : quelle importance l'*honneur* peut-il encore avoir après deux nuits polaires ? Mais la monotonie de la vie à bord est chaque jour plus difficile à supporter. Et puis il y a des promesses de primes.

Dans les premiers jours de mars, Payer décide de partir avec les matelots Lukinovich, Catarinich et Lettis, le chauffeur Pospischill et les deux Passeirois, Haller et Klotz. Oui, Klotz participera aussi à l'expédition ; dans les montagnes et sur les glaciers, il ne peut pas y avoir d'escaladeur plus expérimenté que lui. Les sept hommes tireront donc un grand traîneau, avec les trois chiens les plus forts, Torossy, Sumbu et Gillis ; ils prendront la direction du nord, mesureront et baptiseront des glaciers, des caps et des sommets. Le 9 mars, ils sont prêts. Demain, ils partiront.

« Le mécanicien est à l'article de la mort, dit Haller, peut-on s'en aller quand un homme est à l'article de la mort ? »

Mais le commandant sur terre a déjà mis le drapeau sur le traîneau. Plus rien ne le retient.

Le 9 mars, Krisch reposait immobile et agonisant sur sa couche de malade solitaire. Lukinovich le veillait, et comme il croyait qu'il était sur le point de mourir, pour ouvrir les portes de l'éternité à l'homme qui, malgré son inconscience, était encore vivant, il se mit à clamer très fort, une heure durant, sur le mode fanatique de son pays méridional : « Gesù, Giuseppe, Maria vi dono il cuor e l'anima mia ! » Nous étions présents et, occupés dans nos cabines, nous n'osâmes pas interrompre une action dont l'intention certes était pieuse, mais dont l'effet était horrible... Le 10 mars au matin, nous quittâmes le bateau... Cet « enfin », après des mois et des mois d'attente, m'avait tellement excité que, la nuit précédente, je n'avais pu trouver le sommeil ; ceux qui partaient comme ceux qui restaient étaient énervés, comme s'il se fut agi de conquérir le Pérou ou l'Ophir, et non pas des terres froides et enneigées. Avec une joie indescriptible, nous nous mîmes au dur travail automatique qui consistait à tirer le traîneau. Julius Payer.

Mardi, 11 mars : Temps couvert et vent. Température – 19° R. Le voyage en traîneau est triste. Johann Haller.

Leur traîneau pèse sept demi-quintaux. Leur travail ne consiste pas à tirer, mais à traîner et à arracher la charge du sol : une préparation épuisante au supplice qui les attend lors de leur retraite vers l'Europe. Sans cesse, il leur faut décharger leur véhicule pièce par pièce – enlever le fourneau, la tente, les tonneaux de pétrole, les provisions, pour au moins passer avec le traîneau vide par-dessus les bosses de glace, les *hummocks*. Parfois ils se fraient un chemin au pic et à la pelle. La glace est dure comme de la pierre. Chaque fois que quelqu'un, après la pause de midi qu'ils passent blottis derrière des écueils de glace ou des rochers, s'installe dans la neige et commence tout simplement à s'allonger, Payer menace de le laisser seul. La peur est alors toujours plus grande que l'épuisement. Cette première expédition en traîneau ne doit durer que six jours, et il faut qu'ils parcourent tous les chemins que l'on peut parcourir en six jours, gravir toutes les montagnes que l'on peut gravir, bref faire tout ce qu'un découvreur et arpenteur peut faire dans ce laps de temps sans en mourir. Pour passer la nuit, ils creusent un trou dans la glace et installent leur tente par-dessus ; les tempêtes de neige recouvrent leur abri. Pressés les uns contre les autres, ils sont étendus dans le sac de couchage collectif en peau de buffle, jurent et se lamentent jusqu'à ce que Payer leur crie de se taire. Le matin, quand ils se lèvent, ils croient qu'ils vont se briser en morceaux ; la peau de buffle est dure comme une planche, et la tente est devenue, à la suite de la condensation et du gel de leur respiration, une caverne étincelante.

Au moment où nous démontions la tente, tout objet qui tombait dans la neige était immédiatement enfoui sous les rafales. Dans les expéditions arctiques, il n'existe pas d'épreuve de persévérance plus difficile que de surmonter ces rafales de neige et de poursuivre la marche quand, dans le même temps, il fait très froid. Quelques-uns de mes compagnons, qui n'étaient pas encore habitués à l'effroyable rudesse de ce climat, eurent immédiatement les doigts gelés, parce qu'ils avaient seulement achevé, d'une manière inconsidérée, de boutonner leur pare-vent et leur protège-nez et de fermer leurs manteaux, après avoir quitté la tente. Nos bottes en toile de voile devinrent dures comme de la pierre ; tout le monde tapait des pieds pour se protéger de la gelure... chaussés de neige et ramassés sur eux-mêmes, les hommes et les chiens avançaient, les chiens, la tête baissée, la queue rentrée, raides de neige, on ne voyait plus que les yeux... Cette marche contre le vent, qui affecte le plus durement ceux qui sont devant, eut pour conséquence que presque tout le monde eut le nez gelé... Un petit groupe d'hommes, exposés à une si basse température, offre un étrange spectacle. Quand ils marchent, leur haleine s'échappe de leur bouche comme de la fumée ; une enveloppe brumeuse de fines aiguilles de glace les entoure et les recouvre jusqu'à les rendre presque invisibles ; même la neige, sur laquelle ils marchent, évapore la chaleur qu'elle reçoit de la mer par en dessous. Les innombrables cristaux de glace qui emplissent l'air et transforment la clarté du jour en pénombre gris-jaune produisent un bruissement et un chuchotement incessants ; tombant ou flottant sous forme de neige poudreuse ou de vapeur gelée, ils sont égale-

ment la cause de cette sensation d'humidité pénétrante qui est d'autant plus sensible qu'il fait très froid et que cette dernière reçoit en permanence de nouveaux renforts des vapeurs qui s'échappent des ouvertures de la mer...

Les paupières se couvrent de glace même par vent calme, et afin qu'elles ne se ferment pas, nous sommes souvent obligés de les en débarrasser. Seule la barbe est moins recouverte de glace que d'habitude, parce que le souffle de l'haleine retombe immédiatement sous forme de neige... Mais la sensation de froid, après que l'on se fut arrêté quelque temps sans bouger, s'exprimait de la manière la plus sensible par le refroidissement de la plante des pieds, vraisemblablement à cause des innombrables terminaisons nerveuses. Fatigue, apathie et somnolence en sont la conséquence et expliquent le rapport habituel entre le repos et la gelure. En fait, la première condition pour une expédition qui doit réaliser une grande performance par une très basse température est de s'arrêter aussi peu que possible ; c'est le refroidissement intensif de la plante des pieds au cours des pauses de midi, qui explique pour l'essentiel pourquoi les marches de l'après-midi épuisent si grandement la force morale. Le froid intense modifie les éliminations physiques, de même qu'il épaissit le sang, cependant que l'élimination accrue d'acide carbonique augmente le besoin de nourriture. La sécrétion de sueur cesse complètement ; en revanche, celle de la muqueuse nasale et de la conjonctive de l'œil augmente en permanence ; l'urine prend quasiment une teinte rouge carmin ; l'envie d'uriner s'accroît ; au début, la constipation s'installe, qui dure cinq et même huit jours puis se transforme en diarrhée. Il est également intéressant de constater que, dans ces conditions, les poils de barbe blanchissent. *Julius Payer.*

Les hommes du traîneau trouvent que, ces jours-ci, le lieutenant est étrange. Il souffre des épreuves, des moins cinquante degrés, des gelures et du dégel douloureux des membres gourds comme tous les autres – mais il n'a de cesse de continuer à mesurer et baptiser cette terre avec enthousiasme : ici un *cap Tegetthoff*, là-bas un *fjord Nordenskjöld* et un *fjord Tyrol*, là une *île Hall* et une autre *île McClintock*, et au loin des *monts Wüllerstorff* et le *glacier de Sonklar*... Payer force ses compagnons chasseurs à franchir derrière lui des murailles rocheuses ; quand les autres se reposent, il dessine et écrit, les doigts tout bleus de froid ; quand l'équipage est couché, complètement apathique, sous la tente, il examine sa peau crevassée, les destructions sur son propre corps comme des dégâts causés par le gel sur une machine – comme un cobaye qui ne sent rien, qui ne ressent rien d'autre que de l'enthousiasme. Le commandant sur terre entraîne ses compagnons avec colère et fanatisme, les entraîne toujours plus en avant – et pourtant, durant ces journées, ils ne dépassent pas les îles et les côtes les plus méridionales de l'archipel. La terre leur résiste dans un grand mugissement ; face à ces tempêtes, la rage et l'enthousiasme sont impuissants.

Des tours basaltiques, des éboulis de glace, des montagnes mortes et éblouissantes, des gorges, des arêtes, des versants, des écueils, et pas une mousse, pas un buisson. Rien que de la pierre et de la glace. Et ce mugissement. Ces tempêtes. Seigneur Jésus ! Si ce lieu est un paradis, que doit être l'enfer ?

La Terre François-Joseph montrait toute l'austérité de la nature de l'extrême Arctique ; en particulier, au début du printemps, elle parut dépourvue de toute vie. Partout d'énormes glaciers se dressaient au-dessus des hauteurs solitaires des montagnes, dont les masses s'élevaient audacieusement en cônes escarpés. Tout cela était enveloppé dans une blancheur éblouissante ; les rangées de colonnes des montagnes en étages symétriques s'élevaient comme enrobées de sucre glace...

Sans rivaliser, presque tous aussi hauts les uns que les autres, les sommets des différents massifs émergent, atteignant au centre 2000 à 3000 pieds, au sud-ouest environ 5000 pieds. La composition dominante de la roche est de l'espèce cristalline que l'on nomme en Suède hypersténite, mais qui est complètement identique à la dolérite du Groenland. Cette dolérite de la Terre François-Joseph a un grain moyen, vert foncé, et se compose de plagioclase, d'augite, d'olivine, de fer au titane et de chlorite de fer. Le plagioclase constitue la masse essentielle bien qu'il ne dépasse que de peu l'augite en quantité. Les cristaux de plagioclase font fréquemment un millimètre, parfois jusqu'à trois millimètres de long. Ils se composent tantôt de lamelles plus minces, tantôt de lamelles plus épaisses ; les rares inclu-

sions n'ont rien de remarquable. L'augite est gris-vert, elle est formée non pas de cristaux mais de grains, qui font souvent un millimètre de long et une même largeur. Les inclusions composées d'autres minéraux sont fréquentes, de même que les petits pores de vapeur allongés. L'olivine est formée de grains qui sont plus petits que ceux de l'augite et ne contiennent que rarement des cristaux. Ces grains sont souvent entourés d'une écorce qui se compose d'un épais minéral brun-jaune (du chlorite de fer) ; ils sont souvent traversés de fentes arrondies, également remplies de ce matériau brun. L'olivine contient peu d'inclusions. Le minerai de fer au titane apparaît sous la forme de longues lamelles, à moins qu'il ne remplisse les intervalles des autres minéraux.

Tous les échantillons de dolérite présentent une ressemblance avec la plupart des dolérites du Spitzberg... ce qui tendrait à prouver la correspondance géologique entre ces nouvelles terres et le Spitzberg... Là-haut, la nature ne peut donc pas se parer des couleurs de la végétation ; elle ne peut qu'en imposer par sa fixité et, en été, par sa lumière ininterrompue ; et de même qu'il existe des pays accablés, au point que toute entreprise de civilisation y est impossible à cause de l'exubérance dont la nature les a dotés, nous eûmes devant nous l'autre extrême : l'abandon total, l'inhabitable indigence. *Julius Payer.*

Le quatrième jour de leur expédition en traîneau, un vendredi, le 13 mars 1874, la température descend à moins 45 degrés Celsius ; le jour suivant, à moins 51 degrés. Le rhum, que Payer fait distribuer pour les réconforter, est aussi visqueux que de l'huile de poisson et si froid qu'ils ont l'impression en buvant que leurs dents vont éclater. Le chauffeur Pospischill ne peut plus tirer : il a les deux mains gelées et crache du sang. Lettis et Haller ont demandé à Klotz de leur couper les bottes en toile de voile qui enfermaient leurs pieds enflés ; à présent, ils boitent, les extrémités entourées de bandes en peau de renne. Lukinovich, en tirant, fait dans sa culotte, et Catarinich est atteint d'ophtalmie ; ses orbites ne sont plus que des plaies larmoyantes ; l'effort lui fait sortir le sang des pores qui, en gelant, forme sur la peau des croûtes noires. Payer a le visage déformé par un exanthème purulent. Maintenant, ça suffit. Il faut faire demi-tour. Pospischill est celui qui souffre le plus ; il gémit de douleur et a peur que le docteur ne l'ampute de ses deux mains gelées. Le matin du 15 mars, Payer remet une boussole au chauffeur et lui donne l'ordre de les précéder jusqu'au bateau. Peut-être que Kepes peut encore sauver les mains du chauffeur.

Au soir, lorsque Pospischill atteint le *Tegetthoff*, il n'est plus capable de parler ; de sa bouche ne sortent qu'un balbutiement et du sang. Weyprecht l'interroge, le secoue, l'interroge. Le chauffeur ne fait que bégayer. Weyprecht le prend par les épaules, le saisit à bras-le-corps, comme s'il voulait planter un panneau indicateur, tourne l'homme à demi conscient dans la direction de laquelle il est venu et ne cesse de lui crier : *Où ?* A un moment, le bras se tend vers le nord-ouest, dans la brume gelée. Weyprecht n'emporte même pas de fusil. Il part en courant, sans fourrure. Les officiers Brosch et Orel se précipitent derrière lui avec huit matelots. Orel porte une fourrure pour le commandant ; mais ils n'arrivent pas à le rattraper. Ils le voient au loin qui parfois s'arrête et appelle Payer ; mais ils n'arrivent pas à le rattraper. Presque trois heures sont nécessaires, avant que Weyprecht obtienne une réponse : *Carl ! Ici !* C'est la première fois dans ces années de glace que quelqu'un appelle le commandant par son prénom. Cela ne se reproduira plus.

Une procession sombre et trébuchante rentre au bateau. Il faut soutenir Catarinich et tirer Lettis sur le traîneau. Mais ce n'est pas sur le *Tegetthoff* qu'ils vont trouver le réconfort. Lorsqu'ils empruntent l'étroit escalier de glace – un amusement des jours passés – pour monter à bord, ils entendent les cris de douleur de Pospischill, ponctués par ceux du docteur qui ne cesse de dire : « Tu m'entends ! Tu les conserveras, tes mains ! Tu les conserveras ! Tu m'entends ! » Mais soudain, la douleur du chauffeur ne va plus avoir d'importance ; ils n'entendent plus que le mécanicien. Que quelqu'un qui meurt puisse crier comme ça ! Toute la nuit, puis encore le lendemain, Otto Krisch gémit, crie et se vide de toute la substance de ses vingt-neuf ans.

Quel silence, quand cesse subitement, en fin d'après-midi, le râle de l'agonie.

Lundi, 16 mars 1874 : Temps clair et vent. Température – 29° R (– 36,2° C). Fait les préparatifs de la deuxième expédition en traîneau. A 4 heures et demie de l'après-midi, notre mécanicien Otto Krisch est mort ! Que Dieu lui accorde le repos éternel ! Johann Haller.

Au cours des huit cent quarante-sept jours qui s'écouleront entre le départ de l'Expédition austro-hongroise du pôle Nord et le retour à Vienne, le chasseur Johann Haller n'emploiera que deux fois dans son journal le point d'exclamation : deux points d'exclamation le jour de la mort du mécanicien. Ponctuation du deuil ou de l'horreur – je ne me permets pas de porter un jugement ; je ne conserve et ne livre ces signes, à la fois filigrane et manifestation naturelle, que comme les fossiles d'un sentiment qui ne se répétera pas.

L'espace dans le bateau est trop réduit pour pouvoir y conserver un cadavre au-delà du temps réglementaire d'exposition ; Krisch doit être mis sur le pont. Mais il ne faut pas qu'il reste nu, sans protection. Dans l'heure même de la mort du mécanicien, le charpentier Antonio Vecerina, tout voûté par le scorbut, les rhumatismes et la fièvre, se met à fabriquer un cercueil en bois de pin ; il scie, donne des coups de marteau et souffre à l'ouvrage. Les autres veillent le mort. L'équipage, les officiers et même les grabataires, tout le monde entoure la couche du mécanicien ; on se bouscule autour du visage défiguré ; et Weyprecht, conformément à la dignité de l'instant, prononce la prière des morts en latin :

Libera me Domine, de morte aeterna in die illa tremenda, quando caeli movendi sunt et terra, dum veneris judicare saeculum per ignem – Sauve-moi, Seigneur, de la mort éternelle, en ce jour d'effroi où le ciel et la terre trembleront puisque Tu viendras juger l'humanité par le feu... – Requiem aeternam dona ei, Domine, et lux perpetua luceat ei – Seigneur, donne-lui la paix éternelle et que la lumière éternelle brille pour lui.

Ils prient ainsi pendant plus d'une heure, invoquant également le Tout-Puissant en italien, en allemand et en croate. Puis Klotz et Haller lavent le cadavre du mécanicien et l'habillent. Krisch doit être convenablement et très soigneusement inhumé sur la côte de la nouvelle terre, et non pas abandonné comme n'importe quel marin à la mer polaire. Le matelot Antonio Lukinovich fait don d'une chemise mortuaire : une chemise de lin amidonnée et joliment brodée, qu'il voulait porter le jour du retour à Brazza, sa ville natale, et dans l'ourlet de laquelle il coud à présent une relique, une incisive qui, lui avait affirmé un marchand d'articles religieux triestois, provenait de la bouche de saint Stéphane, mort lapidé, et possédait le pouvoir d'aider une pauvre âme à gagner le paradis. Le pilote Lusina offre un rosaire d'albâtre, que Lorenzo Marola, qui s'y entend si bien en décoration, dispose autour des mains bleues du mécanicien. C'est également Marola qui a toujours décoré l'arbre de Noël et les tables du jour de l'an et de Pâques. Ils préparent des obsèques, un moment solennel ; ils ne se débarrassent pas du mort. Alexander Klotz veille tard dans la nuit et peint maladroitement une inscription sur un panneau de bois qu'il veut clouer sur la croix de la tombe de Krisch :

L'homme en sa magnificence
ne peut rester ;
il doit partir comme du bétail...

Haller n'interrompt que tardivement le lent travail de son compagnon : « Klotz, tu vas pas lui mettre ça sur sa tombe ?

– Pourquoi pas ? C'est dans les Saintes Écritures.

– Y lire ça, oui, mais l'écrire, non. »

Pendant deux jours, le cercueil contenant le cadavre du mécanicien et ses ornements va rester sur le pont, posé sur un catafalque. Malgré une bâche de protection tendue au-dessus de la dunette, des figures en cristaux de glace, bizarres et fragiles figures qui se modifient, éclatent et reviennent d'une façon imprévisible, se forment sur l'appareil mortuaire. Durant l'exposition du corps, le maître baleinier Carlsen se tient constamment devant le catafalque, s'enfonce dans la contemplation des formes cristallines et tente de lire dans le jeu de leur métamorphose les pièges et les obstacles tendus à l'âme du mécanicien sur son chemin hors du temps. Des fleurs de glace cristallisée, dit Carlsen, sont le témoignage du purgatoire, d'un retard apporté à la béatitude ; seule la glace transparente et scintillante est le signe et le manteau de la délivrance. Le 19 mars, ils brisent la couverture de glace qui recouvre le cercueil et descendent Otto Krisch du bateau.

Un triste cortège quitta le navire, le cercueil au milieu, qui, recouvert de drapeaux et d'une croix, reposait sur un traîneau que l'on dut tirer après avoir atteint les reliefs immédiats de la côte de l'île Wilczek. En silence et luttant contre de violentes rafales de neige, nous traversâmes des champs de neige désolés et gagnâmes, après une heure et demie de marche, les hauteurs de l'île Wilczek. Là, parmi les colonnes de basalte, une crevasse accueillit la dépouille terrestre surmontée d'une simple croix – triste endroit de paix éternelle, parmi tous les symboles de la mort et de la solitude, loin de tous les hommes –, inaccessible à la piété terrestre et pourtant plus honorable que dans un sarcophage, au milieu d'une solitude que rien ne pourrait venir profaner. Nous nous agenouillâmes autour de la tombe, y mîmes avec peine des pierres arrachées au sol ; le vent la recouvrit de neige. Nous prononçâmes tout haut la prière du défunt... Ensuite, nous nous posâmes la question de savoir s'il nous serait accordé de rentrer au pays ou si la mer polaire allait aussi constituer pour nous l'insondable lieu de la fin.

Julius Payer.

Si la fin est si présente, raison de plus pour ne pas perdre une seule journée qui serait consacrée au deuil, au découragement ou à des projets d'avenir oppressants. Chaque heure maintenant doit servir à la préparation de la deuxième expédition en traîneau, à la grande expédition vers l'extrême nord de cette terre. Payer le veut ainsi. Et Weyprecht est d'accord avec lui. Même s'ils doivent tous disparaître et qu'aucune patrie ni académie ne doivent jamais apprendre quelle a été leur découverte, il faut au moins qu'ils s'assurent pour eux-mêmes de l'étendue, de la signification cosmographique de la *Terre François-Joseph*. Payer le veut ainsi. Et Weyprecht est d'accord avec lui.

Cette fois-ci, ils arriment seize demi-quintaux d'équipement et de provisions sur le traîneau ; l'expédition doit durer un mois. Les chasseurs tyroliens et Lukinovich partent pour la deuxième fois ; Sussich, Zaninovich et l'aspirant Orel sont nouveaux. Payer a promis mille couronnes-argent à ceux de ces compagnons qui atteindront le 81e degré de latitude nord, et deux mille cinq cents couronnes à ceux qui atteindront le 82e. Au regard des années de privations, le commandant sur terre semble ne plus se contenter des nombreuses îles de leur archipel ; Payer veut encore battre un record de latitude. Dans la salle d'équipage, le bruit court que le lieutenant ne veut pas simplement franchir le 82e parallèle, mais qu'il veut vraiment conquérir le pôle Nord.

Le départ eut lieu le 26 mars au matin par 17° R sous zéro, avec des rafales de neige du nord-ouest... à un millier de pas du bateau, les rafales de neige augmentèrent tellement que nous étions incapables de reconnaître nos plus proches voisins et que nous tournâmes en rond. Comme il était impossible de poursuivre avec succès l'expédition avant que la tempête ne s'arrête, le retour au navire eût été, sans aucun doute, le plus sûr moyen de nous en sortir. Pourtant nous préférâmes monter la tente derrière un monticule de glace, à l'abri des regards du bateau, et y passer vingt-quatre heures... Le 27 mars, nous poursuivîmes l'expédition sous de faibles rafales de neige et partîmes si tôt que nous pûmes espérer cacher la défaite de la veille aux occupants du navire. Cependant lorsque nous eûmes atteint la pointe sud-est de l'île Wilczek et que le bateau eut disparu de notre vue, les rafales de neige, accompagnées d'une chute de température, redoublèrent une nouvelle fois de manière telle que Sussich eut les deux mains gelées et que nous fûmes obligés pendant une heure de les lui frotter avec de la neige. Après être repartis, nous courûmes tous le danger d'avoir le visage gelé vu que nous marchions face à un vent violent. Cependant le traîneau lourdement chargé nécessitait de tels efforts que nous fûmes pour la première fois trempés de sueur. Julius Payer.

Les arpenteurs sont à nouveau au supplice et revivent les misères de la première expédition ; ils traînent leur charge le long de la côte d'îles toujours nouvelles, traversent des détroits gelés, gravissent des montagnes, dessinent des cartes et, quoi qu'il arrive, les choses se déroulent dans un monde sans vie, glacé et balayé par la neige, tout juste traversé par des ours errants. Seconde d'arc après seconde d'arc, les arpenteurs avancent avec peine pour gagner l'extrême nord.

Ils mesurent, baptisent et souffrent. Seul Payer semble supporter cette nouvelle torture avec enthousiasme.

Il ne peut rien y avoir de plus palpitant que de découvrir de nouvelles terres. Le visible provoque inlassablement les capacités de combiner la configuration, et l'imagination s'active sans cesse à combler les lacunes de l'invisible. Mais bien que souvent le pas suivant détruise les erreurs, l'esprit est cependant immédiatement prêt à les renouveler... ce charme ne diminue que lorsqu'il faut traverser pendant des jours des déserts de neige, dont les bords sont situés à une telle distance qu'ils ne se transforment pas suffisamment vite et ne laissent pas le champ libre à l'imagination du nouvel arrivant. *Julius Payer.*

Mais qu'importe les objets avec lesquels joue le commandant et ce qu'il ressent – les sujets, eux, vivent les choses autrement ; seul Payer jouit finalement, à tout moment, de la liberté de lâcher les rênes, de désigner comme lieu de prochain rendez-vous un cap dans le lointain brumeux, puis de marcher ensuite sur cette terre, seul et sans fardeau ; qui sait comme cette terre serait belle et captivante pour un valet libéré de la corvée de traînage et qui, de surcroît, serait protégé par un vêtement chaud et léger en plume, un duvet, comme en porte le lieutenant sous sa fourrure. En revanche si, dans les années futures, on devait encore évoquer un jour cette expédition, cette épreuve, on ne dirait sûrement pas *Zaninovich, le découvreur,* ou *Giacomo Sussich, le célèbre voyageur en traîneau* – on sait toujours tout cela lorsque l'on est un porteur qui doit obéir – mais on ne parlerait toujours que de *Payer, Payer et Weyprecht.* Quel valet a d'ailleurs jamais voulu sauver son nom en le faisant glisser au milieu d'un livre d'histoire, ou même laisser des traces sur la carte du monde ? Il ne viendrait sûrement jamais à l'idée de Giacomo Sussich, par exemple, de baptiser un plateau de la nouvelle terre *monte Volosca,* pour la seule raison que sa mère, une femme généreuse et républicaine, l'a mis au monde à Volosca ; et Zaninovich, baptiserait-il un cap anonyme du nom de *Lesina* uniquement parce que sa bien-aimée l'attend à Lesina ? Le lieutenant, lui, peut évidemment nommer et baptiser à sa guise, comme un seigneur, comme un parfait découvreur. Parce que le commandant sur terre a en son temps reçu, à l'Académie militaire de Vienne-Neustadt, la formation d'un capitaine d'infanterie, toute une île qui, en forme de moule marine géante, se trouve dans le *sund Austria*, va s'appeler désormais l'*île Wiener-Neustadt*. Payer répand les noms comme des paroles magiques sur l'archipel, recherche dans ses souvenirs et trouve toujours de nouveaux noms d'amis et de villes, qu'il veut immortaliser dans la glace ; sans oublier de rendre également hommage à la maison du souverain, à l'art et à la science ; il appelle *cap Grillparzer* un rocher désertique en forme de tour et *cap Kremsmünster* un rocher similaire. La litanie des jolis noms s'allonge de jour en jour – *île Klagenfurt, Terre du prince Rodolphe, île de l'archiduc Rainer, cap Fiume, cap Trieste, cap Buda Pest, cap Tyrol*, etc. – cependant que les compagnons de Payer s'affaiblissent de jour en jour. Les sujets ne peuvent pas le suivre, l'administrateur de baptêmes, car ils n'ont pas la force avec laquelle il remplit sa mission

Au bout de la première semaine de traînage, Antonio Lukinovich se croit sur le chemin irrévocable de la mort et prie tout haut et sans cesse jusqu'à ce que Payer le remette à sa place : s'il faut que le matelot, en tirant le traîneau, prie partout, qu'il le fasse en silence et pour soi, afin d'épargner ses forces.

Le 3 avril, le vendredi saint, Lukinovich se rebelle. Ce jour-là, dit-il, le ciel s'est assombri au-dessus de Jérusalem et le Sauveur a rendu l'âme sur la croix ; ce jour-là, il faut cesser tout travail et se consacrer tout entier au martyre du Sauveur ; ni traînage ni marche forcée.

En avant, dit Payer, il n'y a pas une seule journée à perdre.

C'est un péché, dit Lukinovich, une profanation ; la prime de marche pour ce jour-là est un salaire de Judas.

La ferme ! dit Payer.

Samedi saint, 4 avril

De fortes rafales de neige, et pour finir une tempête de neige obligent les arpenteurs à passer la matinée sous la tente. C'est un signe, dit Lukinovich, on ne peut pas à présent ne pas respecter le jour de repos. Ils attendent et se blottissent les uns contre les autres ; à un moment, le chien Sumbu bondit et suit une proie invisible, s'élance dans la blancheur hurlante et y disparaît pour toujours. C'est un signe, dit Lukinovich. Que Dieu soit avec nous !

Dimanche de Pâques, 5 avril
Les mugissements faiblissent. Les hommes peuvent enfin continuer. Personne n'ose réclamer auprès du commandant le repos sacré. Pour eux, il n'y a plus de fêtes. Leur salut repose uniquement dans la marche vers le nord. Eduard Orel ne doit pas, conformément aux ordres de Payer, laisser passer une occasion d'estimer leur nouvelle position ; et enfin les calculs de l'aspirant livrent le résultat depuis longtemps attendu : ils ont franchi le 81ᵉ degré de latitude nord. Payer fait pavoiser le traîneau. Ce dimanche, ils abattent deux ours ; impossible de charger ce gibier en plus sur le traîneau. Ils aménagent un dépôt de viande, qui doit leur être utile sur le chemin du retour vers le bateau.

La viande d'ours constituait à présent l'essentiel de notre nourriture ; nous la consommions à notre guise crue ou cuite. Mal cuite, en particulier quand elle provenait de vieux ours, elle était encore plus mauvaise que crue : un véritable régal pour les mouettes, à peine approprié à la diète des diables les jours de carême aux enfers. D'une façon générale, les terres polaires sont incapables de satisfaire le palais ; à quelques exceptions près, les produits en sont grossiers et sentent l'huile de poisson. Le succès, qu'ils remportent malgré cela, résulte du besoin. Car en réalité les rivages désertiques des terres polaires sont la vraie patrie de la faim. *Julius Payer.*

Lundi de Pâques, 6 avril
Le jour est si sombre et si brumeux que les arpenteurs commencent à se quereller à propos d'un dôme blanc argenté qui pointe au loin devant eux : l'un interprète l'apparition lumineuse comme un banc de nuages éclairé par le soleil, un autre comme une langue de terre ; c'est de la vapeur gelée, non, le rouleau d'une tempête de neige, à moins que ce ne soit le plus monstrueux iceberg de toutes les années passées

ici. Ils marchent dans cette direction. Et puis ce n'est qu'une île. A nouveau une île.

Ensuite nous franchîmes des crêtes couvertes de glace ; remplis d'espérance et de curiosité, nous parvînmes au sommet ; un désert indescriptible s'étendait au nord, plus désolant à voir que tous ceux auxquels j'étais parvenu dans la région arctique.

Julius Payer.

Mercredi, 8 avril

C'est avec beaucoup de peine que nous fîmes avancer le traîneau ; ici et là, nous dûmes creuser une rue et nous courûmes souvent le danger de le briser. Nous marchions constamment en zigzag et faisions fausse route, ce qui était imputable, à parts égales, aux conditions confuses qu'offrait la glace et à la très faible fiabilité de la boussole sous ces hautes latitudes.

Julius Payer.

Vendredi, 10 avril

Épuisés, les arpenteurs campent au pied d'un créneau rocheux sur une île que Payer nomme l'*île Hohenlohe*. L'archipel n'en finit toujours pas. Au nord, de l'autre côté d'un sund qu'ils aperçoivent de leur refuge, émerge un énorme éboulement glaciaire. Ce doit être une île immense pour porter de tels glaciers. Il faut que nous y allions, dit Payer. Peut-être qu'ils pourraient toujours continuer ainsi, continuer pour l'éternité, et qu'ils verraient toujours une côte, une île, une montagne, seulement... Sussich et Lukinovich n'en peuvent plus. Mais rien ni personne ne pourrait à présent contraindre le lieutenant à faire demi-tour ; le lieutenant veut mesurer cette terre jusqu'au bout, il veut tout voir, il faut qu'il voie *tout*, et il franchira le 82e degré de latitude nord, et peut-être aussi le 83e, et le suivant : dans cette entreprise, il n'a pas besoin de boiteux, de fiévreux, d'hommes sans courage.

Le lieutenant décida de poursuivre la route vers le nord avec seulement une petite partie de l'équipage. L'autre partie, quelque peu affaiblie déjà par les épreuves endurées jusqu'ici, doit rester au cap Schrötter sur l'île Hohenlohe, et le lieutenant m'a désigné pour commander ce détachement. On a coupé le traîneau et la tente en deux et partagé les provisions. J'emballai les affaires, et le lieutenant partit. Je dois attendre ici jusqu'à son retour, ce qui durera vraisemblablement sept jours. Une séparation horrible... Johann Haller.

Sept jours d'attente !

Johann Haller a commencé par ne pas noter un second ordre de Payer plus inquiétant, la décision extrême : au cas où le lieutenant, Klotz, Orel et Zaninovich ne seraient pas revenus du nord dans les quinze jours, les hommes de l'île Hohenlohe ne devraient pas partir à la recherche des disparus, mais retourner seuls, sans plus attendre à l'*Admiral Tegetthoff*, puis partir. Peut-être que Haller passe cette décision sous silence parce qu'il sait aussi bien que Payer et les autres que, sans Orel, l'officier de navigation, aucun d'entre eux ne pourra jamais sortir de ce labyrinthe de glace et retrouver le chemin du navire.

Il est naturel, notera Payer quelques jours plus tard, *que les marins sachent en particulier se servir parfaitement de ces instruments utilisés en mer. Mais la boussole, que j'avais mise à leur disposition, était très petite, et ils se trompèrent sur la déclinaison... Lorsque je leur demandai quelle direction ils devaient prendre pour rejoindre le bateau, ils indiquèrent, à ma grande épouvante, la direction du sund Rawlinson au lieu du sund Austria.*

La route est bonne ce jour-là. Après quatre heures de repos et la séparation d'avec les deux malheureux matelots et leur protecteur Haller, l'île Hohenlohe disparaît rapidement derrière eux. Semblablement à l'habitude, et comme mus par la peur de la rigidité trompeuse de la couche de glace sur la mer, les chiens tirent de toutes leurs forces en direction de la côte la plus proche, en direction de l'éboulement glaciaire au nord ; le sang de leurs pattes écorchées laisse sur la glace une trace rouge que viennent couper les patins du traîneau. Le moucheté rouge, les sombres lignes parallèles des ornières..., la route des voyageurs du pôle Nord ressemble, en ce jour d'avril, à un tapis qui se déroule à l'infini. La route est bonne.

Cependant, en nous approchant des contreforts sud de la Terre du prince Rodolph, nous nous retrouvâmes au milieu d'innombrables icebergs de cent à deux cents pieds de haut, dont le ventre ne cessait de crépiter et de craquer sous les rayons du soleil. L'énorme muraille du glacier de Middendorff s'étendait vers le nord à perte de vue. D'épaisses couches de neige et des crevasses ouvertes sur la mer, conséquence d'effondrements et de renversements, remplissaient les intervalles. Il nous arriva de plus en plus fréquemment de nous y enfoncer, l'eau de mer traversant nos bottes en toile de voile et nos vêtements. Mais la vue de ces passages entre les gigantesques colosses de fragments de glacier était toutefois si fascinante que nous accordâmes notre attention presque exclusivement à leurs hautes silhouettes scintillantes, errant longuement et patiemment entre les pyramides, les plateaux et les écueils. Ce n'est qu'après que j'eus dépêché Klotz en avant pour escalader l'un des icebergs et qu'il eut, par la marque de ses pas, indiqué la direction d'un endroit permettant de grimper sur le glacier de Middendorff, que nous parvînmes à une zone plus libre ; et, nous attelant tous au traîneau, nous vainquîmes, en franchissant des crevasses périphériques recouvertes de neige, le sommet du glacier de Middendorff. Dans sa partie inférieure s'ouvraient de larges fentes... Cependant en continuant, le glacier offrait un aspect uni, sans crevasses, et malgré une pente de plusieurs degrés, semblait pouvoir être franchi dans la direction nord sans efforts démesurés, dès que nous unissions nos forces pour tirer le traîneau. *Julius Payer.*

À présent, c'est Klotz qui ne peut plus continuer. Depuis longtemps, le Passeirois ne porte plus de bottes, mais a les pieds enveloppés dans des bandes de peau – et le voilà qui enlève ces lambeaux et montre au lieutenant ses pieds sanguinolents et purulents ; à la place des ongles, ce n'est plus que chair apparente et pourrissante. Avec des pieds pareils, dit Klotz, porter son propre poids est déjà extrêmement douloureux, toute autre charge ainsi que le traîneau sont maintenant insupportables.

Payer est furieux. Pourquoi n'a-t-il pas avoué cette blessure avant le départ de l'île Hohenlohe, crie-t-il au Passeirois, il aurait été encore temps de faire un échange avec Haller. Il n'a pas voulu contrarier le lieutenant, dit Klotz, et il s'est mis d'accord sur tout avec Haller – Haller avait moins peur de rester sur l'île que lui qui, avec ses pieds malades et deux matelots italiens invalides, n'aurait eu guère d'espoir en ce lieu.

Tu vas retourner les rejoindre, dit Payer.
Retourner ? demande Klotz. Retourner ? Tout seul ?
Payer...! tente d'objecter Orel.
Je ne veux rien entendre, dit Payer.
Mais Klotz, de toute façon, ne dit plus rien.

Muni d'un sac et d'un revolver, il s'éloigna ; bientôt il avait disparu de notre vue, en aval, dans le labyrinthe des icebergs.

Nous, de notre côté, nous avions repris le traîneau, attelé les chiens et même passé les harnais autour de nos corps ; mais presque à l'instant où nous nous remettions en route, la couche de neige s'ouvrit sous le traîneau ; Zaninovich, les chiens et le traîneau disparurent sans bruit ; d'une profondeur inconnue monta la plainte de l'homme et des bêtes – telles furent pour moi les sensations perceptibles du court moment où je fus, marchant le premier, tiré en arrière par la corde. Chancelant à reculons et apercevant derrière moi le sombre abîme, je ne doutai pas un seul instant que j'allais y être également précipité ; mais, par un extraordinaire hasard, le traîneau s'arrêta à quelque trente pieds de profondeur parmi les ressauts de la crevasse du glacier... Le traîneau étant coincé, j'étais étendu sur le ventre, immobile, pressé au bord de la crevasse par la corde tendue qui tranchait la neige... et Zaninovich, quand je lui criai que je voulais couper mon harnais, me conjura de ne pas le faire, car le traîneau, en tombant dans le gouffre, n'eût pas manqué de le tuer. Je restai étendu un moment et réfléchis, au milieu des éblouissements, à ce qu'il fallait que je fasse. Le souvenir du jour où, avec mon guide Pinggera, dans le massif de l'Ortler en Lombardie, j'étais tombé d'un mur de glace de huit cents pieds de haut et m'en étais sorti avec bonheur, me donna l'assurance d'oser la tentative de sauvetage désespérée dans ces conditions... si bien qu'en effet je coupai mon harnais sur ma poitrine. Là-dessus, le traîneau, dans l'abîme, rebondit brièvement et s'arrêta une seconde fois. Quant à moi, je me relevai, retirai mes bottes en toile de voile et sautai en arrière par-dessus la crevasse de quelque dix pieds de large. Ce faisant, j'avais aperçu Zaninovich et les chiens et lui criai que j'avais l'intention de retourner à l'île Hohenlohe pour y aller chercher des hommes et des cordes afin de le sauver ; cela devait réussir s'il était en état, quatre heures durant, de se préserver de la gelure. J'entendis encore sa réponse : « Fate, Signore, fate pure ! » Faites, monsieur, faites ! *Julius Payer.*

Payer part en courant. Orel a du mal à le suivre, reste de plus en plus en arrière et finit par le perdre de vue. Le regard fixé sur les traces du traîneau de la matinée à demi effacées par le vent, Payer court. Orel est depuis longtemps invisible. Zaninovich gît dans l'abîme. Et Klotz est quelque part.

Chacun est tout seul à présent.

L'avant-garde de l'Expédition austro-hongroise du pôle Nord est un groupe d'hommes pris de panique et éclaté dans la glace, un groupe que parcourent les effrois de cette terre, comme la tempête qui passe à travers un toit crevé et achève de l'arracher. Et le plus bouleversé c'est le *commandant sur terre* lui-même.

Indépendamment de ma sympathie personnelle pour Zaninovich, je me reprochai, au regard de mes nombreuses expériences en haute montagne, d'avoir traversé inconsidérément des glaciers, et je ne pus me rasséréner... Rouge de chaleur et baignant dans la sueur, je retirai mes vêtements de plume, les jetai, ainsi que mes bottes, mes gants et mon cache-col, et continuai à courir en bas sur la neige épaisse. *Julius Payer.*

Zaninovich dans la crevasse du glacier – si seulement *il* avait en ce moment la veste de duvet que son maître venait de jeter et non pas simplement sa fourrure déchirée, peut-être qu'il lui resterait plus de trois ou quatre heures avant de mourir de froid... Je me suis demandé comment Weyprecht aurait réagi à ce malheur et comment cette journée se serait déroulée sous son commandement ; aurait-il aussi ordonné que Haller et les marins épuisés demeurent sur une île quelconque ? Serait-il aussi allé sur ce glacier sillonné de crevasses pour gagner quelques minutes de latitude ? Et Klotz marcherait-il à présent sur la glace, solitaire et humilié, après avoir été remis à sa place ? Mon récit continue d'être un procès du passé, un examen attentif, une pesée, une supposition, un jeu avec les possibilités de la réalité. Car la grandeur et le tragique, de même que le ridicule de ce qui s'est passé se mesurent à ce qui aurait pu se passer. Mais en ce qui concerne la simple possibilité d'un autre déroulement de cette journée de malheur, j'ai décidé de renoncer aux suppositions : je refuse de *projeter* ce que Weyprecht aurait fait à la place de Payer.

Je ne fais donc que continuer à imaginer Zaninovich qui dans la pénombre bleue de l'abîme se blottit contre les chiens et pense n'avoir plus rien à attendre que la mort. Je vois ensuite Payer et Orel courir à des milles l'un de l'autre, tous deux sans armes ; leurs fusils sont restés près de l'attelage, et les autres moyens de survie sont dans le glacier. Puis je vois Klotz ; il souffre tellement et se rapproche si lentement de l'île Hohenlohe que Payer le rattrape. Klotz s'arrête et regarde fixement sans lui poser de question cet homme hors d'haleine. Haletant, enveloppé dans la vapeur blanche de l'effort, Payer rend compte, en observant de longues pauses, de l'état des choses. Klotz semble ne pas comprendre son maître qui, comme vêtu de brumes gelées, lutte devant lui pour respirer. Il reste planté là à le fixer. Puis soudain tombe sur les genoux et pleure.

... car, dans sa simplicité, il s'attribuait la faute de ce qui s'était passé. Il était tellement bouleversé que je lui fis promettre de ne pas attenter à sa propre personne, et l'abandonnant à son silence, je continuai à courir en direction de l'île.

Julius Payer.

Les écrits transmis ne contiennent aucun autre renseignement concernant les sentiments d'Alexander Klotz, mais je suppose que, des années encore après son retour de la glace, le chasseur est resté persuadé d'avoir, ce jour-là, surmonté le plus fort sentiment d'abandon de toute sa vie.

Lorsque Klotz atteint enfin le camp installé sur l'île Hohenlohe, celui-ci est vide. Haller, Payer, Orel et même les deux matelots sont depuis longtemps sur le chemin du glacier pour secourir Zaninovich.

Pendant dix, douze, quatorze heures, Klotz attend sur la face du cap abritée du vent, s'accroupit sous la tente, en fait trois cents fois le tour malgré ses douleurs, plus souvent encore tape des pieds pour lutter contre le froid, regarde fixement dans la direction d'où quelqu'un va bien revenir à un moment ou à un autre et finit par croire que jamais personne ne retrouvera l'endroit et qu'il est seul pour toujours. Peut-être que le Passeirois s'est déjà préparé à mourir et à passer dans un autre monde, lorsque soudain quelqu'un repousse la toile de tente durcie par la glace et lourde comme une porte, et dit : « Klotz ! Klotz ! Tu dors ? »

Haller a retrouvé le chemin sous les rafales de neige ; il est revenu avec les deux matelots ; ils viennent le chercher ; ils le sortiront de cette terrible glace.

Non, dit Haller, nous ne venons pas te chercher ; on nous a nous-mêmes renvoyés ; il faut que nous restions ici ; il faut que nous attendions. Zaninovich est sauvé, dit Haller, mais après le sauvetage, le lieutenant n'a pas perdu un instant de plus, il est reparti immédiatement vers le nord, renvoyant les trois hommes de Hohenlohe vers leur île.

Sous la tente, il fait froid et aussi sombre qu'au fond de la terre. Haller est à présent le chef ; c'est lui qui doit décider de ce qui va se passer. Ils allument des lampes à huile à la flamme desquelles ils se réchauffent les mains.

Haller parle de cette journée avec les autres, commente ; ce qui s'est passé ne cesse de l'inquiéter : le lieutenant a commis une faute. Le lieutenant a commis une faute sur un glacier et en a été désespéré.

Ce n'est qu'après avoir noté les événements de la journée dans son journal que Haller s'aperçoit que les choses ont, au-delà du commandant, repris leur cours normal et se sont recollées ; après seulement, il commence à sentir sa fatigue.

Le lieutenant est allé avec ses compagnons sur un glacier. Mais après une courte marche, le matelot Zaninovich ainsi que les chiens et le traîneau ont été précipités dans une crevasse. Le lieutenant n'a pu se sauver qu'après avoir coupé son harnais. J'ai dû me rendre rapidement à la crevasse avec le lieutenant et le détachement pour prendre la grosse corde et aider à sauver les malheureux.

Encordé, je suis descendu dans la crevasse, où j'ai rejoint les matelots et les chiens encore vivants. Je les ai encordés les uns derrière les autres et les ai fait remonter. Le traîneau est resté intact et a été ainsi remonté. Pour finir, je me suis à nouveau encordé et ils m'ont extrait de la faille. Tout s'est donc bien passé et sans dommage. Le lieutenant a pu poursuivre son expédition, et moi, je suis retourné à terre avec mon détachement, attendant avec douleur le retour du lieutenant. Johann Haller.

Dimanche, 12 avril

Vers midi, le rêve de Payer se réalise : les calculs de position effectués par Orel semblent confirmer qu'ils ont déjà dépassé le 82e degré de latitude nord ; ils ont franchi le 82e parallèle ! Et ils continuent. Mais le soir, la terre soudain s'arrête. Au fond, au-dessous d'eux, il y a à nouveau la mer, une bande noire d'eau vive qui longe la côte. A présent, l'horizon est enfin vide.

Mais non, dit Payer, cette bande sombre et dentelée au nord, ce n'est pas un banc de nuages, ce devrait être des *reliefs alpestres bleus*, des montagnes.

Eh bien, soit ! il s'agit donc de reliefs bleus alpestres, de langues de terre, de continents – c'est égal. Car qu'importe ce que signifie cette sombre image au septentrion – terre ou mirage –, puisqu'elle se trouve dans l'inaccessible lointain de l'autre côté de l'eau libre ; ils n'ont pas de canot. Il faut donc faire enfin demi-tour ; même leur commandant ne peut plus rien entreprendre d'autre que de projeter un nom sur l'image fantôme : *Terre de Petermann, cap de Vienne*, etc. ; même le commandant ne peut plus savoir s'il baptise des roches ou des nuages. Il faudra attendre plus d'une décennie avant que Fridtjof Nansen et son compagnon Hjalmar Johansen reconnaissent qu'il n'y avait sur cette côte que du vide, là où Payer voyait des Alpes, et que cette image septentrionale était une illusion, un banc de vapeur, un reflet, une hallucination, tout, sauf une terre.

Mais que signifie une vérité inscrite dans l'avenir ?

Fiers et excités, nous plantâmes pour la première fois dans le Grand Nord le drapeau de l'Autriche-Hongrie ; nous avions conscience de l'avoir porté aussi loin que nos forces nous l'avaient permis. Nous ressentions avec douleur l'incapacité de pouvoir aborder aux autres terres que nous distinguions devant nous... Dans une fente de rocher, nous déposâmes le document suivant, enfermé dans une bouteille :

Les membres de l'Expédition austro-hongroise du pôle Nord

ont atteint ici, au 82° 5', leur point de latitude le plus extrême, à dix-sept jours de marche de leur navire enfermé dans les glaces au 79° 51'. Ils ont observé le long de la côte une faible étendue d'eau libre entourée de glace, laquelle rejoint des masses de terre au nord et au nord-ouest, à une distance moyenne qui peut être de soixante à soixante-dix milles, mais dont ils ne peuvent pas cependant déterminer l'organisation ni la configuration. Immédiatement après le retour au navire et un repos en ce lieu, l'ensemble de l'équipage quittera ledit navire et rentrera en Autriche-Hongrie. Ils sont réduits à cette nécessité par l'impossibilité de sauver le bateau et par la maladie des hommes. *Cap Fligely, ce 12 avril 1874.*

Antonio Zaninovich, matelot ;
Eduard Orel, enseigne de vaisseau ;
Julius Payer, commandant.

Le soir-même du 12 avril 1874, l'avant-garde de l'Expédition austro-hongroise du pôle Nord fait demi-tour. Ce qui suit est l'accomplissement d'un pur calvaire. Trois cents kilomètres les séparent à présent de l'*Admiral Tegetthoff*. Trois cents kilomètres avec la peur qu'au sud la glace soit déjà brisée le long de la côte et que le chemin du retour au bateau soit coupé. Cette peur durera douze jours. Le camp sur l'île Hohenlohe est la première étape de leur marche forcée.

Les hommes restés en arrière étaient à peine reconnaissables. Noirs d'avoir utilisé de l'huile de poisson pour chauffer les aliments, épuisés, atteints de diarrhée et frappés d'ennui, ils sortirent de leur tente noircie, à la fois heureux et démoralisés.
Julius Payer.

Ne voilà-t-il pas que souvent le ciel reste sans nuages ; certains jours pendant des heures. La terre est tellement éblouissante, comme si elle refusait d'accueillir ne fût-ce qu'un seul rayon de lumière, comme s'il fallait qu'elle renvoyât l'image du soleil rayon par rayon dans un ciel qui brille sans cela. Dire que la lumière peut faire aussi mal ! Orel est celui qui, entre tous, souffre le plus d'ophtalmie et, comme il ne peut tirer qu'en fermant les yeux, il lui arrive souvent de tomber.

Le chemin présente de profondes ornières et parfois n'a pas de fond : là où, quelques jours plus tôt, il y avait encore une route de neige dure, ils s'enfoncent à présent jusqu'à la ceinture ; et voilà qu'un homme passe à travers et se débat dans un trou d'eau. Mais ils n'ont pas le droit de se reposer, ni de sécher leurs vêtements mouillés ; les fourrures se pétrifient sous la morsure du vent. Le commandant a décidé tard, peut-être trop tard, de faire demi-tour. Et bien que les journées soient si fatigantes, six heures de sommeil nocturne, parfois quatre seulement, doivent suffire. Il faut ensuite se lever et continuer, avant que le chemin ne se rompe sous leurs pas et se transforme en eau.

Néanmoins, lorsque, le 19 avril, ils atteignent les côtes sud de l'archipel, le fameux tableau qu'ils craignaient de voir s'étend devant eux : là où, quelques semaines auparavant, tout était encore figé et où l'architecture de la glace se perdait en émergences, la mer bruisse maintenant, toute noire. L'eau de la côte est libre.

Des remparts de glace fortement compressée entouraient cette eau qui, mue par un vent violent, lançait ses hautes crêtes ; à trente pas les eaux de la houle fouettaient le bord de la glace... Des blocs de glace dérivaient sous le vent dans tous les sens avec une insouciance badine, comme si leur errance avait dû nous réjouir, comme s'il n'y avait pas le moindre changement désavantageux pour cette petite troupe d'hommes qui se trouvait en réalité devant un gouffre infranchissable.

Julius Payer.

Là-bas, quelque part là-bas, et sûrement encore bien bloqué dans la glace qui s'amoncelle comme jamais de l'autre côté de l'eau vive, il doit y avoir le *Tegetthoff*. Mais l'horizon n'est, lui aussi, qu'une ligne brisée d'éclats de glace, semblable à un mur armé de morceaux de verre, et il est vide. Pas de navire.

Trois jours durant, ils cherchent un pont de glace entre leur terre et ce lointain où ils supposent la présence du bateau. Dorénavant, les Tyroliens marchent toujours en tête le long de la côte, et traversent les glaciers ; non, ce n'est plus une marche, ils se traînent devant, rampent. Mais le chemin qu'ils sondent avec leurs longues cannes de montagne, avant de faire signe aux autres de les suivre, est plus sûr qu'un chemin du commandant. Klotz et Haller trouvent encore, sur un glacier divisé et, dans les baies, entre les cassures de la mer polaire balayées par la neige, un sentier tortueux et solide.

A nouveau nous fûmes contraints de nous reposer. Lukinovich et même l'endurant Zaninovich tombaient passagèrement en syncope, conséquence d'un effort démesuré.

Julius Payer.

Lorsque, au cours d'une marche de reconnaissance dans la nuit du 22 au 23 avril, le commandant sur terre escalade un cône rocheux le long de la côte – la nuit est dégagée et rouge foncé –, il revoit enfin devant lui une plaine scintillante, il revoit enfin l'imposante calotte de glace compacte de l'océan, tendue entre la côte et l'infini, et là, au milieu, lointain et minuscule comme un insecte, le bateau ; les mâts, fins comme des cheveux. Le bateau.

Le retour de l'avant-garde n'a rien d'une fête. Ceux que l'on croyait perdus sont trop silencieux, trop épuisés ; la vue de ces silhouettes décharnées et déguenillées, qui font leur apparition à bord comme une prophétie vivante de ce qui les attend tous désormais, est également oppressante.

Depuis des semaines, Weyprecht organise le retour en Europe, sépare sévèrement l'indispensable du superflu : les objets personnels, d'une façon générale, toutes les choses dont l'utilité paraît ne pas répondre à l'intérêt général, doivent être abandonnés ici. La détermination avec laquelle Weyprecht commande les préparatifs de départ force celui qui a secrètement cru jusqu'alors que le lieutenant de vaisseau trouverait encore une issue... ou que la Sainte Vierge pourrait peut-être disperser le pack au dernier instant et leur donner de l'eau libre, et non pas des lacs, des sunds et des mares, des lambeaux de mer non navigables comme ceux qui bouillonnent en ce moment au large de la nouvelle terre – cette détermination force donc celui qui a jusqu'alors attendu un miracle, à comprendre qu'il ne reste plus qu'une seule issue : la marche à travers la glace. Ils en ont tellement parlé, et pourtant ils trouvent maintenant étrange et inquiétant de quitter l'*Admiral Tegetthoff*, leur logement, leur abri, leur refuge, et de l'abandonner au naufrage. Un troisième hiver, dit Weyprecht, nous tuerait. Le commandant sur mer et sur glace calcule la force de l'équipage, le poids de leurs provisions, l'impraticabilité de la route et passe en revue toutes les variantes de ses prévisions. Mais quels que soient l'équipement et les provisions que vingt-trois hommes peuvent encore traîner en plus de leurs trois lourds canots de sauvetage, ils ne peuvent pas survivre plus de trois mois. Durant ce laps de temps, il leur faudra traîner les chaloupes jusqu'à la mer libre sur des centaines de kilomètres à travers une glace fendue, et des barrières hautes comme des maisons, pour atteindre ensuite, tant à la voile qu'à la rame, Novaïa Zemlia. Et même s'ils mènent à bien cette entreprise, leur seule espérance est de tomber, au large de la côte de cet archipel inhabité, sur le schooner d'un chasseur de phoques ou de fourrures, qui n'aura pas encore fui à l'approche de l'hiver et les prendra à son bord. Car ils n'atteindront jamais l'Europe par leurs propres moyens ; la côte russe – peut-être. Mais non, ils ne peuvent non plus atteindre cette côte ; même un trois-mâts aurait du mal à lutter contre les tempêtes de la mer Blanche ; non, sur cette mer, les canots de sauvetage seront impuissants.

Au cours des semaines qui précèdent le départ, les conversations à la table des officiers, comme dans la salle d'équipage, ne sont que de nouvelles tentatives de se cacher le fait que les perspectives de quitter l'Arctique à pied sont minces, bien minces. Aucun équipage n'a encore survécu en totalité à une telle retraite. Pourtant, ils finissent presque par se détourner avec soulagement des terres froides de l'empereur et se consacrer entièrement aux préparatifs. Seul, Payer a beaucoup de mal à se séparer de sa découverte. Il ne s'est guère passé plus d'une semaine depuis la fin de la grande expédition en traîneau – Lukinovich est encore couché dans son alvéole, incapable d'effectuer sa tâche, et doit être soigné – quand le lieutenant insiste pour traverser encore une fois, une dernière fois, sa terre ; il veut aller dans les montagnes occidentales. Le 29 avril, Payer part pour sa *troisième expédition en traîneau*, accompagné des seuls Haller et Brosch, le premier officier. Mais déjà au bout du troisième jour de marche, Brosch est incapable d'aller plus loin, puis c'est au tour de Haller. Son dernier sommet, le commandant sur terre le gravit seul. Puis ils font demi-tour ; le 3 mai, ils sont revenus sur le *Tegetthoff*. Payer calcule qu'à présent il a parcouru, sur la Terre François-Joseph, quatre cent cinquante milles, plus de huit cents kilomètres. Maintenant, ça suffit, dit Weyprecht, dit le commandant sur mer et sur glace ; les expéditions et les découvertes, maintenant, c'est terminé. Et le commandant sur terre se résigne.

Tous les soucis étaient passés ; nous pouvions retourner avec les honneurs, car il était impossible de nous ravir les observations et les découvertes que nous avions faites, et la retraite imminente ne pouvait apporter de mal plus grand que la mort.

Julius Payer.

Le 15 mai, cinq jours avant le départ, on met fin aux observations astronomiques, météorologiques et océanographiques, et on ferme les journaux scientifiques ainsi que le livre de bord. Weyprecht fait mettre les notes les plus importantes dans des boîtes de fer que l'on soude et répartit entre les trois canots ; les matelots baptisent ce fret, qui doit être si soigneusement gardé et transporté, du nom de *frutti*, comme s'il s'agissait de provisions alimentaires.

A contrecœur, mais obéissant, Johann Haller emmène ces jours-là les chiens Zemlia et Gillis sur la glace et les tue à coups de fusil ; Zemlia, parce qu'elle est trop faible pour tirer le traîneau, et Gillis, parce que les harnais l'ont rendu sauvage.

Lorsque Weyprecht fait rassembler l'équipage pour aller sur la tombe du mécanicien Krisch lui rendre un dernier adieu, Elling Carlsen manque à l'appel. Le maître baleinier s'est tellement saoulé en buvant l'alcool de la collection zoologique transformée en ballast inutile, qu'il gît comme sur son lit de mort. Les matelots emportent à terre les photos encadrées de leur famille et de leur fiancée et les clouent à un rocher : au cours des années passées à bord, cette galerie de portraits a décoré la salle d'équipage ; et si d'aventure la glace devait finir par écraser le *Tegetthoff* abandonné de ses hommes, si le bateau devait sombrer et si même leur retraite ne devait mener nulle part ailleurs qu'au fond de la mer, le rocher aux portraits, lui, serait la marque que l'on avait conservé ce qui devait être conservé.

16
Le temps des pages blanches

Il n'existe aucune note ni aucun témoignage disant comment Josef Mazzini a passé les heures de la matinée du 6 septembre 1981 – mais peut-être était-il alors sur l'un des appontements du port de Longyearbyen et observait-il l'appareillage du *Cradle*. La chute des filins. Le bouillonnement du sillage. Puis le court spectacle de la disparition : en quelques minutes, le bateau se dissout dans les brumes, les tourbillons et les rafales de neige, en ces jours qui précèdent l'hiver. Et le sillage ? Le sillage était-il taché de blanc ? Des éclats de glace flottante, ici aussi, dans le fjord ?

Au début de l'après-midi du 6 septembre – si l'on en croit les journaux météorologiques du Spitzberg occidental –, le temps s'éclaircit. Vent du nord et du nord-est. Le *Cradle* devait être déjà très loin. Je sais qu'à Longyearbyen, Hellskog, le peintre en timbres-poste, était à nouveau monté à bord, et m'imagine qu'il avait retrouvé sa chaise fermement arrimée au bastingage et continuait à reporter sur ses feuilles les proportions du paysage polaire. Quelles couleurs employait-il ? De l'indigo et du noir d'ivoire pour les murailles des falaises, des murailles de forteresse ? Du blanc de zinc pour un champ de neige crevassé ? Et quelle nuance pour la glace ancienne entre les filons de roche primitive ?

Mais à présent, il n'y a plus de couleurs. Plus d'images. Plus de suppositions. Ce qui est sûr, c'est que le *Cradle*, après sa mission dans le Haut-Arctique, resta encore deux jours à l'ancre dans le fjord de l'Avent, puis mit le cap sur la côte nord de la Norvège et quitta pour cette année l'archipel du Spitzberg. Et il est surtout sûr que Josef Mazzini resta dans la cité minière et pressa l'océanographe Kjetil Fyrand de lui enseigner le maniement de son attelage de chiens.

Lors des soirées chez Anna Koreth, on devait, des mois après la disparition de Mazzini, émettre des suppositions tout autant indifférentes qu'invraisemblables (un jeu de questions et de réponses renouvelé chaque fois en l'honneur de l'hôtesse) : pourquoi *Josef*, après qu'il eut terminé sa croisière, n'avait-il strictement rien fait, avant l'arrivée de l'hiver arctique, pour rentrer à Vienne, mais s'était-il imaginé, comme un possédé, pouvoir entreprendre au Spitzberg une expédition en traîneau tiré par des chiens ? Bien que je continue, aujourd'hui comme hier, à fréquenter les soirées de la Rauhensteingasse, j'ai cessé de participer aux conversations de table sur les hypothétiques projets et intentions du disparu ; quelque hypothèse que l'on pût faire dans le cercle, elle était condamnée à rester indémontrable et gratuite. Car Josef Mazzini, le jour où il avait quitté le pack à bord du *Cradle* pour rentrer à Longyearbyen et s'y installer, avait cessé de remplir son journal. *Le Grand Clou*, le cahier, qu'il avait à bord rempli de citations recopiées, devait demeurer le dernier de ses griffonnages ; les citations n'étaient suivies que de quelques comptes – relatifs notamment à l'hébergement et à la pension de la maison d'hôtes de la société minière –, des colonnes de chiffres, puis des pages blanches. Je pense que celui qui a trouvé sa place ne tient plus de journal de voyage. A la mi-septembre – les jours passaient rapidement, et après une grosse chute de neige, les bruits de l'hiver, les lamentations des traîneaux à moteur, s'étaient soudain sérieusement fait entendre –, Fyrand prit avec lui son protégé Mazzini pour sa première leçon de dressage de chiens. Sur le chemin du chenil, on enfonçait jusqu'aux genoux. Fyrand portait les harnais complètement emmêlés sur ses épaules, et Mazzini un sac de déchets fumants de viande encore chaude provenant de la cantine de la société minière

L'apprentissage de la conduite d'un attelage de chiens était facile à comprendre et difficile à suivre. A la première leçon, Joseph Mazzini apprit que tout résidait dans l'art d'exciter les chiens.

Les chiens de traîneau avaient toujours un but – quand ils traversaient une plaine, c'était le plus proche relief, une suite de rochers, une colline, parfois une simple colonne de fumée s'élevant dans les airs ; quand ils couraient sur la banquise, le but était toujours la côte ; dans l'obscurité, c'était la lune, et quand la nuit était sans lune, l'attelage se précipitait en direction d'une étoile. Mazzini apprit qu'un conducteur de traîneau devait être capable d'utiliser pour soi tous ces objectifs ou de détourner les chiens sans utiliser les rênes ni le fouet, uniquement par ses appels et ses cris rythmés, et de les forcer à suivre une direction qu'il avait seul déterminée ; un conducteur de traîneau devait être capable de faire que l'attelage, tout en tirant et en aboyant, fût l'expression de sa propre volonté. Mais lorsque Mazzini, le jour de la première leçon, essaya de passer le harnais à Ubi, le chien conducteur de l'attelage de Fyrand, l'animal plia l'échine, fit soudain mine de bondir, retroussa les babines, grogna contre son dompteur indécis d'une façon si menaçante que Mazzini se figea dans sa position courbée en avant et resta immobile, jusqu'à ce que Fyrand rabattît son gant sur les yeux du chien et mît ainsi fin à l'exercice.

L'opiniâtreté, l'acharnement même avec lesquels Mazzini tenta, les semaines suivantes, de maîtriser l'attelage, resta l'une des rares manifestations de la présence de l'Italien que l'on semble avoir perçue dans la ville minière. Quel que soit ce que, par la suite, j'ai appris sur les dernières semaines de Mazzini, tous les témoignages recueillis sur cette époque mentionnent le difficile exercice de l'attelage. Même le gouverneur Thorsen et des témoins non concernés, comme Joar Hoel, le dentiste de Longyearbyen, se souvenaient des scènes de dressage. Il est sûr que Mazzini ne consacra pas uniquement son temps aux chiens. Les dossiers relatifs à la reconstitution que j'ai effectuée des événements contiennent aussi des récits d'expéditions de Mazzini dans les fjords et de marches de plusieurs jours à travers les glaciers. Il y a, par exemple, la traversée d'un fjord à bord du bateau de Malcolm Flaherty : sept heures de grosse mer, à peine protégé contre les embruns, le risque de chavirer et la peur ; puis deux jours à attendre une mer plus calme, et les crêtes des vagues au retour. Ou encore le souvenir d'une démarche de Mazzini auprès de Krister Røsholm, chef porion de la société minière ; Røsholm avait informé son visiteur qu'il n'y avait, dans l'administration de la Kulkompani, aucun emploi pour lui ; plus tard peut-être ; peut-être dans les mines ; il allait réfléchir ; il avait noté « chauffeur de camion ». Il y a également la marche à travers le glacier Svea : six jours d'épreuve supportée en compagnie de Fyrand et du mineur Israel

Boyle ; le claquement de la toile de tente dans la tempête du nord-est ; une marche épuisante avec des crampons ; le glacier de cent kilomètres carrés au dos profondément ridé – des crevasses, des failles et des fontaines lumineuses, un paysage de rêve fait de glace bleue et noire, semblable à ce qu'avait décrit le commandant sur terre. On entend les respirations et les pas qui conduisaient toujours plus profondément dans un labyrinthe scintillant ; et l'océanographe toujours en tête, les yeux invisibles derrière des coquilles de corne. L'océanographe qui parlait de l'irrésistible et lente coulée de ce fleuve de glace, de la fonte, de l'alimentation et de la croissance de son glacier, comme du pouls d'un énorme animal. Je m'arrête à cet endroit pour dire que la fatigue de telle ou telle de ces expéditions n'était rien comparée à l'ultime et suprême effort, celui du dressage des chiens. Mais qu'importe ce qu'en fin de compte fit ou laissa Mazzini – on n'en parlait pratiquement plus, même au comptoir de la buvette. L'Italien était là. Il restait là. Et avec chaque jour qui passait, son existence semblait de plus en plus insignifiante, paraissait ne laisser aucune trace ; une simple preuve de la force du remous qui prend son origine dans le vide, l'intemporalité et la paix du désert, qui s'empare au hasard de sa victime et, l'ayant à peine enlevée à la plus douillette sécurité d'une vie bien rangée, l'emporte déjà dans le silence, le froid et la glace.

Kjetil Fyrand était un professeur persévérant. Si, au début, il avait hésité à céder à la demande de Mazzini de le familiariser avec son attelage, il s'était, semblait-il, laissé peu à peu fasciner par l'idée d'apprendre désormais à ses chiens qu'en répondant aux ordres de son protégé, ils ne faisaient que lui obéir, *à lui* ; c'était peut-être le tour de force le plus difficile en matière de soumission animale auquel ses chiens et lui se fussent un jour mesurés.

Le mois d'octobre fut un mois de tempêtes et comme fait de métal – la neige tombait parfois en douloureuses rafales de grêle de chrome ; le ciel et la terre étaient en fer. Chaque fois que le temps le permettait, Mazzini harnachait les chiens sous la surveillance de Fyrand. Il fallait ensuite que la meute restât tranquillement allongée dans la neige devant le traîneau en tubes – trois couples à la suite, Suli avec Imiag, Spitz avec

Anore, Avanga avec Kingo, et Ubi, tout seul en tête – et attendît le cri qui allait enfin rompre le charme et les faire bondir. *Oiiya !* Puis, à peine audible, suivait le bourdonnement des rênes soudain tendues ; et la brusque secousse forçait les patins à détruire les traces laissées dans la neige par les vingt-huit pattes.

La première fois que Mazzini conduisit seul les chiens, Fyrand suivit l'attelage bondissant sur un scooter et cria des ordres à son protégé. Au *Trekkhundklubb* de la ville minière, une petite association sans règlement qui tenait en haute estime les voyages en traîneau à chiens et les entretenait avec délices comme l'expression la plus achevée de la tradition arctique, on avait discuté à plusieurs reprises et abondamment de la vanité des efforts pédagogiques de l'océanographe. Mais Fyrand et son protégé semblaient, de leçon en leçon, contredire toutes les prévisions du club établies la plupart du temps à la buvette et sans grand sérieux : Josef Mazzini faisait des progrès. Les chiens lui obéissaient. Ils se pliaient de mauvaise grâce à ses exigences et étaient souvent si furieux qu'à la moindre halte ils se jetaient les uns sur les autres. Mais ils lui obéissaient.

Un conducteur de traîneau, apprit Mazzini, doit toujours maintenir dans la tête de ses chiens l'illusion d'avancer en ligne droite ; il doit éviter les brusques changements de direction, essayer de contourner les crevasses et les barrières, en décrivant des arcs amples et réguliers. Car un attelage ne tourne brusquement ou même ne fait demi-tour qu'au prix d'une confusion inextricable. Des chiens de traîneau ne font jamais demi-tour ; cela contredit leur train. En effet, quand ils finirent par accepter de tirer leur dompteur et son fardeau sur la glace, ils durent considérer comme un effort ridicule et une punition non méritée le fait de tirer à nouveau le véhicule dans le sillon qu'ils venaient de tracer. Ils se défendaient donc contre toute correction hâtive d'une erreur de route avec toute la force de leur désarroi – les rênes s'emmêlaient alors, se transformant en tresses que l'on débrouillait difficilement, et la meute qui continuait à aboyer ne répondait plus aux ordres. Un conducteur de traîneau doit donc être tout à son attelage et en même temps le précéder largement ; il doit voir le visible et l'invisible et deviner le tracé de la route balayée par la neige et les obstacles d'un paysage qui se dérobe. Mais parfois les chiens flairaient la proie encore enfouie sous la glace, s'élançaient inopinément ; et il n'était plus possible de les retenir. Souvent, le dompteur qui, attaché à son attelage par une courroie de sécurité, criait en vain, n'avait plus d'autre solution que de jeter l'ancre, une lourde griffe, pour empêcher que les chiens ne sautent tout simplement par-dessus une crevasse et précipitent ainsi dans l'abîme le traîneau et *tout le reste*. Mais quoi qu'il arrive et quelle que soit la folle vitesse des chiens, un conducteur de traîneau, disait Fyrand, ne doit couper sa courroie qu'en cas de danger extrême. Car se séparer de son traîneau, de l'équipement et des armes, peut, y compris lors d'une course brève, être mortel.

Chaque fois que l'océanographe parlait des lois et des exigences des courses en traîneau à chiens, il se référait à Jostein Aker, un ancien mineur qui avait quitté Longyearbyen quelques années auparavant et qui vivait à présent à plus de cent soixante kilomètres de marche au nord de la cité minière dans une complète solitude. Aker était le dernier habitant du Spitzberg pour qui un attelage de chiens ne fût ni un jeu ni une passion, mais bien encore une nécessité vitale ; ce que lui, Fyrand, savait sur la conduite d'un attelage, c'était Aker qui le lui avait appris.

Jostein Aker était à de nombreux égards le dernier. Sa cabane faite de bois flottants se trouvait au pied d'une suite de rochers appelée *cap Tabor*, dans le fjord Wijde, et disparaissait pendant les mois d'hiver sous la neige balayée par le vent. Le cap Tabor, noir et brillant sous l'effet du blizzard, émergeait au-dessus de la rive du fjord – une formation rocheuse du précambrien, presque aussi vieille que le monde et sans aucune trace de vie. A l'exception des équipages d'hélicoptère qui se posaient de temps à autre dans cette solitude pour une courte escale, l'ermite ne recevait la visite que de Malcolm Flaherty et de Fyrand. Ces deux hommes allaient au cap chaque printemps après cinq à sept jours de marche, et Aker lui-même venait à Longyearbyen une fois par an ; il y déchargeait ses fourrures prises au fusil et avec des pièges en pierre – phoques, renards polaires blancs et bleus –, complétait ses provisions et son équipement, se saoulait au comptoir, parlait beaucoup, devenait lui-même pendant quelques jours le grand sujet des discussions de la cité, puis se retirait à nouveau avec ses chiens dans le désert. Beaucoup de mineurs le prenaient pour un fou. L'année précédente, le gouverneur Thorsen l'avait traité d'anarchiste ; Aker n'avait pas répliqué, ne l'avait pas contredit. Kjetil Fyrand parlait souvent du chasseur.

Il y a encore quelques décennies, des ermites comme Jostein Aker paraissaient parmi les habitants du Spitzberg tout aussi naturels qu'aujourd'hui les mineurs de charbon et les chercheurs polaires. Mais avec la transformation progressive des déserts de glace en parcs nationaux, avec l'interdiction de la chasse à l'ours et l'instauration de périodes de fermeture de la chasse, les chasseurs avaient disparu. Seules, leurs huttes abandonnées, à présent à moitié en ruine et couvertes de glace, se dressaient encore, dispersées un peu partout sur le Spitzberg : fragiles monuments d'une retraite hors du monde habité.

Le 28 octobre, le dernier segment de soleil s'éteignit à la latitude de Longyearbyen. Les paysages de Svalbard les plus septentrionaux étaient depuis longtemps déjà dans l'ombre. Dans la ville minière, les premières des cent dix journées de la nuit polaire s'écoulèrent dans un demi-jour bleuâtre ; les plaintes lancinantes des traîneaux à moteur vous torturaient ; le silence était rare. Kjetil Fyrand se retrancha désormais peu à peu dans ses travaux d'hiver et laissa Mazzini seul avec les chiens. L'océanographe mit de l'ordre dans les données chiffrées de la mer polaire collectées au cours de ces derniers mois, en tira les conclusions que l'on attendait de lui à Oslo et, début novembre, se remit à émailler des morceaux de cuivre dont il faisait des mosaïques – des ornements aux couleurs vives. Parfois Mazzini était assis à côté de lui, lui rendait service en lui tendant des objets et évoquait les mains de la miniaturiste Lucia, qui avait peint des séries infinies de médaillons avec des paysages minuscules et toujours identiques.

La deuxième semaine de novembre, Kjetil Fyrand s'envola

pour Oslo où il devait présenter sa communication annuelle devant le public de l'Institut polaire. Il resta trois jours à Oslo, puis quatre à Tromsö. Lorsqu'il revint à Longyearbyen, le logement de Josef Mazzini était rangé et vide. Les chiens étaient également absents.

L'Italien ? On l'avait pourtant vu vendredi, non, jeudi, avec l'attelage de chiens. Et aussi dans le bâtiment de la poste... mais non, il y avait déjà longtemps de cela. Une randonnée ? On n'en savait rien. Boyle était allé beaucoup à la mine et au zinc, et ne s'était occupé de personne. Flaherty était à Ny Alesund. Et... l'Italien n'avait-il pas fait des courses dans la boutique de Moen ? Si, si, des recharges de gaz pour le réchaud, des conserves, les choses habituelles, mais sinon... On chercha Mazzini pendant longtemps et dans des régions éloignées – d'abord en jurant et uniquement avec les traîneaux à moteur –, persuadés que cet idiot se trouvait dans une quelconque cabane ou sous une tente, loin de se douter qu'il infligeait à toute une troupe de gens cette maudite épreuve. Dans ce froid, chaque pas crissait. Mais ce n'était toujours que le bruit des sauveteurs, leur propre bruit ; dès qu'ils s'arrêtaient, c'était partout le silence. La cabane de Fredheim, un logement dans le fjord de Tempel, qui offrait toute sécurité, étape des exercices précédents avec l'attelage, était inutilisée et balayée par la neige. Lorsque, pour finir, l'hélicoptère s'éleva, plus personne ne jurait. Les vols de recherche ne faisaient que confirmer qu'il n'y avait plus aucune trace sur les grandes routes ; les glaciers étaient vides. Puis un changement de temps les contraignit à attendre deux jours. Fyrand pensa à Jostein Aker ; peut-être que Mazzini avait été suffisamment fou pour se rendre au cap Tabor. Lorsque le vent et les rafales de neige faiblirent, l'océanographe et les pilotes Berg et Kristiansen s'envolèrent vers ce dernier endroit. Sombre et indistincte, la terre s'enfonça. Sur les sommets et les glaciers, la neige était agitée. Dans les fjords, la glace se refermait pour former une carapace gris cendré. Le temps tombait en ruine. Des déserts que l'océanographe avait mis des jours à parcourir avec son attelage glissaient maintenant sous lui en quelques minutes, s'écoulaient. Les semaines étaient des heures. Et les heures plus rien. Ensuite, une série de sculptures argent mat dessinèrent le doux arc de la côte ; c'étaient les pyramides de bois flottant que l'ermite construisait sur la plage au cours de ses brefs étés. Puis, à peine plus grande que les taches de bois, une cabane dissimulée sous la glace. Sombre et désert par-dessus tout, le cap Tabor. Là-dessous, il y avait à présent quelqu'un qui regardait en l'air et se protégeait, en levant les bras, du voile de cristaux soulevé par les pales. Des chiens attachés à de longues chaînes, au nombre de six, hurlaient en direction du monstre qui descendait sur eux. Bientôt l'océanographe courut à travers ce vacarme et les douloureux tourbillons de neige, rejoignit l'ermite Jostein Aker, lui cria un salut, lui cria : Est-ce qu'il est chez toi ? est-ce qu'il est ici ? le saisit par les épaules. Et Aker, qui venait seulement de reconnaître les visiteurs, Aker qui était surpris, qui ne comprenait pas, Aker qui était heureux, renvoyait des sourires et criait : De qui parles-tu ? je suis seul, j'ai toujours été seul.

17
La retraite

Le 20 mai 1874, l'Expédition austro-hongroise du pôle Nord quitte son dernier refuge. C'est le soir ; Weyprecht ordonne de clouer les drapeaux de la monarchie à la pointe des mâts de l'*Admiral Tegetthoff*. Décoré pour le naufrage, le trois-mâts gît à présent dans une houle pétrifiée parsemée d'immondices. Le commandant fait mettre en rang l'équipage – tout le monde est prêt à partir – et crier trois fois hourra en direction du bateau que l'on abandonne : le remerciement. Puis il donne le signe du départ.

Dans la lumière du soleil de minuit, l'équipage comme les officiers traînent les trois canots de sauvetage lourdement chargés ; ce sont des barques de pêche à la baleine norvégiennes avec un mât et une voile Lugger, équipées de patins pour passer par-dessus les bosses de glace et à travers la neige vitreuse et profonde qui est en train de fondre ; ils n'avancent que par à-coups, mètre par mètre. Souvent ils enfoncent jusqu'à la ceinture, avant de retrouver de la glace solide sous leurs pieds, et les canots s'enfoncent avec eux. Leurs épaules et leurs mains se blessent aux cordes de halage et, dès les premières heures, certains vomissent de trop d'efforts. Ils doivent déplacer quatre-vingt-dix demi-quintaux d'équipement et de provisions, et toujours surmonter trois fois la route et ses obstacles, car rien que le transport d'un seul canot exige d'eux toutes leurs forces. Ils suent ainsi sang et eau dans la nuit et s'éloignent du *Tegetthoff* en tirant chaque chaloupe l'une après l'autre. Mais au bout de dix heures de halage et de traînage, un kilomètre à peine les sépare de leur navire ; de leur beau navire qui à nouveau les attire : comme il serait bon de se reposer à présent dans les alvéoles, beaucoup plus chaudes et plus sûres que ces étroits canots sur lesquels ils ont tendu des bâches. Leur navire leur manque beaucoup. Mais Weyprecht dit non. Weyprecht ne laisse personne retourner à bord. Nous sommes en route vers l'Europe, dit-il, nous avons quitté le navire. Et c'est ainsi qu'après la première et toute petite étape de leur retraite, ils sont allongés sous les bâches, ridiculement proches de leur bateau, disloqués, trempés, épuisés. Or l'Europe est infiniment loin. Même s'ils pouvaient aller en ligne droite vers la côte norvégienne, au lieu d'être obligés de contourner pendant des heures chaque écueil de glace, chaque crevasse – en ligne droite ! – et de remettre continuellement, dix fois, quinze fois par jour, leurs canots dans des mares et des chenaux, donner trois coups de rame, avant de les hisser sur un autre champ de glace ; même donc, s'ils pouvaient *voler*, la côte, unique objet de leur désir, serait encore presque à un millier de milles d'ici. Mais ils ne peuvent pas voler.

Celui qui ne supporte pas la vérité peut à présent se consoler une fois de plus à l'idée que l'avenir sera plus conciliant, que ses propres forces auront augmenté, que la glace sera plus praticable et la charge plus légère. Mais celui qui a vécu le calvaire des expéditions en traîneau à travers cette terre nouvelle et inhospitalière sait que chaque supplice s'accroît, ne fait toujours que s'accroître. La vérité est que le premier jour de leur retraite n'a été qu'un avant-goût des semaines et des mois qui allaient suivre, rien qu'une parabole d'un temps qui, en fin de compte, leur a paru un résumé de toutes les privations et déceptions des années passées dans l'Arctique. Au bout de deux semaines, Weyprecht, Orel et dix matelots retournent au navire qui n'est éloigné que de quelques kilomètres et vont chercher le dernier canot. Néanmoins, ils n'avancent guère plus, après que la charge a été répartie sur quatre chaloupes ; ils restent souvent bloqués des jours entiers, coincés dans le paysage ruiniforme du pack, et attendent jusqu'à ce qu'une crevasse s'élargisse en chenal, ou qu'en une saison plus douce, les ruines s'effondrent et libèrent enfin la route. Et cette attente est plus dure que ce qu'ils n'ont jamais vécu sur le *Tegetthoff*. Après qu'ils se sont frayé un chemin à coups de pic et de pelle, il arrive qu'au bout d'une semaine de terrassement, tout cet univers de débris s'effondre soudain pour reconstituer cette fois de nouvelles murailles infranchissables. Il leur faut alors faire demi-tour et chercher leur route ailleurs. Et c'est comme cela qu'à la fois leurs provisions diminuent et leurs forces déclinent. Quand ils ont de la chance à la chasse, ils mangent de la viande d'ours crue et de la graisse de phoque. Mais ils sont eux-mêmes dévorés par la glace. Et quand ils croient qu'enfin une journée leur a été favorable et qu'ils se sont un peu rapprochés du sud, la dérive de la glace polaire les saisit doucement, très doucement, et les ramène minute d'arc par minute d'arc vers le nord. Après deux mois de misères, ils ne sont guère qu'à une quinzaine de kilomètres de leur point de départ ; les montagnes de la *Terre François-Joseph* n'ont jamais été aussi proches. Mais la confiance de Weyprecht semble inébranlable. Notre espoir, dit-il, est tout entier dans cette traversée de la glace ; il n'y a pas d'autre salut possible ; nous atteindrons la côte de Novaïa Zemlia et y trouverons un bateau, des chasseurs de phoques peut-être ; nous irons en Norvège à la voile ; nous ne marcherons pas ; nous irons à la voile. Il ne cesse d'être obligé de le leur répéter. Et celui qui, parmi les matelots, a râlé et cru que cette épreuve ne servait de toute façon à rien et qu'il était encore plus prometteur de revenir au *Tegetthoff* et d'y attendre, le cas échéant, un troisième hiver, d'y attendre une mer bienveillante, un miracle ou, au moins dans une alvéole sèche, la mort..., après un tel discours de Weyprecht, plus personne ne ronchonne... pendant quelques jours. Toutefois, au cours de cette période, le commandant sur mer et sur glace ne confie à personne ce qu'il ressent réellement ; il l'écrit, au crayon et de sa belle écriture cursive qui n'a pas changé, dans son *Journal de la retraite* – un étroit cahier à peine plus grand qu'une poche intérieure de veste et que l'on ne retrouvera qu'une décennie plus tard parmi les papiers de sa succession :

Chaque jour perdu n'est pas un clou, mais une planche entière de notre cercueil.. Le halage à travers les champs de glace ne sert qu'à se donner des illusions ; car les quelques milles que nous gagnons ainsi n'ont aucune importance au regard de notre objectif. La brise la plus légère nous entraîne vraiment plus dans une direction quelconque que le travail quotidien le plus acharné... Je fais mine d'être indifférent à tout, mais je comprends très bien que nous sommes perdus si les conditions ne changent pas totalement... Je m'étonne souvent moi-même quand je considère le calme avec lequel je regarde l'avenir ; j'ai parfois l'impression de ne pas être du tout concerné. Dans le cas extrême, ma décision est prise ; c'est pourquoi je suis très tranquille. Seul le sort des matelots me tient à cœur...

Alors qu'ils se trouvaient encore à bord, les officiers de l'*Admiral Tegetthoff* avaient pris une *décision* commune *en cas de situation extrême* : si la retraite elle-même ne devait mener qu'à une situation désespérée, quand toutes les provisions seraient mangées et toutes leurs forces épuisées, ils attenteraient à leurs jours et conseilleraient également le suicide à l'équipage. Car la mort par balle était sûrement plus clémente que la lente et avilissante dégradation, et il valait mieux mourir ainsi que des effrois qui avaient déjà si souvent accompagné la disparition des expéditions arctiques – les combats bestiaux pour un bout de viande, l'effondrement de l'ordre humain, et pour finir le cannibalisme et la folie. Non, une expédition impériale et royale au pôle Nord ne pouvait pas... et ne *devait* pas finir comme une horde de loups affamés. Il faudrait prendre les choses en main, quand la fin serait certaine, avec autant de détermination que lorsqu'on saisit la chance. Mais qui parle de cela à cette heure ? Ils sont à présent enfoncés dans la glace et n'ont plus guère le moyen de vivre plus longtemps, et Weyprecht écrit dans son journal :

Je n'ai plus en tête qu'une seule et même idée : pouvoir déposer les journaux de façon à ce qu'on les trouve l'année prochaine...

La fin ? Quand la fin est-elle certaine ? Qui doit en décider ? Et n'ont-ils pas déjà montré et ce, sans en être conscients, qu'ils se cramponnent eux aussi à chaque minute de cette vie à la fois horrible et unique, et qu'ils finiront par s'empoigner les uns les autres ? Chacun pour soi. Marola en vient aux mains avec Lettis pour une ration de graisse de phoque et Scarpa se bat avec Carlsen pour quelques brins de tabac. Avant aussi, les matelots se bagarraient pour un rien, souvent en criant très fort ; mais ils avaient rarement recours à la violence. À présent le maître baleinier frappe aussi, et même les officiers et les commandants ne dissimulent plus leurs querelles, voire leur haine, cela est un phénomène nouveau. Payer lance de graves reproches à Orel, constamment, et celui-ci finit par lui répliquer en criant : Salaud, je ne peux plus te supporter ! Puis l'heure arrive où les commandants sur terre, sur mer et sur glace se retrouvent face à face, comme jamais personne ne les avait vus. Avec soin comme toujours, apparemment sans émotion et peut-être profondément blessé, Weyprecht note également ce résultat de leurs années de glace :

Payer... est à nouveau tellement furieux en son for intérieur qu'à tout instant je m'attends à un sérieux affrontement. A cause d'une bagatelle... il me fit devant nos gens des allusions désobligeantes que je ne pouvais pas laisser passer comme cela. Je lui expliquai qu'il fallait à l'avenir qu'il se gardât de prononcer de telles expressions... Là-dessus, il entra dans un de ses accès de fureur ; il dit qu'il se souvenait parfaitement que, déjà l'année précédente, je l'avais menacé avec mon revolver ; il m'assura qu'à cet endroit il me devancerait, et me déclara même de façon catégorique qu'il attenterait à mes jours, dès qu'il serait sûr de ne plus pouvoir rentrer chez lui.

Peut-être qu'au cas où l'*Expédition Payer-Weyprecht* eût disparu, un découvreur ultérieur des restes eût considéré ces notes sur ce ressentiment inexpiable comme le début de la fin, mais peut-être aussi comme la preuve de l'incapacité désespérée de s'en tirer – des suppositions sur ce point sont désormais superflues, car à présent, en août 1874, la glace les laisse enfin tranquilles, comme on abandonne un jeu devenu ennuyeux, et ne les contraint plus à donner le spectacle banal qui veut que les hommes soient des loups pour l'homme.

Ce qui va alors se passer, c'est ce *changement radical de situation* auquel plus personne ne croyait et qui passait pour une espérance invraisemblable et démesurée ; ce changement se réalise uniquement parce qu'en 1874 l'été arctique est doux, comme jamais il ne l'a été depuis des années et ne le sera plus pendant longtemps : les crevasses et les chenaux s'élargissent et bleuissent peu à peu, les mares deviennent des lacs. Lentement et continuellement, comme des cumulus par un après-midi tranquille, les ruines du pack se disloquent ; des barrières, des portes d'écluse s'ouvrent. A l'immobilité et à l'engourdissement succèdent la fonte, les courants, le mouvement. Le vent gonfle les voiles. Les ombres rapides et scintillantes des grains errent devant eux. Mais les hommes rament, font route vers le sud-est. A présent, ils ont de moins en moins besoin de hisser leurs canots sur la glace et de les tirer jusqu'à la prochaine eau vive. Puis ce ne sont plus que des champs plats de glaces flottantes qui s'étendent devant eux, une grande plaine que déchire une infinité de lacs et de rivières, et qui se soulève et s'abaisse comme une respiration, lourdement et en rythme. C'est la houle. Ils ont atteint la limite des glaces. Au-delà de cette plaine, qui se déroule longuement, s'envolent des essaims d'oiseaux, et là-bas, sous un ciel sombre, il y a la mer libre.

Le jour de notre libération fut le 15 août, le jour de l'ascension de la Vierge, et, comme pour une fête, nous décorâmes nos canaux de drapeaux... En criant trois fois hourra, nous nous éloignâmes de la glace, et le voyage sur la mer libre commença. L'heureuse issue dépendait du temps et de notre opiniâtreté à ramer ; qu'une tempête vînt à éclater et les canots eussent sombré... Avec une satisfaction infinie, nous vîmes peu à peu la frange blanche de la glace devenir une ligne et disparaître enfin. *Julius Payer*

Le mouvement de la mer rend fous les deux derniers chiens encore vivants ; dans les chaloupes surchargées, on peut à peine les retenir : ils cherchent à attraper les rames et les embruns qui passent par-dessus les bordages. Torossy, qui est né dans les glaces, n'a jamais connu les vagues, et Jubinal les a sans doute oubliées. Mais plus rien à présent ne doit déranger le labeur effectué contre la haute mer. Le sort tombe sur Klotz. C'est lui qui doit abattre les chiens.

Le 16 août, quelqu'un crie : *De la glace !* et ils regardent avec effarement vers le sud. Mais ce ne sont que les lointaines montagnes recouvertes de neige de Novaïa Zemlia, qui émergent lentement des flots. Là-bas, quelque part, au sud de cette terre, ils trouveront un bateau. C'est ce qu'a promis le commandant Weyprecht. Ils rament alors dans des eaux confuses qui longent la côte déchiquetée et hérissée d'écueils. Les baies sont vides. Ni glace. Ni bateau.

Le 17 août, le brouillard tombe, et ils dépassent sans s'en rendre compte le dépôt de provisions laissé deux ans plus tôt sur les *Trois Cercueils*. Lorsque le temps s'éclaircit et qu'ils se rendent compte de leur négligence, les îles Barents sont déjà loin derrière l'horizon. Mais ils n'ont plus le droit de donner un seul coup de rame pour retourner vers le nord. Le temps expire. Pour la première fois depuis des mois, ils voient à nouveau le soleil se coucher. Si des pêcheurs de saumons ou des chasseurs de phoques sont encore dans les parages, ils auront tôt fait de se préparer pour le retour.

Le 18 août, jour de l'anniversaire de l'empereur, l'épuisement les pousse à terre. Ils ont ramé trois jours et trois nuits ; ils se laissent à présent tomber autour d'un feu et boivent du rhum mélangé d'eau à la santé du monarque. Comme elle est douce et agréable, cette terre, comparée à l'empire insulaire qu'ils ont découvert pour leur souverain. Sur les éboulis qui descendent du ciel jusqu'à eux, poussent des herbes courtes, des mousses et aussi des fleurs clairsemées. *Des myosotis d'une rare beauté*, écrit Weyprecht dans son journal, *si beaux que je les soupçonnais de ne pas être des myosotis.*

Le sommeil est court. Puissant et menaçant, le tonnerre des glaciers se répercute sur les parois ; continuellement à présent. C'est l'annonce d'un changement de temps. Il faut qu'ils poursuivent leur route.

Comme étaient inaccessibles la plupart des points de la côte de Novaïa Zemlia cela nous obligea à poursuivre désormais notre voyage sans nous arrêter, bien que nos bras fussent déjà raides et enflés des efforts ininterrompus déployés à ramer. Nous avions jusqu'alors guetté en vain la présence d'un navire... et nous n'avions rien vu d'autre que la rude grandeur d'une terre montagneuse arctique... la tempête succéda, qui épuisa nos forces et sépara les chaloupes dont les équipages s'activaient constamment à écoper l'eau qui les emplissait... nous continuâmes à ramer mécaniquement à travers les flots infinis, pénétrant dans l'inconnu de la fin. Julius Payer

Le 24 août 1874 – il est sept heures du soir et seule une légère brise souffle encore du sud-ouest –, les équipages des phoquiers russes, le *Wassili* et le *Nicolaï* qui sont à l'ancre dans la baie des dunes de Novaïa Zemlia, voient venir à eux quatre canots ; ils n'entendent aucun cri d'allégresse, rien que le claquement des rames ; ils reconnaissent les drapeaux et savent que ce sont les disparus dont on parle tant actuellement dans les ports de la mer polaire. Quelques-uns parmi ces étrangers sont incapables de monter seuls l'échelle de coupée du *Nicolaï* et doivent être soutenus. Lorsque Weyprecht tend un sauf-conduit du tsar, établi à Pétersbourg, au capitaine Féodor Voronine, et que ce dernier, stupéfait, lit tout haut et d'une voix hésitante que le tsar Alexandre II Nicolaïevitch recommande à ses sujets de prendre soin de l'Expédition austro-hongroise du pôle Nord, les matelots russes se découvrent et s'agenouillent devant ces étrangers décharnés, défigurés par les ulcères et les engelures.

18
Disparition – Nécrologie

Le 11 décembre, un vendredi où la terre baignait dans une nuit polaire immense et dégagée, deux chiens apparurent à Longyearbyen, qui traînaient derrière eux un harnais en lambeaux. Ils étaient si hagards et si sauvages que Kjetil Fyrand eut un moment d'hésitation avant de reconnaître dans ces loups Anore et Imiag, deux chiens de son attelage. Les bêtes engloutirent la pitance qu'il leur jeta, mais reculèrent en grognant et en montrant les crocs, quand il essaya de les libérer des lanières qui les tenaient encore attachés l'un à l'autre. Il était tellement impossible de les approcher, tant ils se montraient hargneux et enragés, que l'océanographe les abattit le quatrième jour après leur arrivée.

Ces clébards. Jamais ils n'arrêteraient d'aboyer ? Puis cette douleur à présent, cette secousse du train qui se mettait en marche. Un mur de quai qui défilait puis disparut. Le quai d'une gare. Un môle. *Passau*. Le jour se levait. Mais les aboiements continuaient, rabattus par un ciel vissé à des piliers de fonte. Il n'y avait donc personne pour corriger ces clébards ? Parfois, il avait suffi que Payer dessinât quelques zigzags en cinglant l'air de sa baguette d'acier pour obtenir le calme. Mais ce n'étaient pas les chiens de Payer. Ce ne pouvait pas être les chiens de Payer, puisque Klotz avait abattu les deux derniers sur un glaçon qui dérivait longuement sur l'eau vive. L'eau vive. Et là dehors, est-ce que c'étaient des montagnes ? Une côte ? Terre ! Weyprecht essaya de se redresser.

Reste couché, Carl, reste couché, dit la voix douce de quelqu'un qui se penchait au-dessus de lui. Weyprecht se laissa retomber sur sa couche, rouge et brûlant de fièvre. Mais ce bruit de roulement et de martèlement sous lui, c'était bien la houle, et son navire filait à toutes voiles. Comme la côte était proche à présent ! Un rivage vert, des champs déserts derrière, des peupliers dénudés. Il était étendu dans l'obscurité de sa cabine. Il fallait qu'il montât sur le pont. *Division de tribord, arrisez les huniers ! Premiers ris ! Préparez l'abordage ! Brassez !... Brassez ferme !... Levez les palans !...* Du calme, lui dit quelqu'un dans l'ombre, du calme, calme-toi. Puis vint le silence. Le vent du nord-est passait sans bruit dans le gréement. Aucun chien nulle part. Il se réveilla au bruit soudain du fer qui grinçait sous lui ; voies ferrées, roues, sabots d'arrêt, et une voix lointaine criant *Ratisbonne !* Des portes s'ouvrirent ; quelqu'un ferma un rideau de fenêtre avec précaution et une orbite du soleil disparut. Ratisbonne. On en était encore bien loin. C'était Berlin, Breslau ou une autre gare sur le trajet du retour de Hambourg à Vienne. Des bouquets de fusées éclairantes avaient embrasé le ciel au-dessus des bassins de Hambourg, et des feux de Bengale les débarcadères, tandis que les cornes de brume des bateaux s'étaient unies pour faire entendre le son de puissantes orgues, au moment où le vapeur-poste de Vardö était entré au port avec à son bord les découvreurs de la dernière terre. Puis la traversée en calèche sous les cris d'allégresse, les drapeaux et les discours à la gare et les hourras sur les quais – et pourtant ils avaient perdu leur bateau et n'avaient rien rapporté d'autre qu'une *nomenclature d'îles enfouies sous la glace*. Malgré cela, l'enthousiasme se répétait de gare en gare, et là encore une grande clameur s'élevait à présent dehors ; cela ne pouvait pas être Ratisbonne. Mais pourquoi les rideaux restaient-ils fermés ? Pourquoi était-il couché dans une voiture-salon ? Pourquoi était-il seul ? Où étaient les autres ? Il leva la tête et se rendit compte alors seulement de la présence de son père : digne et grave, dans son habit noir, l'avocat de la cour et administrateur des biens du comte d'Erbach était assis à son chevet et dit solennellement : Nous sommes à Ratisbonne, Carl... *notre cher père s'en est allé*, la nouvelle, qui l'attendait à Vardö, avait été pourtant ainsi formulée ; Scarpa, Lusina et Orel avaient eux aussi reçu le même message. S'en est allé. Nous a quittés. Est mort. Et le voilà qui, à Vardö, donne 1 200 roubles-argent au capitaine du *Nicolaï* pour le sauvetage. La paix règne partout, leur dit-on. Napoléon est mort. *Notre cher père est mort*. Arborant son ordre d'Olaf et sa perruque blanche, le maître baleinier, heureux de la tendresse d'une vieille femme qui l'embrasse sur le môle, quitte à Tromsö le vapeur-poste en criant à ses compagnons l'immuable maxime des marins dont il s'est tant servi pour essayer de conjurer le malheur de toutes ces années : *Si Dieu nous accompagne, rien ne nous sera hostile.* Puis il est emporté par les acclamations. S'en est allé. Non, cet hommes assis près de sa couche, malgré l'ordre du grand duché de Hesse-Darmstadt accroché à son habit, cet homme qui lui parlait, ce ne pouvait pas être son père, qui reposait depuis longtemps à König. Il se tourna à nouveau vers l'étranger et vit que c'était pourtant son père. Mais maintenant, celui-ci restait muet et ne portait plus l'habit noir ; cependant, quelque chose brillait sur sa poitrine, quelque chose qui n'était pas une décoration, quelque chose qui faisait mal aux yeux et qui s'évanouit sous l'effet de la forte fièvre.

Six ans après son retour de la glace, je vois encore une fois devant moi le lieutenant de vaisseau Carl Weyprecht, à présent âgé de quarante-deux ans ; je le vois en proie au délire, terrassé par la tuberculose, couché dans une voiture-salon du *Train de l'Impératrice Elisabeth*, et près de sa couche, un médecin triste, son frère, qui est venu de Michelstadt dans l'Odenwald jusqu'à Vienne, pour ramener l'agonisant vers le grand duché de Hesse, dans la maison de leur mère. Le héros de l'Expédition impériale et royale du pôle Nord ne doit pas mourir en Autriche-Hongrie, sur cette terre étrangère qu'il a appelée sa *patrie*. C'est un voyage silencieux. Le frère veille, écoute, est prêt à noter ses dernières paroles, son testament. Mais Weyprecht a déjà dit ce qu'il fallait dire, il y a plusieurs années déjà, et ce, dans le bruit des ovations qui saluaient le retour des découvreurs : *Je n'ai jamais eu le mal de mer*, avait-il dit au début d'un discours sur l'Arctique et l'état de la science, *mais je pourrais bien l'avoir quand il faut que j'entende des inepties sur mes exploits, sur mon immortalité. Immortel ! Avec ma toux en plus...* La recherche arctique a dégénéré en un jeu de massacre stupide et s'épuise actuellement dans la chasse brutale aux nouveaux records de latitude effectuée au nom de la vanité nationale. Mais il est temps de rompre avec de telles traditions et d'emprunter d'autres voies scientifiques plus respectueuses de la nature et des hommes. Car on ne saurait servir la recherche et le progrès en provoquant sans cesse de nouvelles pertes en hommes et en matériel, en envoyant sans cesse à la mort de nouvelles expéditions polaires, mais plutôt, en créant un système de bases d'observation, de *stations polaires*, qui garantiraient aux hommes un minimum de sécurité et une stabilité favorables à la description des phénomènes arctiques. Tant que l'ambition nationaliste d'une simple expédition de découverte et la douloureuse conquête de déserts de glace resteront les mobiles essentiels de la recherche, il n'y aura pas de place pour la connaissance.

Je vous prie, messieurs, avait dit Weyprecht en conclusion d'un exposé très remarqué prononcé à Graz devant la 48e Assemblée des naturalistes et médecins allemands, *je vous prie d'être bien convaincus que lorsque je dis cela, je n'ai pas l'intention de porter ombrage aux mérites de mes prédécesseurs dans l'Arctique, car bien peu de personnes sauront mieux apprécier que moi les sacrifices qu'il leur en coûta. En exposant publiquement ces principes, je m'accuse moi-même et condamne irrévocablement la plus grande partie des résultats que je dois à mon dur travail.*

A Nuremberg, le commandant du *Tegetthoff* fait carguer les bonnettes et débite dans un murmure des profondeurs marines. *Soixante-deux brasses, fond vaseux... quatre-vingts brasses... cent neuf brasses, fond vaseux.* Puis la sonde oscille dans une mer dont aucune corde plombée ne peut atteindre le fond. Le commandant se tait. Respire. Le soir du dimanche 27 mars 1881, le train entre en gare de Michelstadt. Weyprecht ne reconnaît pas les amis qui pénètrent dans la voiture-salon, sur son bateau. On le porte sur un brancard dans la maison de son enfance. Il est arrivé. Il y a longtemps qu'il était parti.

Dieu du ciel, quelles retrouvailles ce furent là, écrit sa mère, alors âgée de soixante-dix ans, dans une lettre qu'elle envoie début avril à Vienne.

Son regard voilé ne put percevoir ma propre pâleur cadavérique, mes tremblements, ma fragilité. Ce n'est que lorsque je l'appelai par son prénom qu'il me reconnut. Il crut cependant que j'étais en visite chez lui à Vienne et me remercia d'une façon émouvante pour tout mon amour. Nous le conservâmes encore en vie deux nuits et un jour. Puis il reposa, son corps exposé, recouvert de fleurs, jusqu'au jeudi 31 mars, jour où il fut inhumé dans le caveau familial, à König, près de son cher père, qu'il n'avait plus revu à son retour des contrées nordiques.

Weyprecht avait dépensé toute son énergie à la réalisation d'une vision, écrivit Julius Payer dans un dernier hommage qui parut dans la *Neue Freie Presse* de Vienne, la vision d'une chaîne de stations d'observation bordant le cercle polaire, le rêve d'une recherche internationale, bref d'une science pure. *L'effort par lequel il s'efforça d'atteindre son sublime objectif dépassait la force d'un seul homme. Il se battit sans moyen et sans perspectives.*

Il y a de cela presque sept ans, jour pour jour, poursuivait Payer, il revenait à l'*Admiral Tegetthoff* avec quelques compagnons, après leur première expédition en traîneau à travers la terre qu'ils venaient de découvrir, et avait dépêché en tête le chauffeur Pospischill, qui avait les mains gelées ; ils étaient tous très affaiblis ; le bateau salvateur n'était pas encore en vue et il fallait encore parcourir plusieurs milles dans l'obscurité, quand... *soudain je vis Weyprecht venir vers moi, entre les écueils de glace : silhouette blanche, la barbe, les cheveux, les sourcils, les vêtements, tout était hérissé de glace, le cache-nez enveloppant la bouche, lui aussi pris de glace.*

Weyprecht, seul dans la glace, sans fourrure, sans fusil, et en grand souci pour ses compagnons – c'est le souvenir qui restera indélébile dans sa mémoire.

Tout ou presque à présent n'était que souvenir. Lorsque le commandant sur terre rédigea sa *nécrologie pour un ami défunt et ancien compagnon d'infortune*, la nouvelle terre n'avait déjà plus aucune valeur, et la ville en liesse qui, en septembre 1874, attendait le convoi exceptionnel décoré de branchages, de drapeaux, de banderoles et de fleurs, qui ramenait à Vienne *les voyageurs du pôle Nord, les découvreurs, les vainqueurs de la glace et les conquérants de la Nouvelle Autriche,* n'était plus qu'un tableau jaunissant. Outre les militaires, les hommes politiques et les aristocrates, ne peuvent se rendre sur le quai que les personnes décorées au moins de l'ordre de la Grande Croix. Les fiacres des héros mettront des heures à parcourir le chemin qui va de la gare du Nord au centre de la ville.

Sans cesse déferlaient, de part et d'autre des voitures, de nouvelles ovations et des cris de joie. Plusieurs grandes couronnes de laurier, qui avaient été remises aux voyageurs du pôle Nord avant leur arrivée à Vienne, ornaient la voiture où avaient pris place les deux commandants. Les dames jetaient des fleurs à l'intérieur du véhicule, et les deux hommes autant que l'équipage semblaient éprouver la même surprise devant cette explosion spontanée de joie et de sympathie des Viennois. Les voitures ne purent quitter la gare du Nord qu'en avançant au pas à travers la Nordbahnstrasse pour entrer dans la Jägerzeile. La foule se jetait devant les chevaux, retenait les voitures, et ce n'est que lentement que se dispersa le flot sans cesse croissant des centaines de milliers de curieux venus voir les arrivants d'ici jusqu'au cœur de la ville. Les rues étaient noires de monde ; dans toutes les maisons, on se bousculait aux fenêtres, et de partout, on les saluait par des acclamations et en agitant des mouchoirs. En certains endroits, la bousculade qui s'ensuivit représenta un réel danger. Il n'est pas exagéré de penser que 250 000 personnes ont assisté à l'accueil. Le cortège se rendit de la Praterstrasse au Stubenthor en passant par l'Aspernbrücke. C'est là que les voitures des matelots prirent à gauche la Landstrasse, puis la Hauptstrasse, avant d'arriver au temple de la bière, « Chez Dreher », dont le gérant, monsieur Ott, leur avait offert gratuitement le gîte et le couvert... Les officiers, eux, s'étaient rendus du Stubenthor, par la Wollzeile et la Rothenthurmstrasse, la Stephansplatz, le Graben, la Bognergasse et le Hof, à l'hôtel « A l'Empereur romain », solennellement décoré à cette occasion, où leur logement avait été préparé. Jusqu'à l'hôtel, ils furent accompagnés sans interruption par les mêmes manifestations d'allégresse et de sympathie du public. Dans l'exiguïté du centre-ville, l'accueil prit un tour plus intime : après la marée humaine qui s'était déployée sur le Ring et la Jägerzeile, la foule qui se pressait ici au coude à coude avait des airs de grande famille venue à la rencontre de parents. Les vieux murs des maisons patriciennes semblaient vouloir s'animer ; de toutes les fenêtres s'échappaient des hourras et autres cris de joie, sortaient des mouchoirs blancs et s'envolaient de bruyants souhaits de bienvenue ; et les balcons ployaient sous le poids des belles dames.

Neue Freie Presse, samedi 26 septembre 1874

Mais deux cent mille, trois cent mille personnes enthousiastes, ce n'est rien à côté des palabres de l'aristocratie, des ragots des militaires, des rumeurs à la Cour ou des commentaires de l'Académie impériale des sciences et des cercles de la Société géographique – tous les discours de fête, tous les banquets et toutes les remises de médailles, y compris la faveur de sa Majesté Apostolique, bref toute cette *transfiguration* ne peut suffire à protéger le triomphe de la découverte d'un empire insulaire arctique des forces obscures qui, à la longue, érodent la monarchie. Cette lente et insidieuse dégradation de leur expédition polaire n'inquiète certainement pas les matelots ni les chasseurs – ils se perdent dans la magnificence déclinante des réceptions, rentrent chez eux au bord de l'Adriatique et en Bohème, en Moravie, en Styrie et au Tyrol, et y occupent des fonctions d'Etat que Weyprecht leur a fait obtenir. Quant à ce dernier, il ne prête aucune attention aux bavardages des intrigants ; il n'a plus aucune ambition, il ne veut plus *remplir* de fonction dans la maison Autriche ; il a souvent la nostalgie du retour dans les glaces, pour aller, loin des lois de la promotion, y mesurer ce qui est mesurable et y rendre mesurable ce qui ne l'est pas. Seul, Julius Payer, le héros qui ne veut pas seulement être estimé, mais vénéré, aimé ! est resté vulnérable – et sera blessé.

Les cartes de cette *Terre* dite *de l'empereur François-Joseph* établies par monsieur Payer sont malheureusement très très imprécises, énonce une quelconque nullité de la bonne société savante ; les lignes de côtes conduisent directement au néant... oui, aussi imprécises que des chimères, dit quelqu'un d'autre... pardon, le fantassin de Bohème, qui a reçu d'en-haut l'autorisation de s'appeler désormais *chevalier*, a dû effectivement trouver quelques nouveaux rochers... des rochers dans la mer, sauf votre respect, et non pas des terres... et ce que notre très vénéré collègue raconte dans les salons des maux et malheurs endurés sent un peu beaucoup la fabulation, est pure littérature...

Aucune malveillance n'échappe à Payer. Il se dépense à réfuter les ragots, tente de remonter à la source des rumeurs, de les débusquer, donne des coups d'épée dans l'eau, se découvre devant l'adversaire, est profondément vexé. Dans quelques cercles d'officiers, on considère cette nouvelle terre, sa terre, comme un mensonge. Un interpellateur anonyme est même allé jusqu'à troubler son exposé devant l'assemblée solennelle de la Société géographique, troubler sa description des privations d'une expédition en traîneau en objectant : *Si seulement c'était vrai !* Sa terre, un mensonge !

A quoi lui sert désormais que dans les salons les *chapeaux Payer*, les *redingotes Payer* et les *cravates Weyprecht* soient à la mode, que les distillateurs des faubourgs baptisent leurs tripots *À l'Aurore boréale, Aux Glaces éternelles* ou *À la Terre François-Joseph* ? À quoi lui sert son éblouissante célébrité et l'enthousiasme de la rue si le jugement plus discret du pouvoir n'est pas unanime, si l'aristrocratie met en doute, dans ses bavardages, l'existence d'une terre qu'il a arpentée en endurant le martyre ?

Déçu et déterminé, avant même que ne se soit éteint le triomphe de toutes ces années, Payer prend congé de l'armée impériale, quitte Vienne, puis l'Autriche, et laisse surtout derrière lui une vie de conquérant. *En ce qui concerne la découverte d'une terre inconnue*, écrit-il en note dans le récit de son expédition, *je n'y accorde aujourd'hui personnellement plus aucune importance...* Il veut maintenant devenir peintre. C'est avec le fanatisme qui l'anima quand il cherchait un passage secret dans la mer glaciale et de nouvelles terres que Payer se consacre à la théorie des couleurs, à l'anatomie et à la perspective – comme étudiant des Beaux-Arts à l'Institut Städel à Francfort, puis à l'Académie royale des Beaux-Arts à Munich, et enfin à Paris. Il fera encore une fois parler de lui au cours de ces années : Fanny Kann, la femme d'un banquier francfortois, neveu des Rothschild, dit-on dans les salons viennois, avait quitté son époux, lui préférant Payer, et, après un divorce spectaculaire, avait épousé le voyageur du pôle Nord ; un sacré gaillard, le chevalier bohémien. Le couple *de Payer* prénomme ses deux enfants, nés à Paris, Alice et Julius.

Je suis devenu peintre, écrit l'émigré à Gerhard Rohlfs, explorateur allemand du Sahara, qu'il compte accompagner à travers le désert de Libye jusqu'à la ligne de partage des eaux du Nil et du Congo. Mais Rohlfs part finalement sans Payer qui reste dans son atelier parisien, avec ses peintures – de grands, d'imposants tableaux, des montagnes de glace, des tragédies de l'Arctique, des scènes de l'expédition Franklin qui disparut au cours de l'hiver 1847 sans laisser de survivants, des toiles de dix mètres carrés et plus, des vitrines d'un univers effroyable : ici des silhouettes déguenillées qui se traînent sur le pack ; là, balayés par la neige, les cadavres des compagnons de John Franklin, pitance pour les ours, et, par dessus tout cela, le ciel qui défile. L'homme qui a peint les effrois de la glace et des ténèbres l'a fait d'une façon si magistrale et avec une telle froideur que l'on se prend à avoir peur. La critique applaudit. Payer reçoit des prix. A Londres, à Berlin, à Munich, à Paris. Des médailles d'or.

En 1884, dix ans après son retour de la glace, le peintre perd la vue de l'œil gauche. Longtemps, il se laisse aller au désespoir. Puis il se remet au travail. Peu à peu, les visages de ses personnages grandeur nature prennent les traits d'Orel, de Carlsen, des matelots. Julius Payer se met à peindre son propre drame, les années passées dans le désert. Les tableaux sont difficiles à vendre ; ils sont si grands qu'ils nécessitent de grandes salles, des palais. Le peintre se plaint de ne plus pouvoir peindre à présent des petites choses, des choses délicates à cause de son infirmité visuelle partielle.

En 1890, Payer révèle dans une lettre à un ami qu'il est rongé par le mal du pays. Ce qui est sûr, c'est que le peintre, cette année-là, quitte sa famille, quitte Paris pour toujours, et rentre à Vienne. La bonne société accueille avec sympathie cet invité qui la distrait en racontant plein de choses sur l'Arctique. Payer donne des leçons de peinture aux jeunes demoiselles, parcourt la province en donnant des conférences et entreprend de travailler à l'un des plus grands tableaux de sa vie : une scène de la retraite, de la fuite du nord ; quatre mètres de long, trois mètres et demi de haut ;

le titre : *Sans retour* ; on dira qu'il s'agit là de son *œuvre principale* – il n'empêche que c'est avant tout une glorification de Weyprecht : tenant la Bible dans la main droite et levant la main gauche, comme dans un geste de refus, en direction de la *Terre François-Joseph* qui s'étend dans la lumière rayonnante du lointain ; le commandant sur mer et sur glace se dresse devant les hommes couchés, agenouillés et accroupis dans la neige, tel un prédicateur qui apporte le réconfort aux hommes épuisés et découragés et les conjure de ne pas croire que le salut est dans un retour au bateau, un retour dans le passé. *Sans retour.* Le seul espoir et de traverser la glace.

Ce tableau est le lieu d'achèvement de bien des choses. Ce n'est que maintenant, avec la détermination et l'assurance d'un rêveur, que Julius Payer se libère de ses souvenirs et nourrit de nouveaux projets. Il veut repartir dans l'Arctique, au Groenland et plus loin encore vers le nord ; des peintres l'accompagneront ; ce sera une expédition de peintres, une grande tentative de reproduire l'indicible charme des couleurs et de la lumière des déserts polaires ; et plus tard, plus tard peut-être, il se joindra à une expédition du cercle polaire sud ; c'est sûr, il marchera aussi sur la glace du continent antarctique.

Au cours des derniers étés du XIXe siècle, Payer recommence à se préparer, à s'endurcir pour traverser les glaces ; il sillonne les Alpes et la Lombardie, puis les Pyrénées et toute l'Espagne jusqu'au golfe de Cadix. Il y a longtemps que l'existence de la *Terre François-Joseph* n'est plus mise en doute ; entre temps, Fridtjof Nansen et l'expédition anglaise Jackson y ont hiverné ; le duc des Abruzzes et ses compagnons ont passé la fin du siècle dans l'obscurité de cette terre, trouvé et remis en place, sous un cairn au *cap Fligely*, un message resté intact de l'Expédition austro-hongroise du pôle Nord. Non, le vieil homme, qui traverse à présent les villages et parle dans les salles paroissiales de côtes basaltiques et de phénomènes de lumière, ce n'est pas un menteur ; il sait de quoi il parle ; il n'a plus besoin non plus d'un auditoire qui, comme une girouette sensible au vent des rumeurs, un jour le porte au pinacle pour l'oublier le lendemain : c'est l'époque où Payer démissionne de la Société géographique viennoise, dont il était membre d'honneur, l'époque où il écrit des articles sur les auberges et les restaurants de montagne pour le *Baedeker*, et fuit les salons.

Cela m'irrite profondément de voir, déplore un des nouveaux héros, explorateur de l'Asie, le Suédois Sven Hedin, à propos du destin de Payer, dans un discours qu'il prononce à Vienne, *qu'un homme d'action comme Julius Payer... oublié de son peuple et abandonné, soit acculé à la misère et contraint de battre la campagne comme un commerçant et de faire des conférences pour gagner un peu d'argent.*

Au total, mille deux cent vingt-huit conférences ; mille deux cent vingt-huit visions de l'Arctique. Payer tient des comptes précis : lieu, date, nombre d'auditeurs, applaudissements, honoraires. Mais il s'enfonce profondément dans l'avenir. Il atteindra, dit-il, le pôle Nord en sous-marin. Il appareillera à Kiel. Il évoluera dans la pénombre subaquatique, longtemps, jusqu'au point où les cadrans de ses instruments lui confirmeront qu'il est arrivé. Au sommet du monde et pourtant au fond de la mer, il allumera des charges explosives. Au-dessus de lui, la glace éclatera. Puis l'eau redeviendra lisse et calme, et reflétera le ciel. Et c'est alors qu'il surgira, qu'enfin il surgira et sortira de ce miroir.

En mai 1912, une attaque d'apoplexie réduit l'explorateur polaire à l'état d'assisté, de vieillard de soixante-dix ans qui a du mal à marcher et n'est plus capable de prononcer un seul mot. Ce qu'il a à dire, il le griffonne à présent sur des petits bouts de papier qu'il colle les uns au bout des autres ; ses questions, ses souvenirs, ses plaintes, se transforment en bandelettes qui s'allongent en bruissant, et qu'il appelle des *serpents* et déroule devant ses visiteurs. Le muet pense-t-il encore aller dans les glaces ? Je l'ignore. Ce qui dans les mythes des déserts polaires devait être détruit, entre-temps l'a été : le baron de Nordenskjöld a dérivé à travers le passage du nord-est et Amundsen à travers celui du nord-ouest ; les ennemis Peary et Cook sont revenus en *vainqueurs* des alentours du pôle Nord, et Amundsen aurait, dit-on, également conquis le pôle Sud... mais quels qu'aient été les nouveaux exploits, ils se sont réalisés sans Payer, sans ce curiste fragile qui passe ses derniers étés à Veldes en Haute Carniole, au bord d'un lac entre les Alpes Juliennes et les Karawanken. C'est également là qu'on lui apporte la nouvelle qu'un *Jules de Payer*, qui se présente comme le *chef de la Mission arctique française*, prépare à Paris une expédition qui se dirige vers la *Terre François-Joseph. Très cher Jules de Payer, monsieur mon fils...* ainsi commence une lettre que le curiste ne finira et n'expédiera jamais. Car désormais c'est la ruine des temps. François Joseph Ier, qui règne sur la dernière terre découverte, à laquelle il a donné son nom, fait placarder son *manifeste* sur les murs de son empire :

A Mes peuples... Les menées d'un adversaire rempli de haine M'obligent, après de longues années de paix, à prendre l'épée, pour préserver Ma monarchie, pour protéger son prestige et sa puissance, pour assurer sa fortune... La haine contre Moi et Ma maison ne cesse de s'accroître... Je fais confiance au Tout-Puissant pour qu'il accorde la victoire à Mes armes... La conscience tranquille, J'emprunte le chemin que Me dicte le devoir...

Comme elle doit être tranquille, douce et inondée de lumière, la solitude de la *Terre François-Joseph* en cet été 1914 ! Pas de manifeste sur les parois rocheuses, ni de bruits de guerre sur les côtes et dans les montagnes ; les éboulis des glaciers semblent faits de jade et de lapis-lazuli, et les sombres caps sont couverts de mouettes et d'alcidés. Je dis que le sourd se rend compte à présent qu'il a vraiment découvert un paradis.

L'année suivante, les champs de Galicie portent déjà les bosses des fosses communes, les prairies des Flandres aussi – sur les rives des lacs de Masurie en Prusse, en Alsace-Lorraine, en Champagne, en Serbie, dans le Caucase ou au bord de l'Isonzo – partout déjà gisent des morts, lorsque Julius Payer meurt près du lac de Veldes, dans une ambiance générale de devoir accompli. Le 29 août 1915, il fait chaud ; vent nul. On lave le corps du curiste, on l'habille de beaux vêtements, on le transporte à Vienne et l'y dépose, le 4 septembre, dans un tombeau. On régularise la succession ; on jette une veste en duvet, des bottes en toile, une fourrure mangée aux mites – les objets qui avaient servi à se protéger du froid et que le muet avait conservés dans une malle – on déroule aussi ses serpents de papier, note après note, et on trouve des commentaires et des aphorismes, des dessins également, et quelque part, mais sans que ce soit à la fin, ni souligné, la remarque qu'il faut s'attendre à *une révolution en Russie...*

... et également l'assassinat du tsar, la libération de la Pologne, des banqueroutes d'État, des millions de morts, la destruction des villes, des flottes et du commerce, l'apparition d'épidémies... et pour finir la fin du monde, la disparition par le feu de notre planète, honte de notre système solaire.

Je n'achèverai rien et ne ferai rien disparaître : ai-je craint que mes recherches n'aient pas d'autre issue ? Je commence peu à peu à m'installer dans l'abondance et la banalité de mes matériaux ; j'interprète toujours autrement et remanie ce que je sais de la disparition de Mazzini, ce que je sais de la glace et m'installe dans ces versions à la manière d'un meuble.

J'ai garni mes murs de cartes des terres, des côtes et des mers, et de papier plié dans tous les tons de bleu, moucheté d'îles et traversé par la crénelure de la limite des glaces. Sur ces murs se répètent les terres qui sont toujours les mêmes, vides et déchiquetées, des provinces norvégiennes et soviétiques, le Spitzberg et la Terre François-Joseph, de lointains territoires nationaux, des cailloux dans le filet des longitudes et des latitudes.

Zemlia Frantsa Iosifa. Les anciens noms sont encore en vigueur. *Ostrov Rudolfa*, l'île Rodolph : je me suis laissé dire que c'est là que le marin Antonio Zaninovich est tombé dans un glacier avec son équipage de chiens, que c'est là que le commandant sur terre a été pris de panique.

Le cap Fligely porte toujours, lui aussi, le même nom, et les îles, les détroits et les baies ont conservé leur première dénomination : l'île Wiener-Neustadt, l'île Klagenfurt, le cap Grillparzer, l'île Hohenlohe, le cap Kremsmünster, le cap Tyrol, etc. C'est ma terre, dis-je. Mais les signes sur mes cartes signifient *Zone interdite*, signifient que l'on doit ni y *pénétrer*, ni y *voyager*, que l'on ne doit pas la *survoler*. C'est une terre interdite ; plus déserte et inaccessible que jamais, inaccessible aussi pendant les étés doux où la glace est bien répartie.

Au nord de l'île Rodolph, le bleu de la mer s'assombrit. Ce sont les fonds du bassin eurasien. J'aime ce bleu, y séjourne souvent, lisse les plis de l'océan Arctique, puis retourne pour m'enfoncer au sud-est, jusqu'aux côtes de Novaïa Zemlia qui s'étirent et me sont familières, la falaise, la belle côte, où poussent le pas-d'âne, la mousse pourpre et l'oseille ; et puis là il y a aussi le cap Suchoi Nos et là-derrière une vaste baie, dans laquelle autrefois les chasseurs de phoques allaient à la recherche des navires naufragés, des bateaux de pêche perdus, de tout ce qui avait disparu à un moment ou à un autre.

Près de Suchoi Nos, beaucoup de choses qui avaient dérivé réapparaissaient, des coques de bateaux crevées, des planches, des mâts éclatés ; nettoyés, blanchis. Je m'entends dire qu'il y a peut-être là-bas des restes qui m'attendent, que peut-être un ruisselet d'eau de fonte a fait ressortir un signe d'un glacier du Spitzberg et que le courant l'a laissé pour moi près de Suchoi Nos.

De la paume de la main, je protège le cap, je recouvre la baie, je sens la sécheresse et la fraîcheur du bleu, je suis au milieu de mes océans en papier, seul, avec toutes les possibilités d'une histoire : je suis un chroniqueur à qui il manque la consolation de la fin.

Les personnages ont participé eux-mêmes à l'écriture de ce roman. J'ai extrait les passages adéquats (en italique dans le texte) des écrits suivants en mentionnant le nom des différents auteurs :

Julius Payer, Lettres et manuscrits, conservés aux Archives de guerre autrichiennes – Département de la marine.

Julius Payer, *L'Expédition austro-hongroise du pôle Nord de 1872 à 1874*, Alfred Hölder, libraire de la Cour impériale et royale et de l'Université, Vienne, 1876.

Carl Weyprecht, Journal et lettres, manuscrits, conservés aux Archives de guerre autrichiennes – Département de la marine.

Carl Weyprecht, *Les Expéditions de l'avenir au pôle Nord et leurs résultats assurés*, Hartleben's Verlag, Vienne, Pest, Leipzig, 1876.

Otto Krisch, *Journal de la seconde Expédition austro-hongroise du pôle Nord*. Œuvre posthume du défunt éditée par Anton Krisch, Wallishausser'sche Verlagsbuchhandlung, Vienne, 1875.

Johann Haller, *Souvenir d'un participant tyrolien à l'Expédition du pôle Nord de Julius v. Payer 1872-74*. Œuvre posthume établie par son fils Ferdinand Haller et éditée par R. Klebelsberg, Universitätsverlag Wagner, Innsbruck, 1959.

Je remercie messieurs Peter Jung et Peter Broucek des Archives de guerre autrichiennes pour leur aide précieuse, et mes amis Brigitte, Jaro, Margot et Rudi pour leurs longs témoignages sur la glace.

Vienne, mai 1984

C.R.

Table

IMPRIMERIE BUSSIÈRE À SAINT-AMAND (CHER).
DÉPÔT LÉGAL : FÉVRIER 1991. N° 12867 (108).